VOYAGE EN JUDÉE

PROPRIÉTÉ

Paris. — J. Mersch, imp. 22, Pl. Denfert-Rochereau.

BIBLIOTHÈQUE SAINT-GERMAIN

LECTURES MORALES ET LITTÉRAIRES

EN ORIENT

* *

VOYAGE EN JUDÉE

PAR

LE R. P. DE DAMAS

CINQUIÈME ÉDITION

DELHOMME ET BRIGUET, ÉDITEURS

LYON	PARIS
3, Avenue de l'Archevêché, 3	13, Rue de l'Abbaye, 13

VOYAGE EN JUDÉE

I

La Terre Sainte.

Voici que, par la grâce de Dieu, au nom du Père, et du fils, et du Saint-Esprit, il nous est donné d'aborder aux rivages de la Terre bénie que nos traditions chrétiennes nous apprirent à connaître dès l'enfance, sous le nom séduisant de Terre promise : celle où les Patriarches, depuis Abraham, le Père des croyants, jusqu'à Joseph, le sauveur des tribus d'Israël, dressèrent les seuls autels du vrai Dieu ; celle où David érigea le trône de Juda ; la terre privilégiée que Notre-Seigneur voulut rendre la dépositaire de son berceau, le témoin des prodiges de sa vie mortelle, la gardienne de son glorieux sépulcre ; la terre d'où nous arrive la lumière du jour, d'où nous est venue la lumière bien autrement précieuse de la foi; la terre si poétique de l'Orient; et, pour tout résumer en un mot, la Terre-Sainte!

Bénie soit à jamais la bonne providence qui nous a conduits jusqu'ici!

En face de ce rivage sacré, quelle émotion n'est pas la nôtre! — Si vulgaire qu'elle soit, une contrée, jadis illustrée par des héros, apparaît aux hommes des derniers âges comme environnée d'un nimbe lumineux, et semble évoquer devant eux le génie de ceux qui ne sont plus. Ainsi, lorsque, dans une sublime émotion, M. de Chateaubriand jeta aux ruines de Sparte le nom de Léonidas, une voix secrète lui avait parlé du milieu des décombres, et le poëte, debout sur les ruines, avait senti monter spontanément de son cœur à ses lèvres un nom qui résumait toute la gloire du passé. Or nous contemplons ici mieux qu'un pays illustre. Encore un peu de temps et nous nous agenouillerons sur la terre sacrée, et nous la baiserons de nos lèvres!

En fin 1859, lorsque je refis le voyage de Palestine avec la caravane des cinquante-sept pèlerins dont j'ai parlé au volume précédent, nous arrivâmes devant Jaffa sur les neuf heures du soir. L'attente avait été longue : l'impatience se faisait sentir d'autant plus grande; aussi nos pèlerins se précipitèrent-ils sur le pont; et, comme les lumières de la ville, gracieusement disposée en amphithéâtre, éclairaient ses principaux contours, ils purent se former une idée

générale de la situation et jouir du charme qui naît
au premier aspect d'un objet longtemps rêvé. Mais
la peine accompagne ordinairement le plaisir ; et
ceux d'entre nous qui n'avaient pas le pied marin
payèrent cette jouissance par toutes les tribulations
d'une mauvaise nuit. En voici la raison.

L'accès de Jaffa est difficile. Il n'y existe point de
port. A quelque distance de la côte, des rochers à
fleur d'eau forment un obstacle sérieux, et, à la nuit
surtout, le débarquement offrirait un danger. Nous
avons donc stopé loin du rivage, et force nous est
de passer dix heures de plus dans notre prison flottante.

Or, les vagues battent les flancs du navire, les
mâts tourmentés par l'autan crient péniblement, le
vaisseau roule en tous sens, et, dans nos couchettes
étroites, nous éprouvons ces secousses dures et sac-
cadées, plus pénibles qu'un mouvement prononcé
de tangage ou de roulis. J'entends des jeunes gens
qui s'appellent d'une cabine à l'autre, se racontent
leurs tribulations, soupirent après le matin, et se
redisent entre eux que c'est heureusement leur dernière nuit en mer pour deux grands mois.

Cependant le ciel blanchissait ; le soleil, encore
sous l'horizon, couronnait de pourpre et d'or les montagnes de la Judée ; enfin il se leva par-dessus les
hauteurs de Sion. A cette vue, toutes les souffrances
sont oubliées ; les visages s'épanouissent, les cœurs
se rassérènent, la gaieté brille sur toutes les physio-
nomies. Terre ! terre ! crient les matelots après une

longue traversée, et ce cri fait tomber toutes les fatigues. Combien plus douces étaient les émotions de ces jeunes hommes vraiment chrétiens disant, au moment de toucher le sol sacré : Voici la Terre-Sainte !

Il n'en est pas, en effet, de notre voyage en Palestine comme de toute autre pérégrination. Une visite au pays des Perses ou des Mèdes nous eût interressés sans doute ; mais si attrayant qu'il fût, le souvenir de ces peuples étrangers à nos intérêts, à nos mœurs, à nos habitudes, à nos croyances, nous eût laissé du froid dans l'âme. En Terre-Sainte, au contraire, nous sommes presque au pays natal, car tout ce que nous possédons en dogmes, en civilisation, en culture des mœurs, nous vient de ces contrées miraculeuses.

En effet, il y a quelques jours seulement, au pied du Sinaï, nous assistions à cette grande manifestation de Dieu, lorsqu'au milieu des éclairs et des tonnerres, il donnait aux hommes ce commandement sublime : *Un seul Dieu tu adoreras !* Or, comment nous est parvenue la connaissance de l'unité divine, sinon par la Terre-Sainte ? Tandis que le monde entier s'obstinait à rejeter ce dogme générateur de la civilisation moderne, du haut de la citadelle de Sion, le peuple hébreu le défendit sans relâche ; et lorsqu'il nous arriva enfin, après bien des siècles, son point de départ unique fut la Judée.

Nous pouvons donc, en débarquant à Jaffa, nous écrier véritablement, et avec plus de raison que les naïfs croisés : Demain, à Jérusalem, nous serons au centre du monde. Nos pères interprétaient cette parole dans un sens tout matériel, et, de nos jours encore, les schismatiques grecs, abusant de la crédulité du pauvre peuple, montrent dans leur église une borne en porphyre qu'ils disent plantée dans l'ombilic de la terre. Mais nous, faisant bonne justice de ces naïvetés d'enfants, nous répétons la parole des croisés dans un sens très réel. Pèlerins de 1860, éclairés par la doctrine évangélique, par les traditions et par l'histoire des peuples, nous pouvons affirmer que nous sommes arrivés au centre de l'univers moral. L'histoire des lois, des prophéties, des révolutions de la Terre-Sainte, celle de son Messie, résument toute l'histoire de notre monde civilisé. Et dans ce sens, en vérité, il nous appartient de dire que « notre berceau repose entre le mont Sion, le Liban, le Carmel, le Siloé, le Cédron, le Jourdain : fleuves et montagnes dont le nom surpasse tout autre nom parmi les œuvres de la création ».

Ainsi, devant Jaffa, nous ressemblons à des fils de famille qui rejoignent la maison de leur père après un long voyage. Pèlerins un moment déshérités, nous allons retrouver à Jérusalem nos titres de noblesse, avec le triple secret de notre nature, de notre passé et de notre avenir. Certes, voilà une belle carrière ouverte devant nous.

Mais il y a mieux que cela encore! La Terre-Sainte ne fut pas seulement la dépositaire d'une doctrine ; elle vit le fils de Dieu se faire homme pour nous, vivre et mourir pour nous. Ici, le cœur a sa part largement faite, aussi bien que l'esprit. Au Sinaï, nous avons reçu la révélation d'un Dieu puissant et juste; au calvaire, nous apprenons à connaître un Dieu la bonté même.

Le souvenir d'un grand homme nous émeut. Nous visitons volontiers le palais où il naquit, les théâtres divers de ses exploits, le champ d'honneur où il succomba, le monument qui recueillit ses dépouilles mortelles; or, qu'allons-nous voir en Palestine ? Nazareth, Bethléem, le Thabor, le Calvaire, le Saint Sépulcre, la Palestine entière, à jamais consacrés par le séjour du Dieu fait homme. On comprend donc aisément l'émotion de nos âmes, au moment de débarquer.

Et puis, plusieurs d'entre nous portaient des noms héraldiques. Les blâmera-t-on si quelques souvenirs de gloire, si quelques sentiments chevaleresques, se mêlaient à leur émotion?

O terre bénie de la Palestine! par toi nous sont venus tous les biens. Avec les assurances du bonheur de l'autre vie, tu nous donnas l'honneur et la gloire attachés aux nobles actions; tu couronnas nos ancêtres; tu illustras leurs noms. Par toi, nous eûmes des rois de Jérusalem, des comtes de Jaffa et d'Ascalon, des barons de Tibériade, de Sidon et de Césarée, des seigneurs d'Arsur et de Bérythe, des comtes de Tripoli et des princes d'Edesse, et plus tard des empereurs de Byzance, des ducs d'Athènes, des seigneurs d'Argos, de Corinthe et de Thèbes.

Et nous, fils de la France, nous nous glorifions

d'être la première nation européenne constituée sous l'empire de la foi, sortie de tes frontières. C'est de nous que la civilisation chrétienne se répandit en Europe; c'est par nous qu'elle y fut maintenue. Lorsque, semblable au nuage qui porte la tempête, l'Islamisme essaya d'envahir l'Occident, Charles-Martel apprit à nos pères à défendre en vainqueurs leur foi menacée. Du sein de la France est encore parti le mouvement qui entraîna l'Occident sur la route du saint Tombeau. Délivrée par nos armes, après cent combats héroïques, Jérusalem, devenue libre, vit s'élever une royauté française sur le trône de David et de Salomon. « Il y eut alors une France d'Orient. » La Terre-Sainte accueillit notre langue et nos mœurs, avec le tribut de notre sang et de nos trésors; et nos pères revinrent de l'autre côté de la mer, pour nous transmettre en héritage leurs bannières devenues glorieuses aux champs de la Palestine.

A ces titres, la visite de la Terre-Sainte nous sera doublement précieuse. Elle nous ramène tout naturellement aux sources de nos croyances et du patriotisme.

Nous quitterons donc avec joie le navire qui nous transporta jusqu'ici; nous allons descendre à Jaffa; nous nous enfoncerons dans les terres, et nous verrons les lieux témoins des prodiges que le Seigneur a faits pour nous.

Mais, avant toutes choses, il importe de tracer le plan de notre voyage. Mon intention n'est pas seu-

lement de parcourir en détail la Palestine et la Syrie ;
j'irai en Asie-Mineure, à Constantinople et jusque
dans les provinces Danubiennes ; j'aborderai aussi
en Grèce, afin de m'y rendre compte de l'état des
mœurs et de la religion. Cependant la visite des
Terres bibliques absorbera la majeure partie de mon
temps ; elle est mon objet principal, celui qui me
tient le plus au cœur, et qui va, d'abord, nous occuper exclusivement.

Je voudrais, en commençant, établir d'une manière exacte la véritable étendue du pays qu'embrasse le saint pèlerinage ; mais les documents po-
sitifs manquent à cet égard. L'Écriture elle-même
nous refuse des données précises. Au Livre de
l'Exode, Dieu dit à son peuple : « Je te donnerai
« pour confins depuis la mer Rouge jusqu'à la mer
« des Philistins, et depuis le désert (de l'Arabie)
« jusqu'à l'Euphrate. » Cependant, jamais l'histoire
ne nous montre les Juifs en possession constante de
cet héritage. Nous voyons bien David s'emparer de
Damas, Salomon bâtir Tadmor dans le désert, Jé-
roboam reculer les frontières d'Israël jusqu'à Emath ;
mais plus ordinairement les écrivains sacrés renfer-
ment les possessions d'Israël et de Juda entre le
grand Hermon et le pays d'Hébron, selon cette expression consacrée : *à Dan usque Bersabe.*

Dans cette incertitude, je me tracerai un cadre
arbitraire, et je fixerai ainsi mes étapes. J'irai d'a-
bord en Judée, dans le pays témoin de la naissance,
de la mort et de l'ascension de Notre-Seigneur ; je

visiterai ensuite la Samarie et la Galilée, où le Sauveur passa la plus grande partie de sa vie mortelle ;
enfin, je me rendrai jusqu'aux montagnes dont le
nom est inséparable de celui de la Terre-Sainte, car,
si le Liban ne nous offre pas Jérusalem et Bethléem
assises dans ses gorges ou sur ses flancs, il n'est pas
moins compris dans les souvenirs bibliques. Son
nom si souvent chanté se mêle aux gracieux tableaux du Carmel, Nazareth repose à ses pieds, le
Jourdain lui demande ses eaux, et les prophètes lui
empruntent leurs plus belles images. Nous allons donc
commencer notre itinéraire du côté des montagnes
de Moab, et lorsque nous descendrons les dernières
cimes du Liban pour nous rendre à Antioche, nous
aurons exploré tous les lieux consacrés par la religion, depuis le Sinaï jusqu'au pays des cèdres.

Cependant le voyage ne se fera pas toujours dans
les mêmes conditions. J'étais seul au Sinaï. Cette
fois j'ai l'honneur d'accompagner près de soixante
pèlerins. L'œuvre des pèlerinages, établie à Paris, a
fait un appel chaleureux aux hommes de bonne
volonté. Des pères de famille, des ecclésiastiques et
de nombreux jeunes gens se sont enrôlés pour le
saint voyage. Nous visiterons ensemble Jérusalem,
Bethléem et Nazareth ; et puis nous nous sépare-
rons. J'emmène avec moi les fils de quatre de mes
amis, les jeunes comtes Ferdinand de Divonne,
Augustin de Lorge, Albert de Monteynard et
Maxence de Vibraye. Ils ont vingt ans et une bonne
santé. Ils veulent tout voir. Lorsque la caravane re-

tournera en France, ils viendront avec moi au Liban, à Palmyre, à Smyrne, à Constantinople, à Athènes. Cette variété de compagnie donnera plus de charme à la narration. Les allures changeront avec les circonstances.

Actuellement, le bon ordre demande que nous établissions parmi nous une sorte de gouvernement. On nous a donné à Paris un règlement, que tous ont signé avec promesse de le suivre. Mais comme toutes choses ne sauraient être prévues à l'avance, la direction générale est confiée à un bureau, entre les mains duquel chaque pèlerin a résigné par écrit sa portion d'autorité.

Le duc de Lorges préside. Le baron de Surmon et le commandant de Plas sont vice-présidents. Le P. Gagarin et moi, nous remplissons les fonctions d'aumôniers. MM. de Franqueville et de Vergès sont dispensateurs des fonds communs. MM. d'Acher et de Blavette tiennent la plume. M. l'abbé Wauters, chanoine de Liége, et M. Augustin de Villeperdrix, pèlerin de la Terre-Sainte pour la seconde fois à l'âge de soixante-six ans, sont adjoints au bureau.

Ainsi constitués, nous ferons le saint voyage sous l'œil de Dieu, avec la protection de nos bons anges.

Jaffa, l'ancienne Joppé.

Au moment où le soleil dardait ses premiers rayons sur les murailles de Jaffa, un jeudi du mois de mars 1859, nous étions tous à terre, et nous nous dirigions vers le couvent des Franciscains.

Jusqu'ici, les auberges n'étaient pas connues en Terre-Sainte, et les pèlerins eussent été embarrassés pour trouver un gîte dans ce pays hostile, si la charité des Pères de Saint-François ne leur eût ouvert des hôtelleries auprès des principaux sanctuaires. Aujourd'hui, l'affluence des visiteurs et une sécurité plus grande ont permis d'établir à Jaffa et à Jérusalem de petits hôtels relativement confortables ; mais un pieux usage conduit encore le grand nombre des pèlerins vers la demeure des religieux hospitaliers.

Les Pères avaient fait dresser des tables dans leur cour ; ils eurent la bonne pensée de nous enga-

ger à prendre, avant tout, une légère collation
pour dissiper les malaises de la mer. Ils nous servirent le déjeuner classique de la Palestine, c'est-à-dire,
du café où le marc bouilli est mêlé au breuvage.
On le prend sans lait; on y trempe son pain, et on
tâche de s'y habituer.

Après la collation, nous nous dirigeâmes vers l'é-
glise. Un père Franciscain dit la messe, et puis il
entonna le *Te Deum* d'actions de grâce. Nos jeunes
musiciens lui répondirent avec leurs belles voix et
tout le monde s'y unit de bon cœur.

Ensuite, M. le baron de Surmon, qui voulait bien
faire l'office de maréchal des logis, assigna les couchettes. Il avait fallu multiplier les matelas et les
nattes dans le peu de chambres disponibles du couvent. Nous étions dans un pêle-mêle vraiment pittoresque. C'était à ne savoir comment se retourner;
mais avec de la santé et des caractères bien faits, de
telles mésaventures sont de bonnes fortunes qui alimentent la joie. On s'installa comme on put; on fit
la reconnaissance de ses bagages; on déballa les
selles et l'attirail équestre dont la plupart s'étaient
munis contre l'inconvénient des selles arabes, et le
temps se passa vite jusqu'au dîner.

Alors commencèrent les petites désillusions du
pèlerin. Après la table presque somptueuse du paquebot des Messageries impériales, on trouva modeste l'ordinaire des Pères de Saint-François. Le vin,
comme la plupart des vins communs de Chypre,
sentait le goudron et paraissait insupportable. Le

pauvre cuisinier, tout effarouché d'avoir à servir
tant de monde, ne s'était guère donné la peine de
varier ses plats. L'avenir s'annonçait quelque peu
sévère par un tel début. On prit le parti d'en rire,
et on fit bien. Cependant, il faut l'avouer, plusieurs
estomacs souffrirent à la longue de ce régime, et
nous eûmes le contre-temps de voir un certain nombre de nos amis s'isoler de nous à Jérusalem au
temps des repas, et aller demander aux auberges an-
glaises les adoucissements que réclamait leur santé.

Dans la soirée, nous nous divisâmes en petits
groupes pour visiter la ville.

Jaffa, l'ancienne Joppé, fut de tout temps célèbre.
La fable, comme l'histoire, la couronne de souvenirs.
Quelques-uns voudraient lui assurer une origine
antédiluvienne, en faire la patrie de Noé, le lieu de
la construction de l'arche, et, après le déluge, le
témoin de la mort du second patriarche de l'humanité. La fable nous y montre Andromède en proie au
monstre marin, jusqu'au jour où Persée, monté sur
Pégase, délivra la princesse ; et saint Jérôme assure
qu'on lui fit voir le rocher et l'anneau fatal qui la
retenaient captive.

D'après la Bible, Hiram, roi de Tyr, envoyait à
Jaffa les cèdres destinés au temple de Salomon.
Jonas s'y embarqua pour aller à Ninive. Pierre, le
chef des apôtres, y ressuscita la Juive Tabitha. Dans
la maison de Simon le corroyeur où il logeait, il vit
descendre du ciel un linceul rempli d'animaux im-
mondes, figure de la vocation des gentils à la fi

chrétienne. C'est là aussi qu'il reçut les hommes venus de Césarée. Les Juifs la nommaient Joppé, c'est-à-dire, *la belle, l'agréable*.

Cette ville eut à subir des sièges nombreux. Avant l'invasion de l'Asie par les Romains, elle avait été prise cinq fois par les Égyptiens, les Assyriens et les différents peuples ennemis des Juifs. Judas Macchabée l'emporta d'assaut et la brûla, pour venger la mort de deux cents des siens, conduits en pleine mer et noyés par les habitants de Jaffa. Plus tard, elle fut encore détruite par le général romain Cestius, réédifiée par les pirates, et ravagée de nouveau par Vespasien. Elle subit une nouvelle conquête et passa avec toute la Syrie sous la domination des Sarrasins.

Au mois de juin 1099, Godefroy de Bouillon, ayant mis le siège devant Jérusalem, envoya trois gentilshommes français pour garder Jaffa et protéger les vaisseaux génois et pisans abrités dans son port. Depuis cette époque, elle ne cesse de figurer dans l'histoire des Croisades.

A la suite de la malheureuse expédition de Louis VII de France et de Conrad III d'Allemagne, elle retombe avec la Terre-Sainte aux mains des infidèles. Mais l'Europe s'est émue au récit des douleurs de Jérusalem et de son roi, Guy de Lusignan, prisonnier du soudan d'Égypte. Philippe-Auguste et Richard Cœur-de-Lion passent la mer pour l'honneur de la croix. Jaffa est alors enlevée d'assaut. Elle devient un comté, en faveur de Gauthier de Brienne, et reste principauté chrétienne jusque après saint Louis.

Comme partout où il a passé, le saint roi a laissé à Jaffa d'aimables et pieux souvenirs. Au sortir de sa captivité, il s'y retira et en fit relever les murs. « Souvent, dit Joinville, il venait voir ses ouvriers, « et, pour leur donner courage de bien diligenter, « il leur disait que plusieurs fois il avait porté la « hotte pour gagner les pardons. »

Toutefois Jaffa ne demeura point aux mains des chrétiens ; après avoir subi toutes les vicissitudes des guerres entre les croisés et les infidèles, elle retomba avec toute la Palestine sous le joug des soudans d'Égypte, pour passer ensuite sous la domination des Turcs, qui l'enlevèrent aux successeurs dégénérés de Saladin. Mais, si les bruits de la gloire ont cessé de retentir ; si l'histoire, demeurée muette, ne nous la signale plus durant de longs siècles, la piété des pèlerins n'a point permis qu'elle fût oubliée, et nous la retrouvons sur toutes les cartes et dans tous les pèlerinages. Quand elle n'a plus servi de champ-clos aux glorieuses phalanges de la croix, quand la voix des Philippe, des Richard et des Louis n'a plus ébranlé les bataillons sur ses plages, d'humbles chrétiens, le bourdon à la main, débarquent dans ses murs pour aller vénérer le saint Tombeau, et jamais Jaffa n'a été perdue de vue : heureuse si sa mémoire ne se fût conservée que dans ces pieuses annales. Mais la désolation et la mort devaient ajouter, de nos jours, à ses célébrités !

Le 6 mars 1799, les Français pénètrent en Asie, mettent le siège devant Jaffa et s'en emparent. La garnison réduite à trois ou quatre mille hommes s'est rendue à merci. Or, le général, ne pouvant nourrir ses prisonniers et n'osant les renvoyer en Égypte, adopte un expédient horrible : il ordonne que les vaincus seront massacrés.

Le 10 mars, dans l'après-midi, les prisonniers sont amenés dans un vaste carré formé par les troupes du général Bon. Ils marchent pêle-mêle. Pas une larme, pas un cri. Résignés et calmes, ils arrivent sur les dunes situées au sud-ouest de la ville, auprès d'une mare d'eau stagnante. On les divise alors par petits pelotons, et ils attendent. Les uns font leurs ablutions dans la mare, d'autres dans le sable parce que l'eau manque pour tous. Plusieurs récitent des versets du Coran. Au signal donné, la fusillade commence ; mais, les cartouches venant à manquer, il faut recourir à la baïonnette pour achever le sacrifice. Ce fut une atroce boucherie. Les cadavres mis en tas formaient une pyramide effroyable. Miot, témoin de cette exécution, nous en a laissé une relation concise, mais navrante. Bourienne écrit :

« Cette scène atroce me fait encore frémir, lors-
« que j'y pense, comme le jour où je la vis, et j'ai-
« merais mieux qu'il me fût possible de l'oublier
« que d'être forcé de la décrire. Tout ce qu'on peut
« se figurer d'affreux dans un jour de sang serait
« encore au-dessous de la réalité. »

Après cela, l'armée de la république partit pour
Saint-Jean d'Acre, laissant derrière elle des milliers
de cadavres. A son retour, elle trouva la peste.
L'incubation fut lente ; le fléau condensait ses forces;
il envahit bientôt l'armée et la décima. Tout le
monde connaît cet épisode douloureux. Les malades
furent-ils empoisonnés, comme on l'a dit? je l'i-
gnore. Bourienne s'en explique de la sorte : « Je ne
« puis pas dire que j'aie vu donner la potion, je
« mentirais ; mais je sais bien positivement que la
« décision a été prise après délibération, que l'ordre
« en a été donné, et que les pestiférés sont morts.
« Quoi ! ce dont s'entretenait, dès le lendemain du
« départ de Jaffa, tout le quartier général, comme
« d'une chose positive, ce dont nous parlions comme
« d'un épouvantable malheur, serait devenu une
« atroce invention... ! »

A quoi bon entamer ici un procès qui tournerait
peut-être à l'humiliation de notre pays ? Dans l'histoire des grandes familles, comme dans celle des
grands peuples, il y a des moments de vertige qu'il
faut pleurer et non discuter. D'ailleurs, ne sommes-
nous pas assez riches en gloire pour qu'on nous
pardonne des fautes. Relisons sur les ruines de Jaffa
cette autre page de notre histoire, où Joinville nous
montre saint Louis admirable de dévouement dans
une pareille circonstance.

La peste aussi décimait l'armée des croisés...

« Le bon roi, doux et débonnaire, quand il vit
« ce, eut grand pitié à son cœur, et fit tantost toutes

« autres choses laisser, et faire fosses emmi les
« champs et dédier là un cimetière par le légat...
« Le roi aida de ses propres mains à enterrer les
« morts. A peine trouvait-on aucun qui voulut
« mettre la main. Le roi venait tous les matins, de
« cinq jours qu'on mit à enterrer les morts, après
« sa messe, au lieu, et disait à sa gent :

« — Allons ensevelir les martyrs qui ont souffert
« pour notre Seigneur, et ne soyez pas lassés de le
« faire, car ils ont plus souffert que nous n'avons. »

Honneur au saint roi !

Jaffa est, aujourd'hui, complètement déchue. Sa
décadence commença avec le gouvernement des
Osmanlis. Depuis lors, elle alla toujours en décrois-
sant. En 1837, un tremblement de terre en détruisit
la plus grande partie et fit périr treize mille de ses
habitants. En 1840, mêlée à la grande conspiration
armée d'Ibrahim-pacha, et révoltée contre la Porte,
elle fut reprise par les Anglais au profit du sultan. Elle compte six mille habitants ainsi partagés :
sept cents Grecs schismatiques, cinq cents catholiques, cent Arméniens et quatre mille sept cents musulmans. Les catholiques y ont un couvent de Franciscains et un dispensaire tenu par les sœurs de
Saint-Joseph. Les Grecs schismatiques y accueillent
les pèlerins de leur nation dans une hôtellerie à
part.

Jaffa est, en quelque sorte, la porte de la Terre-
Sainte. Les voyageurs d'Europe y débarquent ordinairement de préférence. Elle est assez bien bâtie

pour la Turquie; elle s'élève comme une pyramide en face de la mer, sur une colline sablonneuse. Ses remparts, un peu semblables à une décoration de théâtre, ne tiendraient pas devant une attaque sérieuse; cependant ils sont d'un joli effet et méritent d'être conservés par coquetterie. Ses maisons blanches gracieusement étagées, les minarets de ses mosquées, des palmiers heureusement disséminés parmi ses constructions, sa base de rochers abrupts qui brise les flots, forment un ensemble agréable à l'œil du voyageur stationnant en pleine mer. Mais lorsqu'on s'en approche, le spectacle change. Le port à demi ensablé est un étroit bassin de douze à quinze mètres de largeur, capable d'abriter seulement quelques barques et de grandes felouques, et des récifs dangereux en défendent l'accès. La ville elle-même offre un aspect sombre et misérable; elle révèle, au premier abord, le caractère d'un peuple courbé sous le joug des Turcs. Ses boutiques sont sales et ses bazars obscurs.

Le commerce y est languissant. Il consiste en blé, en riz et en toile de lin, apportés de l'Égypte; et en fruits, en huile et en savon, exportés par la mer. Le service des Messageries impériales, en lui ramenant ses paquebots à des époques régulières, lui donnera peut-être quelque essor.

Tandis que nous parcourions les rues, je prenais plaisir à voir l'étonnement de nos jeunes Parisiens transplantés sur le sol asiatique. Le teint, les costumes, la langue leur dépeignaient la physionomie du désert. Ils ne se reconnaissaient plus au milieu de ces dédales étroits et sombres, où les hommes, les femmes, les enfants en guenilles, et les bêtes de somme se croisent, se poussent et se froissent en criant. Ils n'avaient jamais vu que le chameau du Jardin des Plantes, et c'était une joie pour eux d'en rencontrer des bandes sans fin, chargées de bagages ou courant en liberté.

La vue des femmes les attrista, et avec justice ; vêtues d'un sarrau et d'un grand voile bleu d'une étoffe grossière, ces malheureuses sont condamnées par l'usage à se couvrir la face d'une longue pièce d'étoffe fendue à la hauteur des yeux et reliée du nez au front par une ficelle ornée grossièrement de dés à coudre et d'articles de verroterie. Cet ignoble chapelet passant entre deux yeux trop souvent malades, produit un effet repoussant. A côté de ces pauvres mères, leurs petits enfants, qui se roulent presque nus dans le sable, pêle-mêle avec les animaux, et des chameliers à la physionomie brutale ou même féroce, assombrissent tristement le tableau.

A part cela, mes jeunes compagnons éprouvèrent une vraie jouissance à se livrer à une étude de mœurs si nouvelles. Nous sortîmes par la porte qui conduit au Marché. Nous restâmes quelque temps à considérer les groupes variés des marchands de fruits, des chameliers, des oisifs prenant le café et fumant le tchibouk ; et puis les jeunes gens s'en allèrent prendre un bain dans la mer. Ils nous revinrent à l'heure du souper, et tâchèrent d'oublier le peu de saveur

des ragoûts, en racontant gaiement leurs émotions
de la journée.

Le lendemain matin, nous essayâmes d'une pro-
menade dans la campagne. Dans les beaux jardins
qui avoisinent Jaffa, la nature prodigue les richesses
d'une puissante végétation. Les grenadiers rompent
sous le poids de leurs fleurs et de leurs fruits ; l'o-
ranger aux pommes d'or, le citronnier, le bananier
et tous les fruits de la terre s'y trouvent réunis. Cette
exubérante fécondité contraste avec le sol qui la produit. Tout cela pousse dans le sable. Il est vrai que
des norias fonctionnent jour et nuit pour arroser la
plaine sablonneuse ; et d'ailleurs le sous-sol est naturellement humide ; il suffit, en effet, de creuser à
quelques pouces dans le sable pour en faire jaillir
l'eau douce, même au bord de la mer. Ce phénomène
est constaté par plusieurs voyageurs, et M. de Chateaubriand en fit lui-même l'expérience.

Après une heure de marche, nous nous assîmes
au milieu d'un bois d'orangers. La terre était jonchée
de fleurs blanches que personne ne songeait à recueillir. Des milliers d'oranges pourrissaient au milieu de cette neige. Nous donnâmes une demi-piastre,
environ deux sous, au gardien du bois, et nous
eûmes la liberté de manger des oranges selon notre
fantaisie. Nous eussions volontiers passé la journée
entière dans ces jardins embaumés ; mais le soleil de
midi vint nous rappeler que nous avions fixé au soir
notre départ pour Ramleh.

J'ai conservé de Jaffa un doux souvenir. Mon pre-

mier pèlerinage se termina dans ses murs. J'y séjour-
nai deux fois vingt-quatre heures, en attendant le
bateau de Constantinople. Ce repos, cette solitude
me parurent infiniment précieux. Après avoir tant
vu, on a si grand besoin de se recueillir! Les Pères
avaient bien voulu m'assigner une vaste chambre
dont la fenêtre donnait sur la mer. J'ai passé de
longues heures sur mon divan, méditant sur Jérusalem et contemplant l'immensité de cette eau qui me
séparait de l'Europe. C'est là que j'ai esquissé mon
premier voyage et jeté les grands traits de mon récit.

A cette époque, je ne voyais pas sans inquiétude
la mer déferler violemment sur la plage, car souvent elle est trop mauvaise pour permettre au navire
de stoper devant la ville. Alors le bateau passe rapide; il entraîne impitoyablement le malheureux
voyageur que ses affaires appelaient à Jaffa, et semble narguer le pèlerin qui croyait partir ce jour-là et
se voit forcé d'attendre quinze fois vingt-quatre heures un nouveau bateau et aussi le caprice favorable
de la mer.

Un mercredi après la messe, il m'en souvient, je
montai sur la terrasse et je regardai au loin du côté
de Beyrouth. L'heure réglementaire passa, et le bateau ne parut point. Enfin, après plusieurs heures,
mes soldats vinrent m'annoncer la bonne nouvelle:
une colonne de fumée s'élevait à l'horizon. C'était le
paquebot français. Je pris congé des Pères; je saluai
les religieuses gardiennes de l'hôpital et me rendis
au port, où des Arabes me firent une sorte de siège

avec leurs bras entrelacés et me portèrent dans une
barque. Les flots se soulevaient furieux. Nous glis-
sâmes heureusement entre les deux rochers qui semblent se séparer exprès pour laisser aux chaloupes
un étroit passage ; les rameurs choisirent une bonne
vague qui nous emporta à travers ce défilé dangereux,
et, après de longs efforts, nous atteignîmes le bateau.

Mais aujourd'hui, point n'est question de départ. A
peine sommes-nous débarqués. Oublions la mer.
C'est la terre, la Terre-Sainte qui fait l'objet de nos
préoccupations. Elle nous attire ; la foi nous pousse.
Partons pour Jérusalem.

II

La plaine de Saron et le couvent de Ramleh.

Lors de mon premier voyage, les souvenirs religieux et historiques, le charme de la situation de
Jaffa, et le besoin de repos après une laborieuse
campagne de deux ans en Crimée, furent impuis-
sants à me retenir, si grande était mon impatience
d'arriver à Jérusalem. Aussitôt débarqué, je me préoc-
cupai des moyens de transport. Je pris à peine le
temps de saluer les Pères de Terre-Sainte, et je fis
venir des moukres avec lesquels je traitai. Une heure
après le débarquement, j'étais dans les chemins sablonneux de la Palestine, poussant mon cheval entre
deux haies de cactus, rencontrant à chaque pas de
magnifiques orangers, des citronniers, des lauriers-
roses à profusion, et fermant les yeux à toutes ces
beautés, sous la préoccupation exclusive de mon
bonheur du lendemain.

Je me hâtais vers le saint sépulcre, objet des sou-

pirs des croisés, nos pères, en compagnie de deux
religieux de mon ordre et de deux soldats, mes domestiques. J'avais loué trois chevaux de selle et deux
bêtes de somme. Le tout me coûtait quinze francs
par jour. Encore avais-je bien stipulé que je ne de-
vrais aucun dédommagement pour le retour, et qu'arrivé à Jérusalem, mes trente francs payés, les moukres et moi nous serions quittes. Cette manière de
voyager est merveilleuse et singulièrement économi-
que. Si l'on pouvait tracer un itinéraire en Palestine,
de telle sorte qu'on trouvât chaque soir un couvent
et l'hospitalité moyennant aumône, la dépense générale se réduirait à quelque chose d'insignifiant. Mais
nous allons voir que tous les voyages ne ressemblent
pas à celui-là, et qu'il faut, en certaines occasions,
se former toute une suite de drogmans, de moukres,
de cuisiniers, emporter une tente, des cantines, des
provisions de bouche, s'équiper en un mot, comme
une armée en campagne, et payer à son guide un
tribut qui varie entre vingt-cinq et cent francs par
jour, suivant le pays qu'on traverse et la manière
dont on veut être traité.

La caravane dont je suis membre aujourd'hui a
dû faire ses conditions avec une sorte d'entrepreneur
en voyages, un Maltais nommé Schembri, depuis
plusieurs années au service *de l'Œuvre des Pèlerinages*.
Schembri a acheté, une fois pour toutes, des lits de
campement, des tentes, des tables et des sièges à
ressort ; il a ses cuisiniers, ses domestiques, ses
moukres, ses chevaux. Un tarif, signé à Jérusalem

et à Paris, règle sa rétribution quotidienne, suivant les jours et les pays Il a été prévenu de notre arrivée ; il est venu nous chercher à Jaffa ; et c'est lui qui nous accompagnera jusqu'à Beyrouth.

Pour l'ordre et la sécurité du voyage, on a cru devoir nous diviser en petites bandes de huit à douze, sous la conduite particulière d'un chef ou décurion.

Le duc de Lorges, comme président, marche au centre avec un certain nombre d'hommes graves. Derrière lui vient le groupe des ecclésiastiques sous la direction de l'un d'entre eux. Devant le duc de Lorges, le P. Gagarin conduit une autre bande. Je marche en tête avec une petite troupe composée des jeunes gens les plus lestes et les mieux armés, tous bons cavaliers, chargés d'éclairer la marche et d'ouvrir la tranchée. Enfin le commandant de Plas et le baron de Surmon conduisent l'arrière-garde.

On avait cru devoir donner quelque importance à la première et à la dernière bande, en prévision d'une attaque ; mais nous en fûmes pour les honneurs sans aucun accident.

Ainsi ordonnée, notre marche ressemblait à celle d'une petite armée. En Europe sans doute, nous n'eussions pas produit grand effet, mais dans cette province de l'Asie, qui vit d'individualités, une caravane de cinquante-sept Européens prenait des proportions respectables. Beaucoup d'entre nous portaient des armes à feu. Nos burnous blancs, nos turbans, tout notre accoutrement d'hommes équipés pour un long voyage, cette file de cinquante-sept

chevaux de selle, ces quarante bêtes de somme
chargées de nos tentes et de nos cantines, la multitude des moukres et des serviteurs préposés au
matériel de l'expédition, donnaient à notre caravane un aspect d'autant plus saisissant que la Palestine ne connaît pas les grandes routes. Dans les
montagnes surtout, lorsque nous débouchions un à
un derrière un pic élevé, et que nous descendions,
dans le même ordre, le long d'un sentier abrupt,
nous ressemblions à une légion. Souvent je me suis
retourné avec un charme indéfinissable, pour jouir
de ce coup d'œil vraiment pittoresque.

Mais pourquoi parler de montagnes ? Nous n'y
entrerons pas encore ce soir : nous avons seulement
à traverser la belle plaine de Saron, au milieu de
laquelle repose Ramleh, *la ville du sable*, notre étape
pour cette nuit.

En sortant de Jaffa, nous suivons pendant dix minutes une allée de nopals, et nous atteignons une
esplanade plantée de sycomores, au centre de laquelle s'élève, gracieuse et pittoresque, la fontaine
moresque d'Abou-Nabbout (le père de la Massue).
La plaine de Saron s'annonçait dignement par la
magnificence de cette avenue ; nous ne tardâmes pas
à y entrer.

Le mot de Saron était employé dans l'Écriture pour
désigner un lieu d'une beauté et d'une fertilité extraordinaires. Tel est le sens indiqué dans Isaïe : « La terre
est dans la langueur ; le Liban est plein de confusion ;
Saron a été changée en un désert. » Il y avait trois

plaines de ce nom dans l'ancienne Palestine ; la première au delà du Jourdain, dans le pays de Basan,
séjour de la tribu de Gad ; la seconde en Galilée, aux
environs du mont Thabor ; la troisième comprise
entre Joppé, Ramleh et Césarée de Palestine. Nous
traversons la dernière, celle où l'on place ordinairement le fait de l'embrasement de la moisson des
Philistins par le stratagème de Samson.

Cette plaine est fort étendue. Elle court depuis la
base du Carmel au nord, jusqu'au delà de Jaffa vers
le midi ; et, bornée à l'Orient par les montagnes de
Judée, elle touche à la mer du côté de l'Occident. Elle
présente à l'œil une vaste surface ondulante, couverte de hautes herbes en plusieurs endroits, parse-
mée de monticules isolés et de bouquets de chênes
verts qui lui donnent l'air d'un immense parc. Des
cours d'eau, venus des montagnes, en feraient l'une
des plus riches plaines du monde sous les efforts
d'une culture intelligente. Mais la sécurité n'y est
pas. Les bandes nomades de Bédouins la traversent
seules, pillant et volant, sans répression aucune ; et,
sauf la route de Jérusalem qui devient de moins en
moins dangereuse, il ne serait pas prudent de s'y
aventurer sans escorte.

A cinquante minutes de Jaffa, nous rencontrâmes
la fontaine d'Aïn-Dalab, la *source du Platane*, près du
petit village d'Yasour. Trente minutes plus loin, une
avenue d'oliviers nous indiqua l'emplacement d'une
ferme bâtie par Colbert, où campa Bonaparte. Et puis,
laissant à gauche le bourg de Beit-Dedjan, ou *mai-*

son de ce dieu Dagon, si célèbre dans les guerres
contre les Philistins, nous aurions pu, en une heure
et demie, arriver à Ramleh. Mais, puisque nous en
avons le temps, nous ferons un détour pour voir
Lydda, l'ancienne Diospolis des Grecs, aujourd'hui
Loudd. Les abords en sont gracieux. On nous y conduisit à travers un grand bois d'oliviers que la tradition fait remonter à Godefroy de Bouillon. Un
ouragan s'éleva bien à propos durant la marche pour
nous faire voir un spectacle nouveau. Le vent souf-
flait avec violence ; il soulevait derrière les arbres de
gros nuages gris qui prêtaient à l'illusion; et nous
crûmes à la pluie : mais nos guides se moquèrent de
nos appréhensions et nous expliquèrent le phénomène. C'était une vraie tempête de vent et de sable,
comme on n'en voit point en Europe. Aucun accident
ne s'ensuivit sur la terre; mais nous sûmes depuis
que trois navires se brisaient sur les récifs de Jaffa,
au moment où nous traversions la forêt. Quel bonheur d'avoir débarqué la veille !

Lydda nous arrêta peu d'instants. Cette ville re-
monte à une haute antiquité. Elle subit les vicissitudes
de la guerre entre les Hébreux et leurs ennemis, fut
conquise et détruite par les Romains, et rebâtie par
les croisés : saint Pierre y ressuscita Enéas, paraly-
tique depuis huit ans; mais elle est aujourd'hui sans
importance aucune; elle compte deux mille habitants, parmi lesquels un évêque schismatique a fixé
sa demeure. Son église, construite par Justinien,
était consacrée à saint Georges, que de vieilles tradi-

tions font naître et mourir martyr en cet endroit.
Elle fut renversée par Saladin. Une partie des murailles et de l'abside orientale subsiste encore avec
de beaux pilastres et des chapiteaux de marbre. Du
côté du sud, nous remarquâmes un grand arc ogival,
soutenu par de hautes colonnes engagées à des chapiteaux corinthiens. Le comte de Rosambo en fit à
la hâte une jolie esquisse, et bientôt, remontant à
cheval, nous nous dirigeâmes vers le gîte hospitalier
des Franciscains.

Ramleh ne tarda pas à nous apparaître gracieusement assise au milieu d'un verger, avec ses lignes
de maisons blanches, entrecoupées de bouquets, de
grands chênes et de majestueux palmiers.

Profitant de ce qui nous restait de jour avant le
coucher du soleil, nous explorâmes les environs avant
d'entrer au couvent. Nous vîmes la vieille église où,
sur les tombes des anciens croisés, le général Bonaparte fit dresser une ambulance ; nous allâmes jusqu'à la citerne de Sainte-Hélène, monument curieux
qui fait honneur à la sainte Impératrice. Elle a trente-
trois pas de long sur trente de large ; on y descend
par vingt-sept marches, et on se trouve en présence
d'un beau souterrain, soutenu par vingt-quatre ar-
ches correspondant à vingt-quatre ouvertures par où
viennent les eaux. Bientôt à travers une forêt de nopals, nous nous dirigeâmes vers la tour des Qua-
rante-Martyrs. Elle se relie à une suite de portiques
élégants, envahis par des figuiers sauvages. L'aspect
en est gracieux, et l'imagination poétique du peuple

n'a pas manqué d'embellir ces ruines, en les ratta-
chant à l'enfance du Sauveur. On nous avait dit que
Joseph et Marie s'y étaient arrêtés, lors de leur fuite
en Égypte, et que le maître-autel de l'église préten-
due avait servi de châsse aux reliques des quarante
martyrs rapportées de Sébaste en Arménie. Mais la
simple inspection du monument, l'ensemble des constructions, les moulures des fenêtres supérieures, le
style de la porte principale, et surtout l'inscription
arabe de 710, 1310 de Jésus-Christ, ruinèrent nos
pieuses illusions. Nous montâmes sans dévotion les
escaliers de la tour construite par Mohammed, fils de
Kalaoun, et, de sa plate-forme située à seize mètres
au-dessus du sol, nous jouîmes longtemps d'un panorama splendide ; au moins nous n'avions pas tout
à fait perdu notre temps, en venant jusqu'ici !

Les pères Franciscains n'ont point à Ramleh de
couvent proprement dit, mais seulement une hôtellerie où six religieux, dispensés du chœur et de certains exercices de la règle commune, consacrent leur
vie à recevoir les étrangers. Ils n'ont que vingt catholiques autour d'eux, et rien de ce qui repose le cœur
du prêtre n'embellit leur existence. Leur habitation
est agréable, et, de la terrasse qui la domine, la vue
s'étend au loin jusqu'à la mer. Fondé en 1420 par
Philippe le Bon, duc de Bourgogne, et restauré par
Louis XIV, ce monastère donne une heureuse idée
de la munificence de nos ducs et de nos rois.

On peut juger de l'effet produit au milieu du silencieux Ramleh, par l'arrivée de nos cinquante-sept

pèlerins, Les cours ordinairement désertes, les corridors silencieux, les terrasses paisibles retentissaient
du bruit des pas de jeunes et joyeux Français : les
religieux allaient et venaient, faisant des signes de
bonne amitié à défaut des paroles qui leur manquaient dans notre langue. Au moment de se mettre
à table, il y eut une sorte de confusion. On eut beau
se serrer, s'asseoir sur les genoux les uns des autres,
la place manqua. Il fallut improviser un second ré-
fectoire. Ce fut bien pis, lorsqu'il s'agit du coucher.
Le baron de Surmon ne savait plus comment caser
son monde. Enfin le problème fut résolu. Le duc de
Lorges eut les honneurs du lit et de la chambre qu'a-
vait occupés le général Bonaparte ; et les autres se
pourvurent tant bien que mal, qui d'un matelas, qui
d'une couverture, si bien qu'à la fin chacun fut sûr
de son gîte et de ses moyens de passer la nuit. Mais
avant de nous endormir, nous nous réunimes au pied de
l'autel pour la prière du soir. La chapelle, au dire des
Franciscains, serait bâtie sur l'emplacement de la
maison de saint Nicodème, l'ami de saint Joseph
d'Arimathie. Le village même de Ramleh serait l'ancienne Arimathie, d'après Eusèbe et saint Jérôme.
Cependant il y a lieu de n'adopter ces traditions
qu'avec réserve.

Ramleh est une ville musulmane. Le géographe
arabe Aboul-Féda lui assigne pour fondateur, en
l'année 716 de Jésus-Christ, le kalife Suleïman, fils
d'Abd-el-Mélek, de la dynastie des Ommiades ; et
d'après Béland, le voyageur qui en aurait parlé le

premier serait le moine Bernard, pèlerin de Terre-
Sainte en 870.

Au xiie siècle, son commerce avait acquis une
importance considérable ; mais elle subit, pendant
les Croisades, toutes les chances de la guerre, et
passa de la domination musulmane au pouvoir des
croisés, pour retomber dans les mains de ses premiers maîtres. En 1099, elle est prise par Baudouin,
et en 1187, reprise par Saladin. Enlevée plus tard
par Richard Cœur-de-Lion qui en fit son quartier
général, elle resta au pouvoir des chrétiens jusqu'en
1266. Alors le sultan Bibars s'en empare et la rend
à la domination musulmane.

Aujourd'hui elle compte à peine trois mille habitants, parmi lesquels deux mille musulmans et mille
schismatiques grecs. Le peu d'importance qui lui
reste, lui vient de son commerce de savon et de
coton filé.

J'ai déjà eu l'occasion de remarquer l'admirable
à propos de l'institution des couvents hospitaliers de
Terre-Sainte. Dans un pays si longtemps hostile, la
religion a pourvu à l'embarras des voyageurs d'outre-mer ; elle leur a ouvert ses hospices, et elle
appelle, chaque année, des volontaires à s'y faire
les serviteurs des pèlerins. Grâce à cette prévoyance
maternelle, celui qui met le pied en Palestine pour
la première fois, est sûr d'être accueilli dans une
assemblée de frères. A Jaffa, en descendant au
rivage, il a rencontré, dans un couvent fondé par
Louis XIV, des religieux italiens, qui l'attendaient

en priant Dieu pour que la mer lui fût clémente. Ici,
d'autres religieux espagnols lui offriront un rafraîchissement après une première étape, et un couvent
encore s'ouvrira devant lui à son arrivée à Jérusalem. Tous les voyageurs de bonne foi ont rendu
hommage à ce pieux dévouement. Et cependant,
en entrant le soir dans ma chambre, à Ramleh, je
devais trouver, comme une trace impure du mons-
trueux socialisme de nos pays civilisés, une injure
aux Pères de Terre-Sainte.

Un ouvrier français avait écrit sa plainte sur les
murs blanchis à la chaux. On lui avait donné gra-
tuitement le souper de la communauté, avec un lit
que j'ai trouvé passable. Or, pour remerciements, il
avait voulu laisser une réclamation contre l'ordinaire. O homme de mauvaise foi, que voulez-vous
donc ? On vous loge, on vous nourrit pour rien ; les
Pères du couvent se mettent à votre service, et cela
ne vous suffit pas ? Hélas ! c'est que les Pères de
Terre-Sainte sont trop réellement socialistes. Ils
partagent également entre tous ; et ce n'est pas là ce
que vous voudriez, vous ! Le pillage et le vol, la fortune pour vous seul, voilà votre manière d'entendre
la doctrine de la fraternité !

Quant à nos pèlerins, indulgents pour ce qui
manquait, et reconnaissants de ce qu'on avait fait
pour eux, ils donnèrent joyeusement leur aumône,
et, de grand matin, nous reprîmes la route de
Jérusalem.

IV

Les chemins et les habitants de la Judée.

Notre départ de Ramleh fut charmant. La plaine s'étendait encore devant nous sur un espace de trois lieues. La température était douce, le ciel pur, le soleil brillant, mais dépouillé de ses trop grandes ardeurs ; partout la fraîcheur, la vie et l'éclat ; et nous marchions joyeux au milieu de la pompe de cette nature orientale, lorsqu'un léger accident acheva de mettre notre jeune monde de plus en plus en train. M. de Luppé descendit de son cheval pour rendre service à un ami, et se fiant à la docilité de sa monture, il lui jeta la bride sur le cou. L'animal aussitôt de partir au galop sans demander la permission, et nos ardents cavaliers de se mettre à sa poursuite. Mais leurs pas précipités et leurs cris joyeux excitant de plus en plus le cheval fugitif, il en résulta une course échevelée qui arrêta longtemps le gros de la caravane. Après maints efforts inutiles, on essaya enfin d'une manœuvre stratégique ; le rebelle fut cerné et dut se rendre à discrétion.

Nous nous hâtâmes alors pour regagner le temps perdu, et, laissant à droite *Berrieh*, et sur le penchant d'une colline Kébab, amas informe de misérables huttes, nous atteignîmes, après deux heures de marche, les premières ondulations des montagnes de la Judée. Un ravin raboteux nous conduisit au pied du village de Latroun (*vicus Latronum*), où les récits de la tradition s'offrirent à nous sous deux faces opposées. Un des deux larrons du Calvaire paraît être né ici ; mais faut-il y vénérer le bon ou maudire le mauvais ? La question est pendante. Aux partisans du bon on objecte ce bourg situé entre Damas et Beyrouth, encore appelé Dimas du nom de l'heureux pénitent. Les tenants du mauvais larron, au contraire, montrent ici même un puits mystérieux où l'œil, fixement arrêté vers ses profondeurs, évoque infailliblement le visage du coupable. Insensibles, je l'avoue, aux charmes de cette légende toute arabe, nous crûmes inutile de perdre notre temps à vérifier le prodige. Au fait, en se mirant dans l'eau, beaucoup d'habitants du pays n'ont pas eu tort d'y reconnaître la reproduction d'un visage de voleur.

En quittant la plaine de Saron, il faut se résigner à voir la végétation diminuer rapidement pour s'éteindre enfin tout à fait. Au pied des montagnes la vie cesse, et le sol dépouillé laisse voir partout des roches calcaires, friables, presque sans résistance sous les pieds de nos chevaux. Encore quelques

chênes nains, des buis, des lauriers-roses comme
égarés sur les pentes abruptes, de rares oliviers
aussi dans les profondeurs des vallées, et puis rien
ou à peu près, aux abords de Jérusalem.

L'aspect de ces lieux est vraiment étrange. Pour
s'en faire une idée, il faut avoir vu ces gorges
étroites remplies de pierres aiguës, ces sentiers en
corniche ouverts dans le roc par l'impétuosité des
eaux en fureur, toute cette nature calcinée par un
soleil implacable. La main de l'homme ne s'y accuse
nulle part ; tout y est l'œuvre des vents qui dévas-
tent et des torrents qui creusent. Devant l'inclé-
mence du ciel et l'ingratitude du sol, l'homme fuit.
A peine si on rencontre trois villages pauvres et
chétifs, échelonnés à de grandes distances. On monte
péniblement, pour ne rien apercevoir sur la hauteur,
et l'on redescend vers des vallées semblables à des
bassins fermés de toute part et comme sans issue.

J'ai parcouru cette route de plusieurs manières,
seul et accompagné. Je regretterais de ne l'avoir
jamais faite dans la solitude et le silence ; c'est le
seul moyen de comprendre et de goûter ce chemin
de Jérusalem, mystérieux, sombre, grandiose. En
face de ces montagnes arides, de ces rochers qui
s'éboulent, de ces lits de torrents desséchés, au sein
de cette désolation universelle, au fond de ces routes
tortueuses, barrées à chaque instant par des pierres
aux cassures violentes, on éprouve toute l'impression de la majestueuse horreur du désert.

Mais si, au milieu de ces défilés effroyables, loin

de toute habitation, vous voyez tout à coup, au détour du chemin, apparaitre un ou plusieurs de ces
Bédouins aux yeux vifs, au teint cuivré, à la physionomie un peu sauvage, auquel de longues dents
blanches, semblables à celles d'un loup-cervier,
donnent je ne sais quelle expression de férocité, le
tableau est complet, et l'étrangeté de cette vision
ajoute un charme indicible à l'aspect de cette nature
informe. C'est la vie au milieu de la mort, mais une
vie merveilleusement harmonisée avec le chaos.

Une démarche lente, une tenue ferme et droite,
le mouvement régulier de deux jambes sèches et
nues, dont le pas est égal et fort, le feu du regard
sous deux sourcils larges et bien arqués, une barbe
longue et rare, et, par-dessus tout, l'air déterminé
de l'Arabe, et cet arsenal de pistolets et de poignards entassés sur sa poitrine dans une large ceinture de cuir, forment un ensemble qui impressionne
involontairement. On est tout naturellement frappé
de cette nature martiale et agressive. Un homme
seul et à pied a l'air aussi résolu que s'il s'appelait
légion. Le costume militaire de mes domestiques ne
semblait pas leur imposer. Ils passaient fièrement,
me regardant d'un œil farouche. Le fusil dans la
main, et souvent le doigt sur la détente, ils semblaient prêts à tirer selon leur caprice. Cependant
ils sont rarement dangereux, disons-le tout de suite,
pour ne pas nous donner des airs de héros.

On rencontre aussi quelquefois de longues files
de chameaux avec leurs conducteurs, et ce tableau

de genre n'est pas sans mérite. C'est la vie qui se
meut dans le silence, car le chamelier ne parle guère,
et le pas du chameau n'est marqué par aucun
bruit.

Mais s'il survient une troupe d'hommes à cheval,
la scène s'anime de plus en plus; c'est réellement
l'image de la guerre. Debout sur leurs selles étroites,
les Bédouins paraissent toujours prêts à s'élancer.
Un grand burnous les enveloppe; des armes brillent
à leur ceinture; ils portent une lance effilée d'une
prodigieuse longueur. Malheur à vous, s'il leur prenait envie de vous rançonner. La résistance serait
inutile, peut-être même funeste, car la vie d'un
homme n'est rien pour eux. Ils semblent nés pour
la lutte; ils ne reculent point devant le meurtre.

Malgré tout, ou ne peut se défendre d'une sorte
d'admiration pour ces hommes. Leur indépendance
plaît. On aime cet habitant du désert avec sa mâle
énergie. Il ne se fixe point au sol, il va où ses ins-
tincts l'entraînent, sans s'inquiéter des choses nécessaires à la vie, car il lui faut si peu! Il ignore les
exigences de la civilisation; un lit, des meubles, un
toit solide sont pour lui choses superflues. Un turban pour sa tête, une simple chemise de toile pour
son corps, quelquefois des sandales, voilà tout
son vêtement. Sans crainte et volontiers il expose
au soleil brûlant de l'Asie son visage bruni et ses
membres musculeux. Une pierre est sa table.
Point de recherche dans sa nourriture. Lorsqu'il a
marché dans la mesure de ses forces, ou quand le

soleil a quitté l'horizon, il se couche à terre ; ses armes lui servent d'oreiller, la voûte étoilée du ciel le protège et il dort paisible. L'immensité est sa demeure.

Tels sont les hommes parmi lesquels nous allons vivre dorénavant. Leur voisinage est redoutable ; mais, sauf de rares exceptions, on peut circuler sans crainte dans leur pays. Avec une escorte peu nombreuse, en payant tribut à leur chef, muni de lettres d'un consul français ou anglais, on franchit tous les pas dangereux. Dans les occasions difficiles, on s'en tire ordinairement à force de sang-froid et d'énergie. Il importe surtout de ne point recourir aux armes sans une nécessité extrême. Tirer sur un Bédouin serait contracter une dette de sang avec la tribu entière. La vengeance est une dette sacrée au désert, où il n'y a pas d'autre justice. Le point d'honneur oblige de proche en proche à venger la mort par la mort.

Pour achever le portrait, il importe de faire une réserve en faveur des Arabes sédentaires, que nous trouverons dans les villes et dans les grandes agglomérations rurales. Ceux-là sont de mœurs douces, aux traits expressifs et mobiles, à la physionomie pleine d'animation ; ils se montrent polis et pratiquent largement l'hospitalité. Ignorant tout ce que le peuple sait en Europe, mais d'un esprit vif et prompt, ils saisissent rapîdement ce qu'ils voient et se plieraient par goût aux idées de la civilisation, si l'inertie du gouvernement n'arrêtait tout élan chez

le peuple. Les Turcs leur abandonnent le commerce ;
mais, par fierté, peut-être aussi par calcul, ils se
réservent la guerre, la magistrature, et tout ce
qui pourrait développer les belles qualités de
l'Arabe.

En nombreuse compagnie, comme aujourd'hui,
nous serons trop distraits pour éprouver tant d'impressions diverses. Les premières heures du chemin
dans la montagne sont insignifiantes. Nos chasseurs
essayèrent leurs armes ; ils ne furent pas heureux.
Une litière nous croisa au fond d'un ravin. La femme
d'un pacha était étendue sur des coussins, dans une
caisse assez semblable à nos voitures. Deux barres transversales soutenaient la caisse. Un mulet
par devant, un mulet par derrière, la portaient.
Quelques eunuques formaient le cortège. Pour
déjeuner, on nous fit arrêter dans une gorge
plantée d'oliviers. Chacun attacha son cheval aux
buissons et mit en sûreté sa selle et ses sacoches,
car il faut se défier de tout, même de ses guides.
Un peu plus tard, pour un manque de précaution,
Augustin de Lorges se verra enlever un fort joli
nécessaire d'argent. Nous nous assîmes à terre.
Nous eûmes tous une assiette et une timbale d'étain,
un couteau et une fourchette en fer. On nous servit
du vin goudronné dans des flacons de fer-blanc, puis
des œufs durs, une tranche de viande froide, du fromage arabe et du raisin sec. Je donne le menu une
fois pour toutes, notre déjeuner fut le même tous les
jours.

Au point culminant de la chaîne, nous jouîmes,
en nous retournant, d'un coup d'œil magnifique
sur la plaine de Saron jusqu'à Jaffa, et sur la mer
qui miroitait dans la brume. Ensuite, une vallée
s'ouvrit devant nous, et bientôt parut un village appelé Kariat-el-Enab, *le village des raisins*. Plusieurs
voudraient en faire le lieu de la naissance du prophète
des douleurs ; mais bien des raisons militent pour le
contraire. Une tradition récente et parfaitement au-
thentique, le signale comme la demeure d'un brigand célèbre. Le nom de cet homme fameux est
devenu classique dans le pays, et les étrangers
s'habituent souvent à le donner au village lui-même,
qu'ils nomment Abou-Gorh. Ce chef fit trembler le
pays, il y a une vingtaine d'années. Aujourd'hui, le
brigand est mort ; mais le pouvoir s'est maintenu
dans sa famille, et sa vieille inimitié contre les autorités de Jérusalem se perpétue dans ses enfants.
Heureusement, les voyageurs trouvent maintenant
grâce complète devant eux. Si, au lieu de nous arrêter
sitôt pour déjeuner, nous eussions poussé jusque-là,
nous aurions vu le fils d'Abou-Gorh, et il n'eût pas
manqué de nous offrir le café. La maladresse d'un
guide, un peu de mauvaise volonté peut-être, nous
en priva. Quand nous arrivâmes, le lionceau faisait
la sieste, et malheur à qui l'eût dérangé !

En revanche, nous eûmes dans ce village une cérémonie improvisée, vraiment digne des Croisades.
Une église romane, sans portes ni fenêtres, y reste
encore debout, et sert d'étable banale à tout le pays.

Nous y entrâmes à cheval par simple curiosité. Alors un Franciscain proposa d'y chanter le *Magnificat*. Pour la première fois depuis la chute du royaume de Jérusalem, ces voûtes répétèrent les cantiques sacrés. Les cavaliers avaient le visage tourné vers le sanctuaire ; le Franciscain, à cheval aussi, faisait face aux pèlerins. Il déplora en quelques paroles la longue profanation de l'édifice, et puis il chanta seul quelques invocations à la sainte Vierge, à saint Louis, roi de France, à saint François : la troupe répondait : *Ora pro nobis.* Cette prière, à cheval, ne manquait pas de pittoresque. Nos costumes de fantaisie, nos armes, la bure du Franciscain semblable au costume de Pierre l'Ermite, tout prêtait merveilleusement à l'illusion.

Je ne quitterai pas le village des Raisins sans releter une avanture assez bizarre de mon premier voyage. Les Pères de Ramleh nous avaient donné quelques provisions pour le milieu de jour et nous nous disposions à déjeuner sur le bord de la fontaine. Or, la source coule au milieu d'un large bassin, et, pour l'atteindre, il faut s'engager assez avant dans l'eau. Nous avisâmes une négresse, qui y était jusqu'à mi-jambe, et tenait une cruche sous l'orifice même de la source.

— Veux-tu nous prêter ta cruche? lui dîmes-nous.

— Je le veux bien, répondit-elle, à la condition que vous me donnerez une demi-piastre.

Nous cédâmes la demi-piastre. La femme alors refusa effrontément la cruche. Que faire ? Nous proposâmes encore une demi-piastre. Elle promit de nouveau, et s'étant fait payer d'avance, de nouveau refusa. Que faire, je le répète, surtout contre une femme? Impossible d'employer la force. Il fallut parlementer. Elle tenait bon et voulait plusieurs piastres encore. Or, comme nous refusions de céder, voilà que tout à coup l'eau cessa de couler. Et la négresse de nous regarder en riant. Nous n'en revenions pas. Comment l'eau avait-elle disparu si vite ? Nous ne pûmes jamais le comprendre.

— Où est ton eau, dit notre Arabe?

— Le diable l'a emportée, répondit la négresse.

Et nous n'en pûmes obtenir davantage.

Nous cédâmes encore une pièce de monnaie ; aussitôt l'eau reparut et nous eûmes enfin la cruche. Si, comme Éliézer, nous avions eu besoin d'une Rébecca pour abreuver de nombreux chameaux, je doute que nous l'eussions trouvée dans cet odieux village. Les yeux de l'Arabe d'aujourd'hui ne s'illuminent qu'à la vue de l'argent.

Les plus petits enfants sont dressés à demander le *baghchich*, et tous, grands et petits, le font avec une persistance, un acharnement dont on est heureux de se débarrasser au plus tôt.

Vainqueurs de l'obstination de la négresse, nous nous assîmes dans le sable, à l'ombre douteuse d'un olivier, et nous commençâmes notre repas composé d'œufs durs et de fromage, avec ces mauvaises galettes arabes qu'on appelle du pain. Nous aurions bien voulu y ajouter des fruits, mais il n'y en avait

pas. A force d'instances, nous décidâmes un jeune
indigène à aller nous chercher des concombres. Il
nous les apporta dans le pan de sa chemise, sans
paraître se douter que cette forme pût être cho-
quante. Arrivé devant nous, il ouvrit les mains, la
chemise retomba et laissa rouler son contenu sur la
terre.

— Qu'est-ce que ce village ? dit l'un de nous, en
montrant quelques maisons groupées sur la montagne.

— C'est celui des idolâtres, lui fut-il répondu.

— Comment ?

— Oui, des idolâtres, de ceux qui ne croient à
rien.

— Mais encore, fit le Père ?

— Eh bien ! des chrétiens, si vous aimez mieux,
répondirent les Arabes.

Le Père eut l'air mécontent. Alors les Arabes s'hu-
milièrent. — Pardon, reprit l'un d'eux, j'ai mal parlé ;
— et la conversation en resta là. De quels propos
flatteurs on accueillait notre venue !

Mais voici des lieux célèbres.

Pendant les trois heures qui nous séparent de Jérusalem, chaque détour du chemin nous rappellera
un souvenir.

Sur cette montagne couverte de ruines, plusieurs
croient reconnaître le *Castellum Emmaüs* des croisés. Mais Robinson y voit Modin, résidence et sépulture des Macchabées. Une vieille forteresse et
quelques maisons indiquent au voyageur la patrie

de Matathias et de ses fils illustres, Jean, Simon, Juda, Éléazar et Jonathas. Qui oserait passer indifférent? La montagne semble dire : *Sta viator, heroes calcas !* arrête, voyageur, tu foules la poussière des héros.

C'était l'an du monde 3840. Antiochus avait pillé Jérusalem. Le peuple saint était dispersé et les idoles s'élevaient sur les autels du vrai Dieu. La misère était si grande et la tentation si pressante, que beaucoup d'Israélites abjuraient leur croyance et sacrifiaient aux idoles. Alors Matathias et ses fils s'enfuirent à Modin, avec une poignée de fidèles. Ils pleuraient amèrement et ne voulaient plus se vêtir que de cilices. Cependant les envoyés d'Antiochus etant venus les engager à courber leurs fronts devant les faux dieux, Matathias indigné, parlant au nom de tous, fit cette réponse mémorable : Quand toutes les nations obéiraient au roi Antiochus et que tous ceux d'Israël renieraient le Dieu de leurs pères, nous continuerions toujours, mes enfants, mes frères et moi, à obéir au Dieu de nos pères. Après cela, le vieillard et les siens s'armèrent, et quand Matathias mourut, il chargea ses enfants du soin de défendre Israël; et, dignes fils de leur père, Judas, Jonathas et les autres firent les merveilles que tout le monde a lues sous le titre d'histoire des Macchabées.

Descendons vers cette vallée profonde, plantée de vignes et de doura. Voyez-vous tout au fond, et coupant sur la teinte brune du ton général, comme une ligne blanchâtre, se dessiner le lit d'un torrent?

Cette vallée est celle de Térébinthe. Dans ce torrent, David, enfant, ramassa la pierre dont il frappa le géant Goliath. Sur l'une de ces montagnes, l'armée des Philistins était campée ; au sommet opposé, Israël avait dressé ses pavillons. Des deux parts, il fallait, pour attaquer, descendre d'abord et puis remonter l'autre versant. En présence d'une telle difficulté, les deux partis hésitaient. On n'évitait pas le combat, mais on refusait d'engager l'action. On se regardait, on se mesurait, on se menaçait, mais on ne s'ébranlait pas. L'incertitude se fût prolongée longtemps, si une circonstance fortuite n'eût précipité le dénouement.

Un homme bâtard, de l'armée des Philistins, habitant de Geth, s'avança au bord de la montagne et fit signe aux Hébreux qu'il voulait leur parler. C'était un géant, haut de six coudées et une palme, doué d'une force proportionnée à sa taille, et d'un aspect effrayant. Il portait sur sa tête un casque d'airain et marchait revêtu d'une cuirasse d'airain pesant cinq mille sicles ; des bottes d'airain couvraient ses jambes ; à son bras était fixé un bouclier également d'airain. Il brandissait une lance énorme, dont le bois avait la grosseur des rouleaux employés alors par les tisserands, et dont le fer pesait à lui seul six cents sicles. Le géant bardé de fer insultait par ses défis l'armée de Saül ; et la terreur glaçant Israël, nul n'osait répondre à ces insolentes provocations. Quarante jours se passèrent ainsi, et Goliath renouvelait matin et soir ses insultes.

Au bout de ce temps, un jeune pâtre nommé David vint au camp, envoyé par son père, pour voir ses frères aînés et s'assurer que rien ne leur manquait. Il connut les craintes de l'armée, il vit le géant, et cet enfant qui, sous la tunique du berger, portait un cœur de roi, s'étonna des terreurs d'Israël et offrit de combattre le Philistin.

On le présenta au roi ; et comme Saül lui objectait sa jeunesse et paraissait ne pas vouloir l'exposer à une mort certaine : Seigneur mon roi, dit l'enfant, lorsque je conduisais aux pâturages les troupeaux de mon père, je ne craignais ni les voleurs ni les bêtes sauvages. Tantôt un ours, tantôt un lion, venait et emportait une brebis. Je le poursuivais, je l'attaquais, je le saisissais à la gorge, je l'étouffais, et, le laissant mort sur la place, je retournais joyeux auprès de mes moutons. Ce que j'ai fait, Seigneur, contre les lions et les ours, je le ferai contre ce Philistin. Et qui est-il donc cet infidèle, pour oser braver ainsi l'armée du Dieu vivant ? Je ne compte ni sur mes forces, ni sur mon courage. Le même Dieu, qui m'a tiré de la griffe des ours et de la gueule des lions, saura bien me délivrer des mains du géant.

Le roi touché voulut le revêtir de ses armes : — Non, non ! dit l'enfant, je ne marchais point ainsi lorsque j'étranglais les bêtes féroces. — Et il ôte le casque et la cuirasse, il repousse l'épée royale. Il prend son bâton de berger, choisit dans le torrent cinq cailloux bien polis, les met dans sa panetière et, saisissant sa fronde, il s'avance contre l'ennemi.

Le géant, voyant ce jeune homme, le méprisa et lui dit : Suis-je un chien, pour que tu viennes à moi avec un bâton ? Je donnerai ta chair à manger aux oiseaux du ciel et aux bêtes de la terre. — Tu viens à moi, répondit David, avec l'épée, la lance et le bouclier. Moi, je ne suis qu'un enfant, mais je vais à toi au nom du Seigneur, qui te livrera entre mes mains ; je te tuerai et te couperai la tête et je donnerai aujourd'hui les corps des Philistins aux oiseaux du ciel, afin que toute la terre sache qu'il y a un Dieu dans Israël. — Il avait à peine dit, qu'une pierre s'échappe en sifflant de sa fronde et va frapper au front l'orgueilleux Philistin. Goliath tombe ; David court à lui, lui arrache son épée et d'un seul coup lui tranche la tête. La victoire est à David. Aussitôt la terreur change de camp. Israël applaudit ; les Philistins s'enfuient en tumulte et dans le désordre du désespoir : ils avaient vu tomber sans lutte le plus brave d'entre eux ; tant de force et d'habileté, des armes à l'épreuve de tous les coups, tout a été impuissant. Une pierre lancée par la main d'un enfant a suffi pour faire une masse inerte du géant colossal et terrible qui, pendant quarante jours, avait à lui seul terrifié toute une armée. C'est qu'il y a dans la mort de cet homme plus qu'un accident ordinaire ; David a frappé, mais celui qui conduit tout a dirigé la main, et, dans un événement si commun à la guerre, on ne peut méconnaître le doigt de Dieu.

Non loin du pont sur lequel nous avions franchi le torrent, s'élève un hameau nommé en arabe *Kalonieh*. C'est, dit-on, le dernier vestige d'une ville bâtie par les croisés. Une aimable surprise nous y attendait. M. le chancelier du Patriarchat de Jérusalem était venu au-devant de nous avec quelques prêtres. Nous le saluâmes avec empressement : c'était comme une première apparition de tout ce que nous allions voir et sentir. Par lui nous touchions à la Jérusalem vivante, que la montagne nous dérobait encore.

Nous nous hâtâmes alors, gravissant les rochers comme si nous n'eussions éprouvé aucune fatigue. Une heure encore, et nous touchions à l'enceinte sacrée !

On dit que, lorsque les croisés parvinrent sur les hauteurs d'Emmaüs, d'où l'on découvre la ville sainte, ils ne purent contenir leurs transports. Les premiers qui l'aperçurent s'écrièrent ensemble : Jérusalem ! Jérusalem ! et l'armée entière se précipita pour voir la ville, objet de tant de vœux. Le cri : *Dieu le veut! Dieu le veut!* s'échappa spontanément de toutes les poitrines ; il retentit sur les hauteurs de Sion, et s'en alla réveiller les échos endormis de la montagne des Oliviers. Les cavaliers descendirent de cheval et marchèrent pieds nus. Les uns se jetaient à genoux, les autres baisaient avec respect une terre qu'avaient foulée les pas du Sauveur. Dans leur exaltation, ils passaient tour à tour de la joie à la tristesse et de la tristesse à la joie. Tantôt ils se félici-

taient de toucher au terme de leurs labeurs, tantôt
ils pleuraient sur leurs péchés, sur la mort de Jésus-
Christ, sur son tombeau profané. Tous renouvelaient
le serment d'arracher la cité sacrée au joug de l'infidèle.

Seul dans sa chambre, à la simple lecture, on
comprend cet enthousiasme. Mais lorsqu'on a traversé le désert, lorsqu'on a vu peu à peu la vie
disparaître et s'effacer devant l'aridité d'un sol brûlé,
lorsqu'on sort de ces gorges sauvages et silencieuses,
et qu'on se trouve tout à coup en face de Jérusalem,
je ne sais quoi d'inconnu se passe dans l'âme. Après
dix ans, je vois, comme au premier jour, ce panorama gravé dans ma mémoire, ce groupe de montagnes arides, ces roches grisâtres, amoncelées
pêle-mêle et coupées par de rares oliviers, cette couronne de murailles enfin dont les créneaux se déta-
chent sur l'azur du ciel. Il y a dans ces tons généralement gris, dans cette absence presque complète
de végétation, dans ce calme d'une nature morte,
dans l'aspect de cette ville silencieuse, quelque chose
qui remplit d'abord de stupeur. Et puis, lorsqu'on
fixe ses yeux sur la coupole du saint Sépulcre,
lorsqu'on aperçoit par-dessus la ville, la montagne
de l'Ascension, lorsqu'on se dit : Jésus-Christ était
là ; il y a fait ses miracles, il y est mort sur la croix,
il y est ressuscité pour monter au ciel ! je ne m'illu-
sionne pas ; je suis à Jérusalem ! — on se sent, à la
lettre, transporté dans un monde nouveau. Cette
impression peut avoir des nuances infinies, selon la

disposition des cœurs ; mais chez tous elle est, j'en suis sûr, profonde, intime, ineffaçable.

Les premiers arrivés attendirent en silence le reste de la caravane. Et quand on fut réuni, tous, debout, tenant nos chevaux par la bride, nous chantâmes l'hymne du prophète :

« Je me suis réjoui dans cette parole qui m'a été « dite : Nous irons dans la maison du Seigneur.

« Nos pieds vont fouler tes parvis, ô Jérusalem ! « Jérusalem ! toi qui est bâtie comme une ville dont « toutes les parties forment un tout admirable.

« C'est bien là que montaient les tribus, les tribus « du Seigneur, témoignage d'Israël pour louer le nom « du Seigneur.

« O cité sainte, que ceux qui te chérissent goûtent « les douceurs de la paix ! »

Puis nous composâmes notre marche pour entrer avec gravité dans la ville digne du respect des anges et des hommes.

Autrefois, les pèlerins s'avançaient nu-pieds, le bâton à la main, la tête découverte, à la façon des pénitents. Aujourd'hui, par un contre-sens détestable, il faut prendre les allures de la fierté lorsqu'on va confesser son néant sur le saint tombeau : toute marque d'humilité serait mal interprétée par les Turcs, qui n'y verraient qu'un hommage servile des chrétiens d'occident tremblant devant le cimeterre de Mahomet.

Les cavas du consulat de France, avec leurs insignes, ouvrirent la marche. Le duc de Lorges mar-

chait seul après eux. Les membres du bureau suivaient le président, et derrière eux venait, deux à
deux la foule des pèlerins.

Lorsque nous atteignîmes la porte de Jaffa, nous
trouvâmes beaucoup de monde réuni pour nous voir.
Nous passâmes la tête haute au milieu des sentinel-
les turques ; et, longeant les fondations monumen-
tales de la Tour de David, plus connue sous le nom
de Tour des Pisans, nous arrivâmes bientôt au couvent des Pères de Terre-Sainte.

L'aspect de ce couvent a quelque chose de saisissant. On y arrive par une rue voûtée, où le silence
et l'obscurité rappellent le mystère dont s'entouraient
les premiers chrétiens contre la persécution. C'est
une vaste maison, irrégulièrement bâtie, dont la
porte basse, écrasée, garnie de fer, est toujours ouverte aux pèlerins et aux malheureux, et toujours
insultée par les musulmans. Ses longues voûtes obs-
cures, ses cours étroites, ses escaliers sombres et détournés, sa petite église au premier étage, tout y
montre la nécessité de se cacher pour être à l'abri
des vexations et des avanies. Point de cloches, un
silence complet pour se faire oublier. La pauvreté
toujours, la souffrance souvent, tel est le fond sur
lequel s'écoule la vie des Pères ; aussi la vue de leur
résidence inspire une triste et sombre mélancolie.
C'est là que, depuis des siècles, les courageux solitaires combattent chaque jour, contre le fanatisme
des Turcs, la haine des Grecs et les souvenirs de la
patrie absente. Gloire à vous, nobles hommes ! Votre

vie à Jérusalem, comme celle des religieux du Saint-Bernard, serait à elle seule une réponse aux attaques de l'impiété contre la règle et les institutions mona cales.

Notre arrivée fut tout un événement. Il y eut dans la cour intérieure un bruit de chevaux, une confusion de paroles à faire tressaillir des murs accoutumés au silence. Notre premier soin fut d'aller rendre nos hommages au révérendissime Custode de Terre-Sainte. Ce religieux est le supérieur général de tous les monastères franciscains d'Orient. Ses pouvoirs son très étendus. Il officie pontificalement, avec la mitre et la crosse ; il donne la confirmation et remplit les fonctions épiscopales autant que peut le faire un prêtre. Jusqu'à nos jours, depuis les croisades, le révérendissime a été en Terre-Sainte l'unique représentant de Rome. Actuellement, l'Église a profité d'une apparence de liberté, pour nommer un patriarche et rétablir la hiérarchie ecclésiastique, entreprise immense qui coûtera bien des peines et bien des sueurs sur une terre maudite qui semble frappée de stérilité ; mais l'Église ne s'arrête devant rien, pas même devant le martyre.

Notre emménagement fut très difficile. Vingt-deux pèlerins autrichiens occupaient déjà une grande partie des chambres disponibles à Casanuova. On dressa des lits à côté les uns des autres, plus serrés encore que ceux d'un navire ; les ecclésiastiques furent logés dans le couvent ; enfin une dizaine de jeunes gens et moi, dûmes aller nous établir à l'autre bout de la ville, dans un petit couvent inhabité, construit auprès du prétoire de Pilate, devant l'arcade de l'*Ecce homo*, à l'endroit même où Notre-Seigneur fut flagellé. Cet exil forcé n'était pas commode : plusieurs fois le jour, il nous fallait traverser la ville pour aller rejoindre les autres pèlerins et prendre nos repas avec eux ; mais, par une heureuse compensation, le chemin à parcourir était justement la voie douloureuse par laquelle Notre-Seigneur monta au Calvaire, de sorte que la force des choses même la gravait profondément dans notre mémoire.

Un mauvais repas, joyeusement accepté, préluda aux maigres festins qui nous attendaient pendant notre séjour au couvent; puis, après une station à la chapelle pour la prière du soir, chacun gagna son lit et s'endormit heureux, à la pensée de s'éveiller le lendemain au pied du Calvaire, dans l'enceinte de Jérusalem.

V

Ma première journée à Jérusalem.

La première journée de ma vie que j'aie passée à Jérusalem, fut une déception cruelle.

Arrivé de la veille, à la chute du jour, je n'avais rien vu, et la nuit s'était mise plus longue, ce semble, qu'à l'ordinaire, entre la ville sainte et mon désir impatient. Aussi, dès l'aurore, après avoir célébré la messe au couvent, je m'étais hâté vers l'église de la Résurrection.

Hélas ! Elle était fermée !

Un guichet entr'ouvert m'ayant permis d'entrevoir la physionomie impassible de deux Turcs, je leur parlai et je leur offris de l'argent. Impossible de vaincre leur obstination ; un signe de tête négatif fut toute leur réponse. Ainsi, nous catholiques, descendants des croisés, fils de la France protectrice des Saints-Lieux, nous dûmes nous retirer

sans entrer au sépulcre du Sauveur. Les Turcs ne
le voulaient pas. Et on trouve cela tout simple! Et
pas une voix ne s'élève pour réclamer contre cette
énormité, pour demander, au nom de la Catholicité,
la restitution de la propriété sacrée de l'Église, du
lieu le plus célèbre de l'univers, du tombeau le plus
saint du monde !

Je m'approchai du guichet, et j'aperçus la pierre
dite de l'onction, celle où fut déposé et embaumé le
corps de Jésus-Christ après la descente de la croix.
Des lampes brûlaient au-dessus, signe extérieur de
la dévotion des chrétiens. Mais, tout autour, des
Turcs, assis ou couchés sur des tapis, fumaient né-
gligemment leur tchibouk et causaient entre eux.
Ils nous regardèrent et ne se dérangèrent point.
Nous nous retirâmes pénétrés de tristesse. C'était le
prélude des mille scandales dont nous allions être
les témoins, pendant notre séjour en Terre-Sainte.

Force était de me résigner. Je suivis le conseil de
mon guide, et j'essayai de parcourir la ville, errant
au hasard, en attendant l'heure de me présenter
chez le consul de France et le Patriarche.

On a beaucoup écrit sur Jérusalem, on l'a décrite
de mille façons, et cependant il me semble impossible de s'en faire une idée sans la voir. Tout y est
solitude et silence. Je croyais marcher dans une
nécropole. Les maisons sont misérables, les rues
étroites, mal pavées et glissantes, souvent obscur-
cies par des voûtes jetées en travers d'une maison
à l'autre. Le soleil y pénètre difficilement, l'air y

circule mal, et la malpropreté et les mauvaises odeurs
y règnent en permanence.

Dans cette enceinte faite pour contenir cent mille
âmes, vingt mille habitants végètent, semblables à
ces débris d'un peuple vaincu que le triomphateur
rencontre épars au milieu des ruines après la dé-
route universelle. Ces hommes, divisés par leurs
croyances, leurs intérêts et leurs nationalités, ne
s'aiment pas et paraissent se fuir.

Je demande à mon conducteur comment se décom-
pose cette population métisse. Il me parle de huit cents
catholiques seulement, presque tous de la dernière
classe de la société, de trois mille schismatiques
Grecs, Arméniens, Cophtes, Abyssins, Syriens, de
huit mille Juifs, et d'autant de musulmans qu'il en
faut pour compléter le chiffre de vingt mille. Parmi
eux, nulle gaieté, nul mouvement commercial, nulle
apparence de préoccupation d'aucune sorte. Il me
semb'e voir le fatalisme peint sur tous les visages.
Quelques femmes voilées se traînent le long des
murs, marchant d'un pas timide ; à l'approche d'un
étranger elles collent leur figure contre la muraille ;
l'ensemble de leur tenue décèle des habitudes de
servage. Les hommes cheminent nonchalamment.
Quelques-uns poussent devant eux un âne ou un chameau ; d'autres, par leur marche indécise, semblent
errer à l'aventure. Leurs yeux sont fixes. Ils mâchent
un concombre, ou bien, accroupis à terre, ils fument
une longue pipe. Des paroles rares, brèves et dures,
sortent de leur bouche ; quelquefois ils excitent leurs

animaux par un cri farouche, assez semblable à celui du chameau. Jamais leur physionomie ne change ; l'indolence et la paresse semblent revêtir leurs traits d'un masque stupide.

Et de quoi vivent-ils ? disais-je un jour au chancelier du patriarchat ? Y a-t-il à Jérusalem des fortunes et des revenus capables de suppléer à l'industrie ? Non, me répondit-il, Ici, l'argent semble frappé de stérilité. Vainement la spéculation a jeté ses dés ; toujours l'insuccès a paralysé ses efforts. J'insistai et demandai quelles étaient les ressources de ce peuple. La réponse m'étonna. Les hommes vivent ici de leur culte. Chaque religion fournit aux besoins de ses coréligionnaires. Les Pères de Terre-Sainte répandent l'aumône catholique parmi la population latine. Des collectes nombreuses, venues de tous les pays schismatiques, font vivre les chrétiens dissidents. Les Turcs rançonnent les pèlerins, imposent les schismatiques et les catholiques, entretiennent les procès entre eux, et ne manquent jamais de tirer des deux parties des sommes considérables. Quant aux Juifs, ce sont des hommes rassemblés de toutes les parties du monde. Sur leurs vieux jours, les dévots de la nation réalisent leur fortune ou quêtent autour d'eux, et viennent mourir à Jérusalem, afin qu'enterrés dans la vallée de Josaphat, ils n'aient point à courir pour aller au jugement.

Jérusalem se présentait sous un triste aspect, et cependant je n'avais pas vu toute ses misères. Errant aux environs de la tour de David, j'aperçus un petit faubourg composé de misérables huttes ; j'approchai, et la triste vérité se révéla : c'était le quartier des lépreux. L'horrible lèpre n'a pas quitté l'Orient. Elle reste à Jérusalem, parmi les témoignages de malédiction. Je m'enfonçai dans la rue hideuse ouverte devant moi.

Quel spectacle ! L'homme atteint de la lèpre voit peu à peu ses pieds se gonfler et sa peau se couvrir d'ulcères. Ses yeux s'enflamment, sa voix devient rauque. Une humeur dévorante le mine et le ronge. Cependant l'usage de ses facultés lui reste, comme pour lui permettre de constater chaque jour le progrès de sa destruction. Ses parents eux-mêmes n'osent plus l'approcher, parce que son mal est contagieux ; une main amie ne serre jamais la sienne (1). Il doit vivre et mourir à l'écart, et après sa mort, tous les objets affectés à son usage seront réduits en cendre. De cette troupe assise le long de la rue et tendant ses mains crispées pour demander l'aumône, une femme se détache et vient solliciter ma charité. La malheureuse faisait mille efforts pour adoucir le son caverneux de sa voix. Je pensai au divin Maître qui guérissait les lèpreux, et je le remerciai de m'avoir mis à même d'assister quelque peu ceux auxquels il rendit si souvent la santé. Je regardai la

(1) Aujourd'hui, un avis contraire semble prévaloir dans la médecine. On pense que la lèpre ne se communique pas ; mais le peuple n'est pas persuadé, et la situation des lépreux reste la même.

lépreuse d'un air sympathique, et comme j'allais lui remettre mon aumône dans la main, craignant pour moi le contact de ses ulcères, elle retira promptement son membre flétri et me présenta son voile disposé en aumônière. Ce mouvement m'affecta péniblement : il est dur d'avoir à traiter une créature humaine comme un être immonde, dont le contact souille et tue.

Encore si la lèpre était la seule marque de réprobation imprimée à Jérusalem ! Mais, plus je la considère, moins elle me paraît ressembler au reste du monde. Son isolement, la solitude de ses remparts sur lesquels nulle sentinelle ne se promène, l'aspect froid de ses minarets et de ses dômes, une sorte de silence solennel qui enveloppe tout l'ensemble, et la teinte désolante d'une nature aride, m'impressionnent et me jettent dans je ne sais quelle terreur. Je crois toucher de mon doigt le sceau de la réprobation apposé sur la ville déicide. Après Titus, Jérusalem détruite, le temple rasé et ses fondations arrachées, le silence s'est fait en Judée, malgré le tumulte des siècles, et le seul cri qui s'élève de cette terre désolée est l'écho prolongé du terrible anathème : *Sanguis ejus super nos et super filios nostros* O peuple ! ô cité ! le sang du Juste est retombé sur toi et tes enfants. Sa tache reste indélébile, malgré dix-huit siècles.

A midi, je me fis conduire chez le Patriarche latin de Jérusalem et chez le consul de France. Partout l'autorité mérite des égards. A Jérusalem, on sent

plus qu'ailleurs le besoin de se proclamer chrétien
en vénérant son premier pasteur ; on est fier aussi
de se montrer Européen et de se rapprocher du
représentant de sa nation. Ma visite ne pouvait
qu'être insignifiante entre personnes inconnues ;
mais on voulut bien m'accueillir avec une affabilité
dont je devais, plus tard, éprouver mille effets.

Les Franciscains avaient eu la bonté de mettre à
ma disposition, comme cicerone, un jeune religieux
auquel je veux témoigner ma reconnaissance. Ce
n'était qu'un frère lai. Tout jeune encore, il était
venu de la Mésopotamie, son pays natal, pour se
faire humble serviteur dans le couvent du Saint-
Sépulcre. Il savait un peu de toutes les langues :
outre son idiome propre, il parlait facilement l'italien;
avec moi il s'exprimait en latin ; avec un de mes
domestiques il causait en allemand. Comment avait-
il appris tout cela ? Seul et par un travail opiniâtre.
Les supérieurs l'ont appliqué à l'imprimerie, où il
est chargé de fondre les caractères. Il lui a donc fallu
se mettre au courant de tous les alphabets. Mais,
pour être plus en état de travailler à la gloire de
Dieu et de rendre service au prochain, il s'est
efforcé de fixer son attention sur tout ce qu'il voyait
et entendait, au point de s'initier à la connaissance
de tous les idiomes. Il vit ignoré dans son atelier ;
s'il avait voulu être drogman dans une grande maison
de commerce, dans un consulat ou dans une ambas-
sade, sa facilité et son application au travail lui
eussent ouvert un accès facile et assuré, une position

avantageuse ; mais il a préféré vivre dans la pauvreté. Toujours gai, plein d'attention, ne se plaignant
jamais ni de la fatigue, ni de la chaleur, je l'ai
toujours trouvé dévoué, prêt à tout ; il m'a rendu des
services continus, et je lui en conserve le meilleur
souvenir.

Pour occuper ma soirée, il me proposa de franchir
l'enceinte et d'aller jusque sur la montagne des Oliviers. C'était le meilleur moyen de saisir d'un coup
d'œil le plan général de la ville, avant d'en étudier
les détails ; j'acceptai de grand cœur et nous sortîmes
par la porte que les Turcs appellent *Sidi-Mariam*, ou
porte de *Madame-Marie*, et que les chrétiens désignent
à tort sous le nom de Saint-Étienne.

Nous traversâmes le torrent de Cédron et la vallée
de Josaphat, mais sans nous arrêter cette fois, car le
temps nous eût manqué ; nous recueillîmes respectueusement une branche tombée des oliviers de
Gethzémani, et nous gravîmes la montagne jusqu'au
lieu d'où Notre-Seigneur s'éleva dans le ciel.

La position ne pouvait être mieux choisie. Les
quatre collines sur lesquelles la ville est assise se
dessinaient très nettement. A gauche, le mont Sion
qui domine encore ; presque à nos pieds, le mont
Moriah ; derrière lui, le mont Acra ; sur la droite, la
colline de Betzétha. Le panorama est complet, et nous
pouvons nous rendre aisément compte de tout.

La ville nous apparaît isolée de trois côtés par de
profonds ravins ; elle ressemble à un promontoire
qui se relierait à la terre du côté du nord-ouest. Des

murailles hautes de quarante pieds lui font une couronne, dont l'uniformité est coupée par de nombreuses tours carrées; au ton général, on dirait une cité
du moyen âge.

Du temps du roi Agrippa, elle était assise sur les
quatre collines et s'étendait beaucoup vers le nord.
Actuellement elle occupe un espace infiniment plus
restreint. Sion et Betzétha ne sont plus compris dans
son enceinte; seuls, les monts Acra et Moriah sont
enfermés dans les murs. Seulement, le voyageur ne
doit pas s'attendre à les distinguer l'un de l'autre,
car les bouleversements nombreux du terrain ont
abaissé les hauteurs et comblé la vallée.

La ville actuelle a quatre portes : celle de Sion ou
de David, au sud; celle de Damas, dans la direction du nord; à l'est, celle de Sidi-Mariam ou de Saint-
Étienne ; à l'ouest, celle de Jaffa. Trois autres sont
murées : la porte d'Ephraïm, non loin de celle de
Damas ; la porte Sterquilinaire, près de celle de Sion,
et par laquelle Jésus Christ entra le jeudi saint,
quand il fut conduit devant Pilate; enfin, la porte
Dorée, qui conduisait au temple, et par laquelle
Notre-Seigneur fut amené en triomphe le jour des
Rameaux. Les Turcs attachent à cette dernière une
idée superstitieuse. Les chrétiens, disent-ils, doivent
un jour s'emparer de la ville, et c'est par là qu'ils
entreront. Aussi, la tiennent-ils murée, comme pour
opposer à l'ennemi une barrière infranchissable. Pauvres aveugles, qui croient arrêter le torrent de la
justice divine avec des pierres et du sable, et, der-

rière des murs de quatre pieds d'épaisseur, s'ima-
ginent pouvoir résister à l'Europe! Les nations chrétiennes, pour eux, sont moins qu'un ver de terre;
et ils sont convaincus qu'au delà des mers nous trem-
blons devant leur cimeterre. Que ne peut l'orgueil
soutenu par l'ignorance?

Quatre quartiers divisent Jérusalem. Celui des
Turcs est le plus grand; il s'étend, du côté de Bézé-
tha, jusque sur les hauteurs du Moriah. Au nord, la
coupole du saint Sépulcre indique le quartier chrétien. Derrière la mosquée d'Omar, sur l'ancien
sommet d'Acra, est le quartier juif, à côté duquel
celui des Arméniens s'étend dans la direction de
Sion.

L'état des lieux ainsi constaté, je m'assis sur le
flanc de la montagne, à l'endroit où Titus, dit-on,
voulut dresser sa tente, près du lieu célèbre où
Notre-Seigneur pleura sur la cité coupable; et, le
livre du P. de Géramb à la main, je lus et je méditai.
En contemplant la désolation actuelle de cette ville
autrefois si opulente et si fière, je me demandai
comment certains hommes pouvaient y méconnaître
une action palpable de la justice de Dieu.

Voilà une ville placée au centre de l'univers. Du
triple sommet de ses collines elle domine le monde.
Les temps anciens la considèrent avec étonnement.
Alors que l'univers entier se prosterne au pied des
idoles, elle seule construit un temple au vrai Dieu,
pur esprit, créateur de toutes choses. Aux jours de
ses fêtes pascales, toutes les nations lui envoient

leurs députés, pour adorer en esprit et en vérité.
Les célèbres rois d'Égypte veulent avoir un exem-
plaire de ses livres saints ; les Romains lui demandent son alliance ; et à cette parole du peuple juif :
— C'est de nous que naîtra le Messie, le libérateur
promis à la terre, — les auteurs païens répondent :
Nous croyons en effet qu'il se lèvera, en Orient, un
envoyé de Dieu qui changera la face du monde.

Cependant les prophètes suscités par Dieu et
sortis du sein même d'Israël, affirment que le
Messie promis paraîtra en effet et naîtra de la tribu
de Juda ; mais qu'il viendra parmi les siens, et
que les siens ne le connaîtront pas, et qu'ils le
mettront à mort, et que son sang retombera sur
leurs têtes et sur celles de leurs enfants. Ces paroles
des prophètes sont entre les mains des Juifs, et
c'est par eux que nous les connaissons.

Or, voilà que, sous Ponce-Pilate, gouverneur de
la Judée pour les Romains, un homme paraît qui
se dit le fils de Dieu et qui le prouve par des miracles. Il est de la tribu de Juda. Tout le monde connaît son origine ; on en doute si peu que, à l'époque
de sa naissance, la vierge Marie, sa mère, est appelée
à Bethléem par les satellites de l'empereur romain,
pour se faire inscrire sur les registres du recensement, avec la tribu de Juda. Cet homme fait des
prodiges ; on les lui reproche et on l'accuse d'être
possédé du démon. Il répond par cet argument bien
simple : « Tout royaume divisé contre lui-même
périra. Pourrais-je faire des prodiges au nom de

Dieu et pour sa gloire par la vertu des démons ? »
Et la haine confondue a recours à la violence; elle
fait crucifier celui qui s'est dit le fils de Dieu, mais,
trois jours après, elle le voit ressusciter glorieux
d'entre les morts, étendre la main aux quatre vents
du ciel, parler en maître et dire : « C'est maintenant
que le prince de ce monde va en être chassé ! que
toutes les idoles tombent et que l'univers m'a-
dore ! » Et en vertu de cette parole, semée sur
la terre par quelques bateliers, les idoles s'écrou-
lent, le Christianisme se répand dans le monde
entier, Jérusalem entend les anges gardiens de
son temple l'avertir de sa destruction par cette
parole mémorable : « Sortons d'ici ! sortons d'ici ! »

Et Titus détruit Jérusalem. Des mains sacrilèges
essayent en vain de relever le trône de Juda. Une
puissance invisible saisit la nation juive, la lance
au loin et la disperse dans toutes les parties de la
terre. Ce peuple étrange traverse le flot des nations
et ne se confond jamais avec elles. Le Scythe et le
barbare courbent le front devant la croix, abjurent
leurs mœurs féroces, croisent leur sang avec celui
des peuples civilisés et se mêlent tellement à la
masse qu'ils perdent bientôt la trace de leur origine.
Le Juif, au contraire, garde sa loi et ses mœurs. Il
dit que Jérusalem est sa patrie, et Jérusalem ne l'a
jamais vu dans ses murs. Il tâche de se rapprocher
d'elle, et une main inexorable le repousse malgré
lui. A voir les efforts de ce peuple pour reconstituer
sa nationalité, on dirait des naufragés luttant

contre les flots pour regagner le bord, avançant péniblement de quelques brasses, et puis rejetés impitoyablement en pleine mer par la vague qui se retire.

Or, que voyons-nous, d'autre part ?

Les siècles passent, et Jérusalem reste invariablement l'objet de la haine des méchants et de la vénération des bons. L'erreur et la vérité s'y livrent un duel à mort. Il n'est pas au monde un pays plus souvent attaqué, conquis, repris, perdu et recouvré encore. Et toujours, et aujourd'hui même, alors que le Croissant y domine, la partie saine du monde, toutes les nations civilisées tournent leurs regards vers le saint tombeau, et se font gloire de le reconnaître pour le berceau de leur foi et de leur civilisation.

Où donc faudra-t-il chercher des miracles, si les destinées mystérieuses de cette ville n'en sont pas un frappant ? Les prétendus amis de la vérité demandent des preuves ; ils viennent à Jérusalem, une voix sort puissante des pierres mêmes, de la tradition et des annales des peuples pour leur répondre. Ils écoutent et ne comprennent pas. Quand donc auront-ils des yeux pour voir et des oreilles pour entendre ?

Pour le chrétien sincère, qui cherche de bonne foi à s'instruire, il peut, en voyant Jérusalem, dire avec l'apôtre saint Jean : « Ce que nos yeux ont vu, ce que nos oreilles ont entendu, ce que nos mains ont touché, nous vous l'annonçons en toute confiance. »

Le doute n'est plus permis devant une telle évidence.
Si la religion du Calvaire n'est pas divine, il faut
admettre un miracle plus grand mille fois que celui
de ses origines ineffables, celui de l'univers entier
tournant sottement et avec opiniâtreté ses regards
vers Jérusalem, la reconnaissant pour la source de
ses croyances, et se la disputant par folie comme le
plus beau trophée, alors même qu'elle est déchue de
sa puissance, dépouillée de sa richesse, et privée de
sa gloire antique.

Mais le jour baisse, et la nuit enveloppe la ville de
ses ombres; quittons la montagne. Les portes se
ferment au coucher du soleil, et malheur à l'étranger
qui se laisserait surprendre par la nuit dans ses
explorations hors des murs !

VI

Aïn-Karim ou saint Jean au désert.

Jérusalem nous arrêtera de longs jours. Seule elle suffirait à motiver le pèlerinage d'outre-mer. L'histoire profane et sacrée, la misère de l'homme et la grandeur de Dieu s'y lisent partout ; le vieux monde y expira au pied de la croix ; la civilisation chrétienne naquit sur son Calvaire ; elle domine l'univers par la majesté de ses souvenirs ; et son Golgotha explique le passé, le présent et l'avenir des peuples. Si nous la quittons aujourd'hui, c'est bien pour y revenir. Élisabeth, Zacharie, Bethléem et sa crèche nous appellent. Ne faut-il pas vénérer les pas de Jésus enfant, avant de suivre le Dieu fait homme à Gethzémani ?

Schembri, notre guide, propose, moyennant un détour et vingt-cinq francs par tête, de nous conduire à Hébron. Le duc de Lorges met la chose aux

voix. Les avis se balancent. La caravane se frac-
tionne. Les ecclésiastiques et les hommes un peu
fatigués iront seulement à Bethléem, pendant que
les meilleurs cavaliers pousseront jusqu'au séjour
d'Abraham. La matinée se passe en préparatifs ; vers
trois heures nous montons à cheval, et nous sortons
par la route de Jaffa. Faut-il redire que la route est
détestable ? Mais c'est l'ordinaire en Judée. Un bon
chemin serait miracle.

Après une heure de marche, le monastère schismatique de Sainte-Croix nous apparaît, faisant point
de vue dans la vallée. La disposition de ses toits, sa
flèche, un certain air d'aisance et presque une apparence de luxe nous attirent ; mais l'intérieur ne
répond point à notre attente. Pour des hommes
voués à la prière, le site est bien choisi ; de leur terrasse ils aperçoivent à leur droite les dernières
murailles de Jérusalem, vers la gauche les cimes
blanchissantes de Bethléem ; difficile eût été de
mieux planter leur tente. Ils nous montrèrent dans
le sanctuaire, derrière le maître-autel, un tronc
d'arbre sur lequel aurait été coupée la croix de
Notre-Seigneur. C'est possible ; mais où sont les
preuves ?

Cinq quarts d'heure encore, et notre tâche du
jour sera remplie ; nous descendrons de cheval à
l'ancien village de Jutta, aujourd'hui Aïn-Karim ou
la Fontaine de la Vierge. Saint Zacharie et sainte
Élisabeth y vécurent longtemps, et, dans leur vieillesse, ils y donnèrent au monde un enfant qui

s'appela Jean-Baptiste et fut le précurseur du Messie.
Demain nous serons au berceau du maître ; aujour-
d'hui nous stationnons près de celui de son prophète ; la gradation est heureusement gardée.

Les Pères de Terre-Sainte vivent ici dans la retraite, au milieu d'une centaine de catholiques égarés
parmi les infidèles. Les Turcs, il y a deux siècles,
s'étaient emparés de leur couvent ; mais les ministres de Louis XIV en obtinrent la restitution. Nous
recueillîmes ce renseignement de la bouche même des
religieux espagnols, avec une joie toute patriotique.

Une courte pose au divan, le temps d'accepter les
sorbets de l'hospitalité orientale, nous retinrent à
peine ; n'étions-nous pas venus pour vénérer les
souvenirs du Précurseur ?

L'église est vaste, solidement construite, et digne
en tout de la beauté du couvent. A droite du maître-
autel, un escalier de marbre nous conduisit à un
véritable caveau. Des lampes y brûlaient autour
d'un autel ; l'encens fumait dans des cassolettes précieuses ; saint Jean-Baptiste est né en ce lieu. Au
temps d'Élisabeth, cette grotte formait sans doute le
fond de la maison, et les constructions s'étendaient
en avant. Aujourd'hui la grotte seule subsiste. Le
terrain se sera exhaussé dans la suite des siècles, et
maintenant il faut descendre pour y arriver.

Au temps d'Hérode, roi de Judée, il y avait, dit
saint Luc, un prêtre nommé Zacharie, de la famille
sacerdotale d'Abia, l'une de celles qui étaient appe-
lées au service particulier du temple.

Sa femme se nommait Élisabeth. Elle était fille d'Emerentia, sœur de la mère de sainte Anne, et par conséquent cousine de la sainte Vierge et en quelque sorte sa tante.

Tous les deux étaient justes devant le Seigneur ; ils marchaient dans la voie de ses commandements et ils observaient ses ordonnances d'une manière irrépréhensible.

Ils n'avaient point d'enfants, parce qu'Élisabeth était stérile et qu'ils étaient fort avancés en âge.

Ils n'habitaient pas Jérusalem ; leur demeure était dans un village appelé Jutta, à une petite distance de la ville d'Hébron, où fut enterré Abraham. Ils y vivaient fort respectés, tant à cause de leurs vertus que parce qu'ils descendaient d'Aaron, leur aïeul.

A certaines époques de l'année, Zacharie quittait Jutta pour remonter à Jérusalem, afin d'aller faire à son tour le service du temple.

Or, en l'année qui précéda l'Incarnation de Notre-Seigneur, c'est-à-dire l'an de Rome 747, à peu près vers le mois qui correspond à notre mois de septembre, il avait été précisément appelé à Jérusalem pour l'exercice de ses fonctions.

On avait jeté le sort sur les principaux d'entre les prêtres, afin de savoir lequel serait chargé d'offrir des parfums au Seigneur dansle Saint des Saints, et le sort était tombé sur lui.

« Alors, prenant un encensoir d'or, il avait pénétré en tremblant dans le sanctuaire.

« Et voilà que, pendant qu'il répandait sur des

charbons ardents les parfums les plus purs, un ange lui apparut soudain.

« Zacharie eut peur et la crainte le saisit.

« Alors l'ange, se tenant debout à la droite de l'autel, lui dit :

« Ne crains point, Zacharie, le Seigneur a écouté tes prières. Ta femme Élisabeth te donnera le fils que tu as tant désiré. Il s'appellera Jean et sera grand devant le Seigneur, et beaucoup de personnes se réjouiront de sa naissance. »

La nouvelle était si surprenante, que la foi de Zacharie en fut ébranlée. Il refusa de croire à la parole de l'ange et lui dit :

« Comment connaîtrai-je la vérité de vos paroles, car je suis déjà vieux et ma femme est avancée en âge?

« Alors l'ange, prenant un ton grave, lui dit :

« Je suis Gabriel, l'un de ceux qui se tiennent continuellement devant le trône de Dieu. J'ai été envoyé pour t'apporter cette bonne nouvelle ; mais parce que tu n'as pas voulu croire simplement à ma parole, dès à présent tu seras muet et tu ne retrouveras l'usage de ta langue qu'après la naissance de ton fils.

« Pendant que ces choses se passaient, le peuple attendait Zacharie à la porte du Saint des Saints, et l'on s'étonnait qu'il demeurât si longtemps dans le temple.

« Zacharie sortit enfin. On lui demanda la cause de son retard ; mais il ne put répondre. On s'aperçut qu'il était muet; on comprit à ses signes qu'il avait eu une vision.

« Il se hâta de quitter Jérusalem, dès que les jours de son ministère furent accomplis, et il se retira dans sa propriété de Jutta.

« Quelque temps après, Élisabeth conçut, et en voyant s'accomplir la parole de l'ange, elle s'écria : Voici que le Seigneur m'a regardée avec des yeux de miséricorde et qu'il commence à me retirer de l'opprobre où je demeurais depuis si longtemps.

« Neuf mois s'écoulèrent ensuite et, vers la fin du mois de juin, la parole du Seigneur s'accomplit sur Élisabeth : la femme de Zacharie mit au monde un fils.

« Ses voisins et ses parents ayant appris son bonheur accoururent pour l'en féliciter.

« Et le huitième jour après la naissance de l'enfant, on vint pour le circoncire et on voulut lui donner le nom de Zacharie ; mais la mère répondit : Il n'en sera pas ainsi, il s'appellera Jean.

« Comment, reprit l'assistance, mais il n'y a personne dans votre famille qui porte ce nom.

« Et comme la mère insistait, on fit signe à Zacharie et on lui demanda quel nom il choisissait. Il écrivit sur des tablettes que Jean était son nom, et tous furent plongés dans l'étonnement.

« Aussitôt le Seigneur manifesta sa volonté en ouvrant les lèvres de Zacharie.

« L'heureux père de Jean-Baptiste recouvra l'usage de la parole, et aussitôt il remercia le Seigneur en disant :

« Béni soit le Seigneur, Dieu d'Israël, qui a daigné nous visiter pour opérer la délivrance de son peuple.

« Béni soit Dieu, qui a bien voulu arborer l'étendard du salut dans la maison de David, son serviteur, et nous sauver de nos ennemis. »

Ensuite le vieux prêtre, s'adressant à l'enfant, prophétisa ainsi son avenir :

« Et toi, enfant, tu seras appelé le prophète du Très-Haut; tu marcheras devant la face du Seigneur pour préparer ses voies. Tu enseigneras à son peuple la science du salut et la rémission des péchés. Tu éclaireras d'une manière divine ceux qui sont assis dans l'ombre de la mort, et tu dirigeras nos pas dans la voie de la paix.

« Béni soit donc le Dieu d'Israël, qui a daigné nous visiter dans sa miséricorde.

« Or, la nouvelle de ces merveilles se répandit dans toutes les montagnes de la Judée.

« Et tous ceux qui en entendirent le récit se demandaient avec admiration : Quelle pensez-vous que soit la destinée de cet enfant? Évidemment il lui arrivera quelque chose de remarquable, puisque la main de Dieu est si manifestement sur lui.

« Et l'enfant grandit ; et il se fortifia en esprit, et il alla se cacher dans le désert jusqu'au jour fixé pour sa manifestation dans Israël. »

Nous récitâmes le *Benedictus* à l'endroit même où le Saint-Esprit l'inspira à Zacharie. Plus heureux que le saint vieillard, nous avions vu l'accomplissement des promesses, et nous étions animés d'une profonde reconnaissance en disant : « Béni soit le Seigneur Dieu d'Israël, parce qu'il nous a visités et qu'il a opéré la délivrance de son peuple... en faisant miséricorde à nos pères et en se souvenant de sa sainte alliance... Il a juré qu'il se donnerait à nous, afin qu'après qu'il nous aurait délivrés de la main de nos ennemis, nous le servions sans crainte, marchant en sa présence, tous les jours de notre vie, dans la sainteté et la justice... » Et nous pouvions ajouter : « Sa promesse s'est accomplie, et le Verbe s'est fait chair, et il a habité parmi nous, et nous avons vu sa gloire. Elle était bien celle du Fils unique de Dieu plein de grâce et de vérité ! »

Les Pères vont tous les jours en procession à l'autel de la nativité de saint Jean. C'est un usage commun, parmi eux, aux principaux sanctuaires de Jérusalem, de Bethléem et de Nazareth. J'avais assisté jadis à cette procession, mais cette fois, je dois l'avouer, il sembla prudent d'en dissuader nos pèlerins. On ne joue pas impunément avec le climat de ces pays. Passer d'une course brûlante au calme d'une procession solitaire dans une église fraîche et déserte, me paraissait dangereux pour nos jeunes gens. Si quelques-uns purent me croire alors d'une circonspection un peu exagérée, la caravane de septembre 1860 leur aura tristement appris le danger de trop écouter son zèle, en négligeant les précautions. Sur huit pèlerins, quatre moururent, et trois autres éprouvèrent une grave maladie.

En revanche, je proposai de remonter à cheval

et de profiter du reste du jour pour aller, à travers la vallée de Térébinthe, visiter le désert de Saint-Jean.

Le saint précurseur resta à peine dans la maison de ses parents ; il les quitta de bonne heure pour s'enfoncer dans la solitude. Il ne convenait pas, dit Origène, que l'objet d'une conception aussi sainte attendît au foyer paternel, assis à la table de famille, le moment de se manifester à Israël. Il s'en alla cacher sa jeunesse loin du tumulte des villes et habita le désert. où l'air est plus pur, le ciel plus découvert et Dieu plus familier. Mais, à l'âge de trois ans, ses parents ne purent l'autoriser à s'éloigner beaucoup. Jean habita donc un lieu solitaire à peu de distance de leur demeure, et plus tard seulement il s'établit au bord du Jourdain, pour exhorter le peuple à la pénitence et le baptiser dans l'eau du fleuve.

La grotte du jeune solitaire est à mi-côte, au-dessus d'une vallée sauvage. On y grimpe en s'aidant de quelques trous pratiqués dans le roc. Elle est peu profonde et assez basse. Un ruisseau d'eau vive descend tout auprès en cascade ; il dut servir bien des fois à désaltérer le saint précurseur. Aux environs, les oliviers sont beaux, et la végétation se montre active.

La première enfance de saint Jean-Baptiste s'écoula donc en ces lieux. S'il portait un vêtement de poil de chameau sans un seul fil de lin, c'était, d'après le docteur Seppe, en mémoire d'un vêtement semblable donné par Dieu au premier homme apres sa chute. Une ceinture de cuir ceignait ses reins, à la manière du prophète Élie. Jamais le ciseau ne toucha sa chevelure ni sa barbe; jamais ses lèvres ne goûtèrent une boisson fermentée, suivant l'usage des Nazaréens. Dans ce pays où coulaient le lait et le miel, sa nourriture était le lait des brebis et le miel que les abeilles sauvages préparaient dans leurs rayons pour le prédicateur du désert; dons simples de la nature, aliments du premier âge du monde, si l'on en croit la tradition universelle. Il se nourrissait encore de sauterelles, objet peu délicat, mais considéré comme gras. Les usages de l'Europe nous prédisposent à une sorte d'incrédulité à cet égard; mais l'Orient n'y voit rien d'étrange. Aujourd'hui encore, sur les marchés arabes, on vend des sauterelles, bouillies comme des écrevisses, ou rôties au feu. Elles ressemblent à de petits chevaux et peuvent avoir une longueur de cinq pouces. Dans les plaines du Hauran surtout, lorsqu'elles s'abattent par troupes sur les champs avec la rosée, on les prend aisément avec la main. Les rabbins en comptent jusqu'à huit cents espèces.

Ici même commença donc la vie solitaire, telle qu'elle allait se pratiquer dans la nouvelle loi. De cette grotte partirent les inspirations qui produisirent plus tard les anachorètes chrétiens de la Thébaïde, du Sinaï, du Carmel et du Liban. Sans doute au ciel, Jean le Précurseur est entouré de la glorieuse phalange des solitaires et des ermites, et l'une de ses plus belles gloires est dans cette noble génération de héros formés par ses exemples.

Certes, après avoir consacré sa vie à l'austérité, au jeûne et au silence, Jean-Baptiste s'était bien acquis le droit de crier à travers la Judée : Faites de dignes fruits de pénitence, car la cognée est à la racine de l'arbre, et tout arbre qui ne porte pas de bons fruits sera coupé et jeté au feu.

Israël ne comprit pas, et l'arbre mauvais tomba sous le fer des soldats de Titus. Mais les montagnes gardèrent le souvenir de saint Jean, les pierres parlèrent; leurs échos pénétrèrent en Égypte et en Syrie, et le miracle de saint Jean au désert se reproduisit sous les formes les plus variées et les plus admirables, pendant de longs siècles.

Au-dessus de la grotte sont les ruines d'une ancienne église, entourée d'un jardin que vient d'acheter monseigneur le patriarche. Ce jardin est cultivé par un Arabe et sa femme, chrétiens tous les deux. Ils nous demandèrent un peu d'argent pour faire brûler une lampe dans la grotte de celui que l'Écriture appelle *une lampe vivante et ardente.* Puis la femme réunit quelques branches sèches, les alluma, fit bouillir de l'eau, y jeta quelques pincées d'un café renfermé dans un vieux journal, et nous offrit la boisson indispensable. Nous lui donnâmes en retour quelques piastres, et nous remontâmes à cheval.

VII

La Visitation.

Le soleil a disparu derrière les hautes cimes des montagnes ; la cloche du couvent retentit, au crépuscule, dans la vallée solitaire ; on nous invite au repas du soir ; mais passerons-nous, sans mettre pied à terre, auprès de cette ruine, où s'opéra le mystère de la Visitation ?

Ici l'humilité et le dévouement donnèrent au monde un exemple jusque-là ignoré ! Ici fut rendue la plus sainte des visites du monde ! Ici, la vierge Marie réalisa, pour l'instruction des siècles à venir, la première idée de la sœur de charité.

La pieuse fille d'Anne et de Joachim avait atteint l'âge de douze ans. C'était, chez les Juifs, l'âge de la majorité pour les femmes. Par l'ordre du grand-prêtre, Marie devait quitter le temple pour être mariée, puisque toutes les bénédictions et les promesses de l'alliance étaient attachées à la fécondité.

La jeune fille, profondément émue d'une nouvelle aussi foudroyante pour son cœur si simple et si pur, s'était jetée aux genoux du prêtre, lui avait affirmé qu'elle ne voulait pas quitter le temple; qu'elle avait consacré à Dieu sa virginité, et qu'elle était décidée à ne pas se marier. Le prêtre lui avait répondu que la chose ne s'était jamais vue dans Israël, qu'elle devait se soumettre à la loi commune et accepter un époux.

Or, Marie était de la race de David; d'après les lois de sa nation, elle ne devait épouser qu'un homme de sang royal.

On envoya donc des messagers de tous côtés dans le pays, afin de convoquer les hommes de cette race qui n'étaient point mariés.

Lorsqu'un grand nombre d'entre eux furent arrivés, avec leurs habits de fête, on leur présenta la jeune vierge, et ils l'admirèrent avec un profond respect.

Parmi eux, on remarqua un jeune homme fort pieux, de la contrée de Bethléem. Il avait demandé à Dieu, avec une grande ferveur, la venue du Messie, et dans son cœur on aurait pu lire un désir ardent de l'emporter sur ses concurrents.

Quant à Marie, après avoir comparu un instant, elle se retira dans sa cellule, fondant en larmes et ne pouvant se résoudre à ne pas rester vierge.

Alors le grand-prêtre, obéissant à une inspiration du ciel, présenta une branche morte à chacun des assistants. Il leur enjoignit de marquer leur nom sur cette branche et de la tenir à la main pendant qu'il offrirait un sacrifice au Seigneur. A un moment donné, on recueillit toutes ces branches, on les plaça sur l'autel et on déclara que celui dont la branche fleurirait serait l'élu du Très-Haut.

Pendant l'épreuve, le jeune homme dont nous avons déjà parlé criait vers Dieu, les bras étendus. Quelle ne fut pas sa douleur, lorsque, après le temps fixé pour le miracle, on congédia tout le monde, en disant que nul n'avait été jugé digne d'être le fiancé de la jeune vierge ? Un rayon de la grâce l'illumina soudain, et, renonçant au monde, il prit la route du Carmel, où il s'enferma dans la solitude, parmi les anachorètes qui y vivaient depuis le temps d'Élie.

Cependant, les prêtres compulsèrent de nouveau leurs registres et cherchèrent si l'on n'avait pas oublié quelqu'un parmi les descendants de David.

Or, en ce temps-là vivait à Bethléem une famille dont le chef se nommait Jacob. Jacob était de la race royale et il avait six enfants. Il demeurait un peu en dehors de la ville, dans la maison même qu'habitait David avec Isaï, son père, et ses six frères, lorsqu'il était pasteur de troupeaux et que le prophète Samuel vint le sacrer roi d'Israël.

Joseph, son troisième fils, avait une intelligence remarquable et apprenait aisément tout ce qu'on lui enseignait. Il était simple, paisible, pieux, et n'écoutait point les conseils d'ambition que ses

frères cherchaient à lui suggérer. La prière et le travail des mains faisaient ses délices.

Son père lui avait fait apprendre le métier de
charpentier qui, à cette époque, se confondait avec
celui de menuisier. Il ne faut pas s'en étonner, dit le
docteur Seppe, car « chez les Juifs, c'était un devoir
pour les parents de former leurs fils au travail, et de
leur apprendre un métier, même lorsqu'il devaient
plus tard exercer une profession plus relevée. C'est
pour cela que Paul, le grand apôtre, avait appris à
tisser des tentes ; que Rabbin Jochanan, fils de
Zachée, et, plus tard, président du Sanhédrin, avait
exercé la profession de marchand jusqu'à l'âge de
quarante ans... Rabbin Simon Hapiculi, contempo-
rain de Gamaliel, celui qui a mis en ordre les dix-huit
bénédictions que les Juifs doivent réciter chaque
jour, était marchand de coton. Le rabbin Juda et le
rabbin Manahem étaient boulangers. Un autre
Joachim était cordonnier et faisait des pantoufles.
Un troisième de ce nom était tanneur, et le rabbin
Abraham ben Chaïm était teinturier. Le rabbin Josua
ben Chanan fabriquait des épingles; Nachum était
copiste, et le rabbin Siméon, artiste en broderies.
Les rabbins Chanina, Oschaia et Jean étaient tail-
leurs. Eliézer, président suprême des rabbins
d'Alexandrie, était forgeron ; et cet autre forgeron,
nommé Alexandre, qui poursuivit saint Paul jusqu'à
Rome, avait été rabbin. Nous trouvons aussi plusieurs autres sages chez les Juifs qui exerçaient le
métier de charpentier, comme par exemple, le rabbin

Isaac. Un autre Jochanan est appelé fils d'un charpentier, de même que Jésus dans l'Évangile et dans plusieurs endroits du Talmud. Le grand Hillel lui-même exerça, pendant sa jeunesse, quelque travail manuel. Si aujourd'hui nous avons peine à comprendre ces choses, nous le devons aux vaines délicatesses d'une fausse civilisation. »

Un jour, abandonnant la maison paternelle, où il avait beaucoup à souffrir de la jalousie de ses frères, Joseph se retira à quelque distance de Bethléem, chez un pauvre homme de Libnah, et se mit à travailler avec lui pour gagner sa vie.

Dans la maison de son nouveau maître, il se montra aussi simple que le dernier des ouvriers. Je le vis, dit une révélation, rendre avec une parfaite humilité, toutes sortes de services, ramasser des copeaux, rassembler des morceaux de bois, et les rapporter sur ses épaules. Il était si bon que tout le monde l'aimait.

Lorsque ses frères connurent l'humble condition à laquelle il s'était réduit pour l'amour de Dieu, ils lui en firent de vifs reproches ; mais il demeura inébranlable dans sa résolution. Seulement, pour ménager sa famille, qui était blessée d'avoir à reconnaître un charpentier au milieu des siens, il consentit à quitter le pays et s'en alla gagner sa vie dans des contrées plus éloignées. Ainsi, on le vit travailler à Thaanach, non loin de Mégiddo, auprès d'une petite rivière qui se jette dans la mer. Plus tard, nous le retrouvons à Tibériade.

Il pouvait avoir trente-trois ans à l'époque où nous sommes parvenus dans nos récits. Ses parents étaient morts depuis longtemps. Deux de ses frères habitaient encore Bethléem; les autres s'étaient dispersés. Leur fortune avait été dissipée, et la maison paternelle avait passé à d'autres mains.

Un jour qu'il disposait chez lui un petit oratoire, un ange lui apparut et lui dit : « Cessez votre travail, car il est inutile. Vous ne demeurerez pas ici, et de même que Joseph, le onzième fils du patriarche Jacob, fut chargé de l'administration des greniers de l'Égypte, vous allez être préposé à la garde du sanctuaire d'où sortira le salut du monde. » Joseph ne comprit pas cette vision; il attendit patiemment qu'il plût à Dieu de lui en révéler le sens.

On était précisément au jour où le grand prêtre avait inutilement cherché un fiancé pour la vierge Marie. Or, pendant que Joseph se croyait à jamais oublié du monde, les prêtres, compulsant leurs livres de généalogie, avaient découvert que Jacob, le Bethléémite, avait six enfants, dont l'un, inconnu et absent depuis longtemps, n'était certainement pas mort, et ne s'était pas rendu à la convocation. Ils le firent chercher, et leurs messagers le rencontrèrent à peu de distance de Samarie, dans un lieu situé près d'une petite rivière, où il habitait au bord de l'eau, travaillant pour un maître charpentier.

Sur l'ordre du grand-prêtre, Joseph vint à Jérusalem et se présenta au temple. On lui fit, à lui aussi, tenir une branche morte à la main pendant qu'on priait et qu'on offrait un sacrifice, et, comme il la déposait sur l'autel en présence du Saint des Saints, il en sortit une fleur blanche semblable à un lis.

On reconnut à ce miracle l'élu de Dieu ; seulement, les Juifs grossiers ne comprirent pas la signification de la fleur merveilleuse. Pourquoi sur cette branche morte avait-il poussé un lis plutôt qu'une autre fleur ? Parce que ce lis était le symbole de la pureté de Joseph ; parce qu'il voulait, comme Marie, garder toute sa vie la virginité, parce qu'il ne devait jamais être pour Marie que le gardien de son inaltérable pureté.

Le jour fut promptement fixé pour la cérémonie. Anne, mère de Marie, prépara elle-même le costume de sa fille bien-aimée. Il fut si beau, que les femmes juives qui l'avaient vu aimaient encore à en parler bien longtemps après. Quant à Marie, elle se prêta par obéissance, aux volontés de sa mère, malgré sa répugnance pour les vanités du monde.

Elle se laissa revêtir d'une large robe bleue ornée de roses rouges, blanches et jaunes, entremêlées de feuilles vertes. Cette robe était brodée en or et en soie, à la façon de nos belles chasubles du moyen âge, et garnie de franges d'or. Une sorte de scapulaire, chargé de perles et de pierres brillantes, retombait élégamment sur ses épaules, sur sa poitrine et sur ses bras. Les grandes manches de la robe se relevaient sur l'avant-bras au moyen de bracelets ornés de chiffres mystérieux. Un manteau bleu de ciel aux longues franges d'or retombait avec grâce et traînait en arrière.

Les vierges du temple s'étaient réservé le soin de disposer la chevelure de leur pieuse compagne. Elles avaient séparé ses longs cheveux d'un blond doré en un grand nombre de filets non tressés qui, reliés transversalement avec des bandeaux de perles, formaient un grand réseau dont l'extrémité flottante retombait sur les épaules et jusqu'au milieu du manteau. Elles jetèrent ensuite sur sa tête un beau voile transparent, brodé d'or, et le fixèrent au moyen d'une couronne enrichie de pierreries.

La majesté naturelle de Marie relevait infiniment l'éclat de son costume. Au rapport des saints Pères, elle était de grandeur moyenne ; elle avait des sourcils foncés et élevés, de grands yeux ordinairement baissés et voilés par de longs cils, un nez d'une belle forme et un peu allongé, une bouche noble et gracieuse, un menton effilé, une taille imposante.

Lorsqu'elle sortit de sa demeure pour aller à l'autel, elle apparut aux yeux de tous comme une vision divine. Elle était à la fois si majestueuse, si humble et si modeste, qu'elle inspirait un profond respect, et qu'en la voyant on se sentait pressé d'élever son cœur à Dieu. Elle avait dans sa main gauche une petite couronne de soie rouge et blanche, et dans la droite un flambeau allumé. Elle marchait revêtue de son riche costume, comme doivent le faire les saintes dans le ciel.

Joseph l'accompagnait respectueusement. Sa te-

nue était grave et sévère, comme il convenait à un
homme de son âge et de sa profession. Il était vêtu
d'une robe de couleur brune, dont les larges manches étaient soutenues sur le côté par de légers cor-
dons. Une étole retombait sur sa poitrine et sur ses
épaules. Son front était serein, son regard modeste,
son pas assuré, mais sa contenance décelait un
homme qui n'allait pas à une fête.

En effet, les noces de Joseph et de Marie n'étaient
point une fête : ils allaient à l'autel comme deux
victimes décidées à s'immoler ensemble.

Les portes du sanctuaire s'ouvrirent devant eux
comme pour deux époux ordinaires. Le prêtre les
reçut, revêtu de ses plus beaux ornements ; il pria
sur eux et les interrogea avec le cérémonial prescrit ; mais tandis que les deux époux répondaient à
ses questions par les formules d'usage, leurs cœurs,
par une permission divine, se parlaient un langage
secret et s'expliquaient mutuellement les conditions
de leur union.

Le prêtre dit à Marie :

— Consentez-vous à prendre Joseph pour votre
époux ?

Et Marie répondit :

— J'y consens.

Et intérieurement elle dit à Joseph : Vous savez
que j'ai fait vœu de virginité ; vous savez que
Dieu a accepté ma promesse. J'ai besoin d'un protecteur, parce que je suis trop jeune et trop faible
pour vivre au milieu du monde ; je veux bien être

appelée votre épouse, mais à la condition que **vous**
serez seulement le protecteur de ma *virginité* et **le**
gardien de ma pureté.

Le prêtre dit à Joseph :

— Voulez-vous prendre Marie pour votre épouse?

Et Joseph répondit :

— Je le veux.

Mais, au fond de son âme, il dit : Oui, vous serez
mon épouse devant les hommes, mais; vous le savez,
ô Marie, comme vous j'ai consacré au Seigneur ma
virginité. Nous vivrons donc à côté l'un de l'autre,
comme deux lampes qui brûlent simultanément et
se prêtent un mutuel éclat sans mêler leur lumière.
Je vous donne ma vie. Dès maintenant je vous pro-
mets de ne reculer devant aucun sacrifice pour protéger votre pureté.

Le prêtre mit au doigt de Marie l'anneau nuptial,
après l'avoir offert au Seigneur; puis il bénit les
deux époux.

Le peuple poussa alors des cris de joie. On lança
des couronnes de verdure, et à mesure que les époux
traversaient la foule, on jetait en l'air des poignées
de feuilles de roses qui retombaient en pluie odo-
rante. Puisque Dieu le voulait ainsi, les époux se
soumirent aux usages reçus chez les Juifs pour la
célébration des noces.

Ils louèrent sur le mont Sion une maison capable
de contenir beaucoup de monde. Les parents d'Anne
et de Joachim, aussi bien que les anciennes compagnes de Marie, furent invités. Les réjouissances

durèrent sept jours. Il y eut de la musique, de grands repas, mais surtout on immola beaucoup d'agneaux en sacrifice sur l'autel du Seigneur.

Marie se montra bonne et avenante pour tous ; Joseph s'employa de tous ses moyens à rendre service aux nombreux invités ; mais à leur physionomie, à leur maintien, il n'y avait pas à se tromper sur les sentiments qui les animaient. Ils ne tardèrent pas d'ailleurs à témoigner leur peu d'estime pour les pompes et les magnificences du monde.

A peine le soleil couchant, en s'éteignant dans les flots, avait-il marqué le terme des jours de réjouissance, que déjà Marie et Joseph avaient repris les vêtements de la pauvreté. L'histoire nous les montre, dès le lendemain, pendant la nuit même peut-être, franchissant les portes crénelées de Sion et s'acheminant vers la chaumière des pauvres. Demain nous les retrouverons dans une boutique obscure, travaillant de leurs mains, gagnant leur pain à la sueur de leur front, et vivant dans un tel état d'humilité, qu'un peu plus tard, lorsqu'on voudra injurier Notre-Seigneur, on lui reprocher la divine simplicité de ses parents selon la chair en lui disant : N'êtes-vous pas le fils du charpentier de Nazareth ?

Quelques mois après, le 25 mars de l'an de Rome 748, dans la silencieuse retraite de Nazareth, un ange envoyé du ciel annonçait à Marie qu'elle serait mère de Dieu, et pour lui laisser un signe qui confirmât la vérité de ses paroles, il lui disait : « Voilà que votre cousine Élisabeth est devenue grosse dans un âge avancé. Elle aussi concevra un fils qui sera grand devant le Seigneur : il s'appellera Jean-Baptiste, et sera le précurseur de celui que vous portez dans votre sein. »

Or, le lendemain et les jours suivants, comme Marie repassait dans son cœur les merveilles mystérieuses de la nuit de l'Annonciation, il lui vint en pensée que sa cousine Élisabeth devait avoir besoin de soins particuliers, et elle résolut immédiatement d'aller les lui offrir, et attendit avec impatience le retour de Joseph pour lui en demander la permission.

On approchait du temps où le saint patriarche devait se rendre à Jérusalem pour les fêtes de Pâques. Marie le pria de lui permettre de l'accompagner jusque-là et de la conduire ensuite à Jutta. Joseph y consentit, et ils se mirent en route.

La vénérable religieuse allemande à laquelle j'emprunte ces charmants détails, raconte ainsi leur voyage :

« Leur route se dirigeait vers le midi. Ils avaient avec eux un âne chargé de quelques effets appartenant à Joseph et d'une longue robe brune à capuchon, que Marie mettait par-dessus ses vêtements lorsqu'elle allait au temple ou à la synagogue.

« Joseph était couvert d'un grand manteau de voyage qui lui enveloppait même la tête ; il portait un petit paquet contenant des pains et un vase pour puiser de l'eau. Il avait encore à la main un bâton recourbé par en haut.

« La sainte Vierge était vêtue d'une tunique de laine brune, d'une robe grise relevée par une ceinture et d'un voile tirant sur le jaune.

« Ils voyageaient assez vite. Quelquefois Marie s'asseyait sur l'âne pour se reposer un moment.

« Je les vis, après avoir traversé la plaine d'Esdrelon dans la direction du midi, gravir une hauteur et entrer dans une ville commerçante appelée Dothau, chez un ami du père de Joseph. C'était un homme assez riche, originaire de Bethléem. Le père de Joseph l'appelait son frère, quoiqu'il ne le fût pas ; mais il descendait de David par un homme qui s'appelait Ela, ou Eldona, ou encore Eldat.

« Je vis une autre fois les saints voyageurs passer la nuit sous un hangar. Comme ils étaient encore à douze lieues de la demeure de Zacharie, ils entrèrent le soir dans un bois, et s'abritèrent sous une cabane de branchages, toute recouverte de feuillage vert et de belles fleurs blanches.

« On trouvait souvent dans ce pays, au bord des routes, de ces cabanes de verdure ou même des bâtiments plus solides, dans lesquels les voyageurs pouvaient passer la nuit, ou se rafraîchir et apprêter les aliments qu'ils apportaient avec eux. Une famille du voisinage avait la surveillance de ce genre d'abri, et fournissait plusieurs choses nécessaires moyennant une modique rétribution.

« Les cérémonies de la Pâque terminées, les pieux voyageurs ne prirent pas la route directe de Jérusalem à Jutta. Ils firent un détour du côté du levant,

pour voyager dans une plus grande solitude. Ils
contournèrent une petite ville à deux lieues d'Emmaüs, et prirent alors des chemins que Jésus parcourut souvent pendant ses années de prédication.
Ils eurent ensuite deux montagnes à franchir. Entre
ces deux montagnes, je les vis une fois se reposer,
manger du pain et mêler dans leur eau des gouttes
de baume qu'ils avaient recueilli pendant le voyage.
Le pays en cet endroit est très montagneux ; le flanc
des montagnes était percé et laissait voir d'immenses
cavernes. Les vallées étaient très fertiles. Ils passèrent à travers d'énormes rochers, et aussi parmi
des bois, des landes, des prés et des champs. Enfin
ils arrivèrent en vue de Jutta.

« Depuis un jour déjà, Élisabeth était fort préoc-
cupée d'une visite mystérieuse qu'elle attendait,
sans bien savoir pourquoi. Elle avait appris en songe
qu'une femme de son sang était devenue la mère du
Messie. Elle avait pensé alors à Marie, et s'était sentie
pressée d'un grand désir de la voir ; et il lui avait sem-
blé l'apercevoir en songe comme venant vers elle.

« Elle avait donc préparé dans sa maison, à droite
de la porte d'entrée, une petite chambre avec des
sièges. Elle s'y tenait assise, et elle regardait si Marie
n'arrivait point.

« Bientôt elle se leva et se mit à marcher sur la
route, comme pour aller au-devant elle.

« Élisabeth était une femme âgée, de grande taille ;
elle avait le visage petit et de jolis traits. Sa tête était
enveloppée d'un grand voile.

« Marie l'aperçut, et elle la devina sans la connaître. Elle pressa le pas pour aller à sa rencontre, et Joseph, par discrétion, voulut ralentir le sien.

« Les habitants des maisons voisines qui virent passer Marie, furent frappés de sa merveilleuse beauté, et plus encore d'une certaine dignité surnaturelle qui relevait toute sa personne. Ils se retirèrent respectueusement au moment où ils la virent s'approcher d'Élisabeth. Alors les deux augustes parentes se saluèrent, sans se parler, et je vis en Marie un point lumineux et comme un rayon qui alla frapper Élisabeth en lui faisant une impression merveilleuse. Et gardant toujours le silence, elles se hâtèrent de se soustraire à la présence des hommes et entrèrent dans une petite maison de plaisance que Zacharie avait en cet endroit, et dont Élisabeth avait la clef.

« Quant à Joseph, il descendit jusqu'à l'habitation du vieux prêtre. Il confia l'âne à un serviteur, et il alla saluer Zacharie dans une salle ouverte sur le côté de la maison.

« Zacharie était un beau et grand vieillard. Il répondait toujours par signes ou en écrivant sur une tablette. Il portait une longue robe blanche avec des manches modérément ouvertes. Une large ceinture, sur laquelle étaient gravées des lettres symboliques, lui ceignait plusieurs fois les reins. A sa robe était attachée une espèce de capuchon, qui retombait en longs plis comme un voile rejeté en arrière. Quelquefois il relevait élégamment cette robe par-dessus une de ses épaules. Son manteau sacerdotal était magnifique. Il était de couleur blanche et pourpre et s'attachait sur sa poitrine avec trois fermoirs d'or.

« Pendant que Zacharie embrassait cordialement Joseph, une scène admirable se passait dans le premier appartement de la villa du prêtre.

« Marie et Élisabeth avaient refermé la porte sur elles en y entrant. Alors Élisabeth, sous l'impression de la grâce émanée du cœur virginal de Marie, après avoir placé sa joue sur celle de sa jeune parente en signe de baiser, se retira un peu en arrière ; et, pleine d'humilité, de joie et d'enthousiasme, élevant les mains au ciel, elle s'écria : « Vous êtes bénie « entre toutes les femmes et le fruit de vos entrailles « est béni. Et d'où me vient ce bonheur que la « mère de mon Seigneur s'approche de moi. Aussitôt « que votre voix est parvenue à mes oreilles, l'enfant « que je porte a tressailli de joie dans mon sein. Vous « êtes heureuse d'avoir cru ! ce qui vous a été dit par « le Seigneur s'accomplira. »

« Alors Marie, croisant ses mains sur sa poitrine, commença le cantique inspiré : « Mon âme glorifie « le Seigneur ; et mon esprit est ravi de joie en Dieu, « mon Sauveur ; parce qu'il a regardé la bassesse « de sa servante. Voilà que tous les siècles m'appel- « leront bienheureuse, parce que Celui qui seul est « puissant a fait en moi de grandes choses, et son « nom est saint ; et sa miséricorde s'étend d'âge en « âge sur ceux qui le craignent. Il a déployé la puis-

« sance de son bras ! il a dissipé ceux qui étaient
« enflés d'orgueil dans les pensées de leur cœur. Il a
« renversé les puissants de leur trône ; et il a exalté
« les humbles et les petits.

« Il a rassasié ceux qui souffraient de la faim, et il
« a renvoyé les riches avec les mains vides.

« Il a pris sous sa protection Israël, son serviteur.

« Il s'est souvenu de ses desseins de miséricorde
« et de la promesse qu'il avait faite à nos pères, à
« Abraham et à toute sa postérité, pendant la suite
« des siècles.

« Que mon âme glorifie donc le Seigneur ! Qu'elle
« exalte sa bonté, parce qu'il a bien voulu jeter les
« yeux sur moi, son humble servante. »

Après avoir prié quelque temps ensemble, Élisabeth et Marie descendirent jusqu'à la demeure ordinaire de Zacharie. On servit le repas de l'hospitalité ;
on assigna aux deux voyageurs les chambres mo-
destes qu'ils devaient occuper, et Marie se mit dès
lors avec une humilité merveilleuse au service de sa
parente, en sa qualité de moins âgée.

La vie de ces deux saintes familles, pendant les
trois mois qui précédèrent la naissance de Jean-
Baptiste, fut admirable. C'était un mélange de simplicité, de cordialité, d'humilité et de prières ferven-
tes. La sainte Vierge prenait part à tous les soins du
ménage ; elle préparait les effets pour l'enfant qu'on
attendait, tenait compagnie à Élisabeth, et l'aidait
autant qu'elle pouvait.

Joseph, qui n'était pas nécessaire à Jutta, n'y demeura pas longtemps. Il retourna continuer son travail à Nazareth ; et, d'époque en époque, il venait prendre des nouvelles de Marie pour les rapporter à sainte Anne. Lorsque Jean-Baptiste fut né, il reprit avec lui son angélique fiancée et la ramena à son modeste foyer.

La sœur Catherine Emmérich décrit ainsi le jardin de la villa où eut lieu la Visitation : « Il est abondant en beaux arbres et produit des fruits de toute espèce ; il est très bien tenu ; il est traversé par une allée en berceau sous laquelle on est à l'ombre. A l'extrémité du jardin se trouve placée une petite maison de plaisance, dont la porte est sur le côté. Dans le haut de cette maison sont des ouvertures fermées avec des châssis. Il y a un lit de repos en nattes, recouvert de mousses ou d'autres herbes. »

La plupart de ces choses ont disparu, et nous nous trouvâmes, en arrivant, en présence d'une ruine. Nous mîmes pied à terre, et, marchant à travers les débris d'une ancienne église bâtie par sainte Hélène, nous parvînmes à une sorte de rez-de-chaussée délabré, au fond duquel un escalier conduisait jadis au premier étage. C'est tout ce qui reste de cette sainte demeure.

D'un élan spontané **nous** chantâmes le *Magnificat*, en présence des montagnes dont les échos avaient répété les accents de Marie.

Combien de fois, depuis le jour où ces paroles jaillirent du cœur et des lèvres de la fille de David, le monde a-t-il senti se vérifier cette parole : *Deposuit*

potentes de sede, et exaltavit humiles ! Il a renversé les
puissants et exalté les humbles, il a bafoué l'orgueilleux et jeté au vent ses projets, comme la feuille
d'automne sous la vigueur de l'aquilon.

En retournant au couvent, nous rencontrâmes
dans le vallon une fontaine appelée *Aïn-Karim*, la
fontaine de la Vierge. Sans doute la douce Vierge y
puisa souvent pendant son séjour chez Élisabeth, et
la pieuse tradition lui a conservé son nom. Peut-être
aussi lui a-t-il été donné par la famille de Zacharie.
Quoi qu'il en soit, le nom d'Aïn-Karim s'est perpétué
même chez les Turcs, et désigne aujourd'hui non
seulement la fontaine, mais aussi le village.

Qu'on est heureux, après une telle journée, d'aller
faire sa prière du soir devant l'autel de Saint-Jean,
et de prendre son repos où s'exerça la plus sainte
hospitalité !

VIII

La fontaine de Saint-Philippe et Betsour.

Peu de jours après l'Ascension de Notre-Seigneur, sur la route que nous suivons précisément ce matin, un Éthiopien célèbre, l'un des premiers de la cous de la reine d'Éthiopie et le gardien de tous ses trésors, revenait de Jérusalem, porté sur un char magnifique, et lisant le prophète Isaïe. Vraiment, dit à ce propos monseigneur Mislin, les chemins ont bien changé depuis la reine Candace. Et en effet, au xixe siècle il serait plus qu'impossible de voyager ici, sur un char, en lisant quoi que ce soit. Les défilés sont épouvantables. Il faut être cheval de Palestine pour passer où marchaient nos pauvres quadrupèdes. Dans une descente à pic, un de nos compagnons fut jeté par-dessus les oreilles de sa bête et tomba sur la tête. Nous le crûmes mort. On le releva; on disposa un brancard pour le rapporter au couvent. Je ne sais s'il était Breton ; toujours est-il que sa tête avait résisté au choc des rochers séculaires, et nous le retrouvâmes à Jérusalem, occupé à se guérir de légères contusions.

Mais voici la fontaine à laquelle se rattache le souvenir de l'Éthiopien. Ouvrons le livre des Actes. « Or, un ange du Seigneur parla au diacre saint » Philippe et il lui dit : Pars, et va du côté du midi, « sur la route qui conduit de Jérusalem à Gaza. — « Et il partit aussitôt, et il y alla. Dans le même « temps, un Éthiopien, l'un des premiers de la cour « de Candace, reine d'Éthiopie, et gardien de tous « ses trésors, qui était venu à Jérusalem pour « adorer, s'en retournait assis sur son char, et lisait « le prophète Isaïe. — Or, l'Esprit dit à Philippe : « Avance, et approche-toi du char. — Et Philippe, « accourant, entendit l'Eunuque qui lisait à haute « voix le prophète Isaïe, et il dit : Croyez-vous « comprendre ce que vous lisez? » Et l'Eunuque avoua le besoin qu'il avait d'un interprète, car le livre ouvert devant lui faisait allusion à la Passion de Notre-Seigneur, et il n'y pouvait rien comprendre « Et Philippe, ouvrant la bouche... lui annonça. « Jésus. Et après qu'ils eurent marché quelque « temps, ils vinrent à une fontaine, et l'Eunuque « dit : Voilà de l'eau ! Qu'est-ce qui empêche que « je ne sois baptisé? — Philippe dit : Cela se peut. « si vous croyez de tout votre cœur. — Et l'Eu- « nuque répondit : Je crois que Jésus est le fils de « Dieu. — Et il ordonna qu'on arrêtât son char;

« et tous deux descendirent dans l'eau , et Philippe
« baptisa l'Eunuque.

Heureuse fontaine ! le diacre Philippe en tira une
eau jaillissante pour la vie éternelle : *Fons aquæ
salientis in vitam æternam.*

Aujourd'hui encore, la source coule abondante,
limpide et fraîche, vraie merveille pour la Judée.
Mais l'église construite en mémoire du miracle est
entièrement ruinée.

A ce fait merveilleux se rapporte une légende
assez vraisemblable. L'Eunuque serait devenu l'apôtre de l'Éthiopie ; Candace serait l'héritière de la
fameuse reine de Saba, venue a Jérusalem pour
admirer Salomon ; l'Éthiopie enfin serait le royaume
de Méroé, traditionnellement gouverné par des femmes, que Pline appelle Kendaque ou Candace. Et, de
fait, les Éthiopiens vénèrent l'Eunuque comme nous
honorons saint Denys en France ; et les princes actuels de l'Éthiophie prétendent toujours descendre
d'un certain Ménilehek, fils de Salomon, et de la
reine de Saba. Malheureusement ils vivent infestés
de l'hérésie d'Eutychès, loin de la véritable Église.

Notre marche continua à travers les pierres. Mais
bientôt le désert disparaît ; de nombreux oliviers et
des champs en plein rapport indiquent le voisinage
de lieux habités ; et, tournant une colline, nous
voyons saillir du sein des arbres un édifice gothique,
dont la masse blanche se dessine élégante sur l'azur
du ciel. C'est Beit-Djalla, séjour préparé à l'étude,
à la retraite et à la prière. Non loin de Bethléem,

et de la grotte où saint Jérôme se livrait à un travail sans relâche, Monseigneur le Patriarche de Jérusalem a voulu établir son petit et son grand séminaire. L'édifice est beau et digne des fidèles qui lui prêtent le concours de leurs aumônes. Espérons que les pierres vivantes, destinées à en faire le plus bel ornement, y seront nombreuses et dignes de leur sublime mission. Nous avons vu les germes de cette pépinière. Puissent-ils croître et couvrir de leur ombrage le sol dénudé de la Palestine! Puisse saint Jérôme, du haut du ciel, sourire à cette jeunesse vertueuse, et s'y choisir beaucoup de successeurs dont une main tiendra le caillou pour frapper la chair rebelle, et l'autre dirigera une plume savante sous l'inspiration du Saint-Esprit!

Je ne puis songer à Beit-Djalla, sans être ému. Tout ce qui annonce la gloire de la nouvelle Église de Jérusalem, frappe mon cœur et l'anime d'un saint enthousiasme. Quoi de plus beau, après celui de Rome, que le trône pontifical dont la base est le Calvaire et la montagne de l'Ascension?

A mesure que nous nous rapprochons de Bethléem, le paysage devient de plus en plus riant. Mes compagnons s'en étonnent et m'en demandent la raison. Je la leur donne, telle que je l'ai reçue de Monseigneur le Patriarche. Les oliviers sont, ici, presque la seule fortune de l'Arabe. Or si la haine, toujours vive et profonde dans ces cœurs à demi-sauvages, les pousse à la vengeance, ils coupent frauduleusement les oliviers de la famille ennemie. Les représailles aggravent le mal ; le sol se dépouille rapidement, et le pays devient un désert. Inutiles seraient les procès, car nul témoin n'oserait parler, de peur d'une vengeance. Que faire donc ? Se résigner fatalement et périr c'est une conséquence inévitable, partout où la force morale n'est pas là pour suppléer à la justice armée.

Or, à Bethléem, cette force existe, puisque tout le pays est chrétien ; et les évêques ayant lancé une excommunication contre le coupeur d'oliviers, le pays se maintient dans un état d'aisance relative. Vienne donc le jour où la religion chrétienne triomphera en Palestine, et la terre fera de nouveau couler le lait et le miel pour le bonheur de ses habitants.

Mais j'ai tort de parler de Bethléem. Imposons silence à nos désirs. Comme Moïse, sur le mont Nébo, nous apercevrons tout à l'heure cette terre promise, sans y entrer encore. L'itinéraire nous mène aux vasques de Salomon.

Au pied des hautes murailles d'un khan ruiné, qui fut, peut-être, un château des Croisés, nous attachons nos chevaux pour admirer l'œuvre du fils de David.

Trois réservoirs immenses sont disposés de telle sorte, que le premier reçoit directement les eaux des montagnes, le second absorbe le trop plein du premier, et le troisième communique le surplus a un conduit dont nous pouvons suivre les traces à peu près jusqu'à Jérusalem. Dans un pays où les sources sont rares, où les pluies alimentent faible-

ment les citernes, c'était un bienfait de premier
ordre. Aussi, le prince y mit-il un soin si particulier,
que les siècles n'ont pu encore en effacer le cachet
du roi sage, puissant et riche.

Pendant le déjeuner, les pèlerins de la bande de
Bethléem vinrent nous rendre visite. Ils nous racontèrent comment, la veille, plusieurs de nos amis
étaient tombés de cheval. Les détails étaient à mourir de rire. Un bon monsieur, entre autres, d'une
taille au-dessus de la moyenne et d'une grosseur
proportionnée, en grimpant une montagne, avait
fait deux culbutes en arrière, pour retomber sur les
reins, derrière son cheval, au milieu des pierres. Je
souhaite à tous les Franc-Comtois la force de résistance passive de leur compatriote; ils affronteront
bien des dangers sans se faire mal.

Le Père Franciscain, curé de Bethleem, arriva
comme nous partions pour Hébron. Son beau cheval
faisait honte aux nôtres; il s'en aperçut, je crois, et
se mit à caracoler jusqu'à ce que notre humiliation
fût complète. Il venait aimablement nous protéger
contre les Arabes; nous lui sûmes gré de sa bonne
volonté; il jouit, en effet, d'une influence incontestée
sur les Bédouins; mais avions-nous besoin de protection? Le fait nous parut douteux. Nulle part ne
se présenta le danger. Loin d'avoir à craindre, nous
faisions peur. Ainsi, le lendemain, aux environs de
la grotte d'Odollam, un homme se rencontra qui se
mit à pousser, en nous voyant, des cris d'éner-
gumène. Il courait en hurlant, mais aussi en fuyant

Nous le poursuivîmes pour avoir l'énigme de sa manœuvre. Apercevant des cavaliers, qui n'étaient point en chemise selon la coutume bédouine, il nous avait pris pour des soldats turcs à la maraude, et il donnait aux pâtres de la vallée le signal de se cacher avec leur bétail.

D'autres cris s'élèvent ; mais, cette fois, ils sont joyeux. Un de nos cavaliers, pour avoir laissé la bride sur le cou de son cheval, a perdu sa monture. C'est la répétition de la scène de Ramleh : courses à perte de vue, efforts pour cerner l'animal, tentatives manquées, poursuites réitérées, et, à la fin, mais bien à la fin, triomphe et joie. Faut-il l'avouer ? Peut-être. l'accident n'était-il pas le fait du hasard. On avait interdit les courses au galop ou même au grand trot, un peu dans l'intention de ménager les chevaux, beaucoup parce que les hommes *graves* redoutaient des allures trop vives. Les jeunes gens se soumettaient en enfants bien élevés ; mais, sans médire, je les soupçonne d'avoir quelquefois habilement ménagé ces occasions de faire une charge à fond de train. Au fait, passé Bethléem, le chemin était redevenu odieux. Pierres, rochers, solitude complète, montées désespérantes, descentes plus pénibles encore, tout se résume en ces mots.

Enfin, une tour délabrée et de vastes assises de pierre se firent voir à notre gauche. C'était Betsour, place importante du royaume de Juda, aujourd'hui en ruine. Roboam la fortifia et la nomma la *Maison du Fort*. Elle fut souvent prise et reprise dans les guerres des Hébreux. Judas Macchabée y vainquit deux fois **Lysias**, régent du royaume pour Antiochus le Jeune.

C'est ici qu'en l'année 138 de Jésus-Christ, les débris d'Israël essayèrent cette résistance fameuse qui devait aboutir à la plus effroyable catastrophe. De tous les points de l'Orient et de l'Égypte, les Juifs étaient accourus. Un aventurier, nommé Bar-Cochéba, leur avait imposé par son audace et ses mensonges. Il s'était dit le Messie promis à la terre, et le peuple qui avait déjà préféré Barabbas à Jésus, n'avait eu garde de douter. On avait couru aux armes; l'insurrection était complète. Un moment, le gouverneur romain lui-même avait tremblé devant ce réveil d'un peuple coulé dans le bronze et l'airain. Mais bientôt Jules-Sévère était accouru du fond de la Bretagne. Après deux ans d'une lutte héroïque, six cent mille Juifs ayant succombé, il avait fallu abandonner la campagne et se fortifier dans Betsour. On y continuait une résistance désespérée. Mais à quoi bon cette lutte? De la terre qui avait bu le sang du Juste, une voix s'élevait implacable, dont l'écho répétait: *Que son sang retombe sur notre tête et sur celle de nos enfants!* Il fallait bien que la malédiction eût son effet. Israël avait dit: *Nous n'avons d'autre roi que César !* — Et César réclamait ses droits l'épée à la main. Les Juifs devaient succomber! Le massacre fut horrible; il dura plusieurs jours. Les prisonniers furent vendus comme des bêtes de somme, aux marchés de Gaza et d'Hébron; et ceux qui ne trouvèrent pas d'acheteurs, se virent traîner prisonniers en Égypte.

D'abord il y eut, pour les survivants, défense de s'approcher de la ville, ou même de la voir. Plus tard, ils obtinrent, à prix d'argent, d'aller une fois dans l'année pleurer sur ses ruines. Saint Jérôme vit un des anniversaires de cette immense douleur. Sa description est navrante : couverts de haillons, les cheveux épars, le visage inondé de larmes, les bras élevés vers le ciel, agenouillés sur les tombeaux de leurs pères, les tristes vaincus poussaient des sanglots et des soupirs. Au coucher du soleil, le signal donné pour le départ, les femmes, hors d'elles-mêmes, collaient de nouveau leurs lèvres sur les pierres renversées et ne pouvaient s'en détacher. Alors les soldats les rudoyaient grossièrement. Quelquefois, ils les rançonnaient encore et, pour de l'or ou de l'argent, leur permettaient de pleurer encore quelques instants. O Dieu, quelles sont vos justices !

Du temps de saint Jérôme, Betsour n'était déjà plus qu'un village. Aujourd'hui, dépouillé de son nom, il s'abrite sous celui de Béthoron, à vingt milles de Jérusalem. Plusieurs auteurs, et saint Jérôme lui-même, voudraient nous faire trouver dans ses environs la fontaine de Saint-Philippe ; toutefois le sentiment le plus universel tient pour l'affirmation contraire.

Mais voici Mambré, son chêne, sa vallée, ses

souvenirs ! Suivons les traces des patriarches. Cher-
chons les sources de la vie au tombeau d'Adam,
d'Abraham, d'Isaac et de Jacob. Une vaste carrière
s'ouvre devant nous ! Allons et voyons !

IX

Hébron et la vallée de Mambré.

Une belle vallée s'ouvre devant nous. Un chêne magnifique étend ses fortes branches et déploie à nos yeux le luxe de son vert feuillage. Ne serait-ce point le chêne d'Abraham ? Attachons nos chevaux à des buissons ; asseyons-nous au pied du chêne ; demandons des souvenirs à son ombre inspiratrice.

« Aucun pays, en Orient, dit M. Poujoulat, ne m'aura aussi délicieusement ému que le pays d'Hébron... Pour nous, hommes des derniers âges, habitants d'un vieux monde qui croule, quel charme d'ouvrir le livre de la vie à sa première page et de s'asseoir à la source du grand fleuve de l'humanité ! »

Ainsi en est-il des sentiments de notre caravane. Dans la vallée de Mambré, nos cœurs s'émeuvent et s'attendrissent. Lorsque, tout enfant, j'écoutais l'histoire du peuple de Dieu, dans quel lointain m'apparaissaient toutes ces choses! La vie merveilleuse du patriarche, son pays situé au delà des mers, Sodome et Gomorrhe, et la vallée de Mambré me semblaient dans un autre monde. Était-il possible à un homme d'aller jusque-là? J'y suis, cependant, et mes yeux voient la Terre promise! Ce rapprochement des idées de l'enfant et de celles du prêtre et du religieux pèlerin de Terre-Sainte, me cause une impression indéfinissable. Tous nos amis sont joyeux. Le duc de Lorges et quelques autres prennent un croquis de l'arbre; plusieurs coupent un bouquet de son feuillage. Il n'est plus question de la fatigue, ni des ennuis de la route : tout est oublié. Ne sommes-nous pas au berceau du monde, sous le chêne de Mambré, dans la vallée des patriarches?

Saint Jérôme veut qu'Adam soit mort dans la terre d'Hébron. Il appuie son opinion sur ce texte de la Vulgate : « Hébron s'appelait auparavant *Kariath Arbé*, et Adam, le plus grand entre les Énacites, y est enterré (*Jos.*, XIV, 15). » Si cette opinion est vraie, cette ville serait une des plus anciennes du monde, puisqu'elle aurait été fondée par Arbe, fils d'Énac. Or, ce n'est pas improbable. Le livre des Nombres reporte la fondation d'Hébron à sept ans avant celle de Tanis, capitale de la basse Égypte, et Josèphe la dit plus ancienne que Memphis. Cependant plusieurs interprètes sont en désaccord avec saint Jérôme et ne veulent pas reconnaître le premier homme dans le plus grand entre les Énacites. Pour les gens du pays, peu soucieux des disputes archéologiques, ils

montrent, sans hésiter, un champ appelé le Champ
Damascène, dont la terre rouge aurait formé le corps
du premier homme, d'où lui serait venu son nom
d'Adam, c'est-à-dire rouge, en hébreu. Chaque jour
les Orientaux viennent recueillir un peu de cette terre
et l'envoient, sous forme de pastilles, en Égypte,
aux Indes et en Éthiopie, où ils la vendent avec de
grands bénéfices. Un peu plus loin, ils vénèrent la
grotte où Adam et Ève auraient fait pénitence de
leur péché. Si on leur fait observer que le terrain a
dû changer beaucoup sous l'action du déluge et par
le bouleversement des siècles, ils lèvent les épaules
et disent : Dieu est grand ! — C'est la réponse à tout.
La science, heureusement, ne s'en contente pas; et
l'histoire et la critique n'ont pas encore dit leur
dernier mot sur ces opinions. Toujours est-il qu'elles
ne contredisent par la Sainte-Écriture. Adam put
être créé à Hébron sans qu'il soit nécessaire d'y
retrouver des traces du paradis terrestre, **car** Dieu
ne le créa pas dans le paradis, *il l'y plaça* seulement
après l'avoir formé.

Au reste, s'il faut renoncer à rencontrer ici un
souvenir direct du premier homme, nous nous en
rapprochons du moins beaucoup par Abraham; car
ce patriarche était le petit-fils de Sem, et il avait
longtemps vécu avec son aïeul, qui le rattachait
directement à Adam par Mathusalem, leur **contem
porain** commun.

Il est certain qu'Abraham a vécu dans la vallée
de Mambré, et qu'il y est mort. Il y fut enterré dans

7.

le même tombeau que Sara. Isaac vint ensuite partager avec eux cette demeure de la mort ; et Joseph, en son temps, accompagné des anciens de la maison de Pharaon, avec des chars, des cavaliers et une grande multitude, amena du fond de l'Égypte les restes de son père Jacob, pour les ensevelir dans la double caverne d'Hébron, ainsi qu'il le lui avait promis. Quel tombeau ! Adam peut-être. Abraham certainement, Isaac et Jacob, les patriarches de l'humanité, s'y sont réunis pour y attendre la fin des jours et la résurrection ! Entre ces deux dates, leur mort et la résurrection, l'histoire du monde est renfermée.

Écoutons la Bible. Il y avait, au pays où les enfants de Noé conçurent la folle pensée d'élever une tour qui montât jusqu'au ciel, un homme originaire de Ur en Chaldée, et cet homme s'appelait Abraham. Or le Seigneur dit à Abraham : Sors de ton pays, et de ta parenté, et de la maison de ton père.

Et Abraham prit Sara, sa femme, et Lot, fils de son frère, et toutes ses richesses, et les esclaves qu'il avait acquis à Haran, et ils sortirent pour venir en la terre de Chanaan.

Or, il survint une famine en cette terre, et Abraham descendit en Égypte, pour y habiter comme un étranger...

Mais bientôt il remonta d'Égypte, lui, sa femme et tout ce qu'il possédait, et Lot avec lui. Or, Abraham était très riche en possession d'or et d'argent. Mais Lot, qui était avec lui, avait aussi des troupeaux, et il y avait souvent des disputes entre les serviteurs d'Abraham et ceux de Lot.

Alors Abraham dit à Lot : Qu'il n'y ait point de débats entre vous et moi, je vous en prie, ni entre vos pasteurs et les miens, car nous sommes frères. Voilà que toute la terre est devant vous ; séparez-vous de moi, je vous en conjure. Si vous allez à gauche, j'irai à droite; et si vous choisissez la droite, j'irai à gauche.

Lot ayant levé les yeux vit la plaine autour du Jourdain, qui, avant que le Seigneur eût détruit Sodome et Gomorrhe, était arrosée comme le jardin du Seigneur, et comme la terre d'Egypte pour ceux qui viennent à Ségor. Et Lot choisit les environs du Jourdain, et il s'en alla du côté de l'Orient. Ainsi ils se séparèrent l'un de l'autre.

Alors le Seigneur dit à Abraham : Lève les yeux et regarde, du lieu où tu es maintenant, vers l'aquilon et le midi, vers l'orient et l'occident. Toute la terre que tu vois, je te la donnerai ainsi qu'à ta postérité et pour toujours. Je multiplierai ta postérité comme la poussière de la terre.

Abraham levant donc sa tente vint et habita près de la vallée de Mambré, qui est en Hébron, et il y dressa un autel au Seigneur.

Voici maintenant l'histoire de la postérité du patriarche. Abraham eut deux fils. Le premier fut Ismaël, que lui donna sa servante Agar, et qui fut le

Père des Arabes. L'ange du Seigneur avait prédit les destinées de cet enfant à sa mère, pendant sa grossesse. Je multiplierai ta postérité et elle sera innombrable... Voilà que tu as conçu, et voilà que tu enfanteras un fils que tu appelleras Ismaël, parce que le Seigneur a vu ton affliction. Il sera un homme farouche, sa main sera contre tous, et la main de tous contre lui; et il plantera ses tentes à l'encontre de tous ses frères. Dieu avait aussi parlé à Abraham et lui avait annoncé les destinées d'Ismaël en disant : Je t'ai exaucé pour Ismaël. Voilà que je le bénirai et que je le ferai croître et multiplier. Il engendrera plusieurs chefs et je l'établirai sur un grand peuple.

Mais la jeunesse de cet enfant devait être orageuse comme le reste de sa vie. Sara, ayant eu un fils, nommé Isaac, crut devoir demander à son mari l'expulsion de la servante et de son fils, parce qu'Ismaël se faisait un jouet d'Isaac et le traitait insolemment. Abraham consulta le Seigneur et céda à la demande de Sara.

« Il se leva dès le matin, et, prenant du pain et un vase plein d'eau, il les mit sur l'épaule d'Agar, lui donna l'enfant et la renvoya. Celle-ci s'en étant allée, errait dans la solitude de Bersabé. Et quand l'eau du vase fut épuisée, elle laissa l'enfant sous un des arbres qui étaient là, et s'en alla s'asseoir vis-à-vis de lui, à la distance d'un trait lancé par un arc, et dit : Je ne verrai point mourir mon fils. Et élevant la voix, elle pleura.

« Or Dieu entendit la voix de l'enfant et un ange

appela du ciel Agar en disant : Que fais-tu, Agar ? Ne crains point, car Dieu a entendu la voix de l'enfant du lieu où il est. Lève-toi, prends-le et le tiens par la main, car je ferai naître de lui un grand peuple.

« Et Dieu lui ouvrit les yeux, et elle vit une source d'eau. Elle alla, remplit le vase, et donna à boire à l'enfant.

« Et Dieu fut avec lui ; il grandit et devint habile à tirer l'arc. Et il habita au désert de Charan, et sa mère lui choisit une femme de la terre d'Égypte.

« Et il eut un grand nombre d'enfants ; il devint fort et puissant. Il habita depuis Hévila jusqu'à Sur, qui regarde l'Égypte quand on vient en Assur...

« Or le temps de la vie d'Ismaël fut de cent trente ans, et, la force lui manquant, il mourut et fut réuni à son peuple. »

Or Ismaël, nous l'avons dit, n'avait pas été le seul fils d'Abraham. Et voici ce qui rend le nom de ce patriarche sacré pour toutes les nations.

Lorsqu'il entrait dans sa quatre-vingt-dix-neuvième année, Dieu lui apparut et lui dit : Je suis le Seigneur tout-puissant. Marche devant moi et sois parfait, et j'établirai mon alliance entre toi et moi, et je multiplierai prodigieusement ta race... Je te ferai chef des peuples, et des rois sortiront de toi... Sara, ta femme, enfantera un fils ; tu l'appelleras Isaac. Je ferai avec lui un pacte qui sera une alliance éternelle, et je renouvellerai cette alliance avec sa postérité après lui... Et il régnera sur les peuples, et les rois sortiront de lui.

« Or, lorsque le Seigneur eut achevé de parler, il disparut de devant Abraham.

« Et Abraham eut un fils qui se nomma Isaac. Et lorsqu'Isaac fut devenu grand, il épousa Rébecca, et Rébecca devint mère à son tour.

« Or, des enfants s'entrechoquaient dans son sein, et elle dit : S'il en devait être ainsi, quel besoin avais-je de concevoir? Et Rébecca alla implorer le Seigneur, qui lui répondit: Deux nations sont en ton sein, et deux peuples sortiront de tes entrailles.

« Et déjà le temps d'enfanter était venu, et deux enfants jumeaux se trouvèrent en son sein. On appela le premier Ésaü et le second Jacob. Lorsqu'ils furent devenus grands, Ésaü était habile à la chasse et toujours dans les champs; et Jacob, simple et doux, habitait sous la tente. »

Or, Ésaü devint le père des Iduméens, et Jacob enfanta les douze patriarches d'où naquirent les douze tribus d'Israël; et il fut le père de Juda; et David naquit de la tribu de Juda; et la race de David reçut du ciel l'inestimable privilège de donner au monde le Messie, libérateur de la terre, Jésus-Christ, Notre-Seigneur, Dieu et homme, fils de la vierge Marie, de la tribu de Juda.

Et telles furent les magnifiques générations d'Abraham. Trois peuples sortirent de ses flancs.

Or, les jours de la vie de l'illustre patriarche furent de cent soixante-quinze ans. Et, toute force lui manquant, il mourut dans une heureuse vieil-

Iesse, en un âge fort avancé et plein de jours ; et il fut réuni à son peuple. Et Isaac et Ismaël, ses fils, l'ensevelirent dans la caverne double, qui est située dans le champ d'Ephron, fils de Séor, l'Héthéen, vis-à-vis de Mambré, et qu'il avait acheté de Heth. Là furent ensevelis Abraham et Sara, sa femme.

En vérité, je ne m'étonne plus de la vénération des peuples pour la terre que nous foulons. Ce lieu est saint : le doigt de Dieu y est marqué en un caractère ineffaçable.

Faut-il, avec certains touristes, voir dans le chêne qui nous abrite, celui sous lequel Abraham fit reposer les anges voyageurs, pendant qu'il allait chercher de l'eau pour leur laver les pieds ? Assurément non. Celui-là paraît avoir existé encore du temps de saint Jérôme, et on y faisait des sacrifices sur un autel de pierre adossé au tronc. Chacun y célébrait une fête selon sa religion : les Juifs y honoraient la mémoire de leur patriarche ; les chrétiens y vénéraient l'apparition de Dieu et des anges. Quant aux païns, ils y rendaient un culte aux esprits dieux ou démons. Les uns offraient des libations de vin et de l'encens, d'autres immolaient un bœuf, un bouc, un mouton ou un coq, nourri soigneusement à l'avance. Impossible alors de se servir de l'eau du puits voisin, parce qu'ils y jetaient du vin, des parfums, des gâteaux, des pièces de monnaie, et les lampes allumées pour la cérémonie. La foule était si grande qu'on finit par établir là une foire long-

temps célèbre Eutropia, belle-mère de Constantin,
étant venue y acquitter un vœu, fut outrée des
superstitions païennes ; elle en avertit l'empereur ;
et, par l'ordre de Constantin, l'autel idolâtre fut
renversé, et Eusèbe de Cœsarée, aidé des autres
évêques de la Palestine, éleva une église au vrai
Dieu. Quant au chêne, sainte Paule, en son pèlerinage, n'en trouva que les débris ; et la pieuse
avidité des fidèles enleva sans doute ses derniers
vestiges, auxquels, d'après Sanuto, ils attribuaient
une vertu miraculeuse. Saluons tout de même ce
bel arbre, digne, à tous égards, de notre admiration, et merveilleusement placé pour aider à l'illusion. Remontons à cheval ; suivons toujours la vallée ; entrons dans ce chemin creux, bordé d'arbustes
fleuris ; voici nos pavillons gracieusement déployés
sur une pente douce en face de la ville, qui fait
point de vue avec ses maisons blanches coupées de
verdure.

Le souper fut plus gai qu'à l'ordinaire. Peut-être
le vin d'Hébron ne fut-il pas étranger à cette explo-
sion de joie, d'ailleurs fort convenable. Sa réputation est grande dans le pays. Un Juif cauteleux
vint à l'entrée de la tente nous en présenter un
flacon avec mille salamalecs. On l'acheta fort cher ;
on le trouva bon, et on en redemanda. Aussitôt
des essaims de Juifs sortirent de dessous terre avec
des flacons à la main. La concurrence fit baisser
les prix, et le flacon fut à rien. Pour la première
fois, depuis notre arrivée en Palestine, le vin de

dessert paraissait sur la table; on lui devait les honneurs, et il les emporta. De petites chansons, d'aimables plaisanteries furent échangées entre les jeunes gens; on rit, on s'amusa. Pas un mot de trop, comme on devait s'y attendre; tout alla pour le mieux. Lorsqu'à la nuit close, nous quittâmes la tente commune pour gagner nos campements respectifs, le coup d'œil de la ville était charmant. Des lumières scintillaient à travers les mille fenêtres des habitations. Ce n'était pas l'illumination des Champs-Élysées, ou de la place Louis XV, mais, dans sa modestie, elle frappa tout le monde.

Hébron n'est point entouré de murailles. Dans ses quatre cents maisons, elle abrite quatre mille cinq cents musulmans et cinq cents Juifs. Volney y voit avec raison un amas « de mauvaises masures, restes informes d'un ancien château. » Elle est assise sur l'un des versants « d'un bassin oblong, de cinq à six lieues d'étendue, assez agréablement parsemé de collines rocailleuses, de bosquets de sapins, de chênes avortés et de quelques plantations d'oliviers et de vignes. » Les paysans des environs cultivent du coton, le donnent à filer à leurs femmes, et le vendent à Gaza et à Jérusalem. Les Juifs plantent et soignent les vignes. Sans eux, le vin d'Hébron ne serait point connu, puisque les musulmans n'auraient eu aucun intérêt à le produire. Le savon se fabrique également ici, avec de la soude apportée par les Bédouins. Et, chose étrange, l'art de faire le verre, importé autrefois de Syrie, n'y serait plus connu du tout sans la persévérance des Hébronites; cependant la verrerie d'Hébron est ce qu'il y a de plus rudimentaire; n'y cherchez rien en dehors de ces anneaux colorés, et de ces bracelets dont les femmes ornent leurs bras et leurs jambes.

Hébron fut un moment le siège d'un évêché, sous le nom de Saint-Abraham. La cathédrale était une belle église, bâtie par sainte Hélène, mais convertie en mosquée dès l'an 1187. Richard Cœur de Lion déploya dans ces champs sa bravoure accoutumée, et enleva aux Sarrasins une riche caravane, composée de quatre mille sept cents chameaux escortés par deux mille hommes.

On y trouve encore une grande piscine, qu'on fait remonter au temps de David. C'est un quadrilatère dont chacune des faces a soixante mètres; elle est profonde, on y descend par un escalier de quarante marches.

Tout, ici, rappelle la Genèse et les temps bibliques. Vers le sud, trois puits sont nommés les puits d'Abraham, d'Isaac et de Jacob. Sur la hauteur voisine, les ruines d'une église marquent la tombe de Caleb, l'un des douze envoyés par Moïse pour explorer la terre de Chanaan; et le tombeau se voyait encore au temps de saint Jérôme.

Caleb et ses compagnons pénétrèrent jusqu'ici, et ils furent étonnés, presque effrayés de la prodigieuse stature des enfants d'Énac et de leur attitude guerrière. En rendant compte, ils dirent : « C'est une terre où coulent véritablement le lait et le miel ; mais elle a des villes grandes et fortifiées ; ses habitants sont redoutables, et, près d'eux, nous paraissons comme des sauterelles. »

Pendant sept ans et six mois, Hébron fut la capitale où régna David, car la forteresse de Sion n'était pas encore en son pouvoir. Elle fut témoin du premier sacre de roi fait avec solennité, celui de Saül n'ayant eu que Dieu pour témoin. « Or, après la « mort de Saül, les hommes de Juda vinrent en « Hébron, et sacrèrent David pour régner sur la « maison d'Israël. »

Lorsque Absalon conçut l'infâme projet de trahir son père, il lui demanda la permission d'aller à Hébron, pour y accomplir un vœu ; et, dès qu'il y fut arrivé. il expédia des courriers dans tout Israël, disant : « Absalon est roi en Hébron. »

Un grand exemple de magnanimité fut donné en ces lieux. Après la mort de Saül, Abner renonçant à une cause maudite, était venu se jeter aux pieds de David, contre lequel il avait si longtemps combattu. Le saint roi l'avait accueilli avec bonté, l'avait admis à sa table et renvoyé en paix. Sur ces entrefaites, arriva Joab. Il conçut une vive jalousie, en apprenant la clémence du roi, parce qu'Abner avait tué autrefois son frère Asaël ; il expédia aussitôt à sa poursuite des satellites qui l'atteignirent, exempt de défiance, à trois quarts d'heure de la ville, près de la fontaine de Sira, et le décidèrent à revenir à Hébron. Alors Joab le prit à part sous la porte, comme pour lui parler en secret, et le tua. Or David, apprenant ce meurtre, en conçut une douleur digne de sa grande âme. Il maudit l'assassin, et s'écria :

« Je suis pur du sang d'Abner. Qu'il retombe sur la tête de Joab et sur la maison de son père ! » Il dit ensuite à Joab et au peuple qui l'entourait : « Déchirez vos vêtements et couvrez-vous de cilices, et pleurez aux funérailles d'Abner. » Il voulut accompagner lui-même le cercueil, et quand on l'eut enseveli, il s'écria à travers ses larmes : « Abner, tu n'es point mort comme les lâches ; tes mains n'ont point été liées et tes pieds n'ont pas été chargés de fers. Tu es tombé comme on tombe devant les fils d'iniquité. » Et le peuple répétait ses paroles en pleurant. Magnifique exemple qui suffirait à grandir un homme.

Hébron ne resta pas toujours propriété de Juda. Elle tomba au pouvoir des Iduméens, qui la possédèrent longtemps, et fut reprise par Judas Macchabée. Plus tard, Simon l'enleva aux Romains ; et, soixante-neuf ans après Jésus-Christ, Céréalis la reconquit, au nom de l'empire, massacra la garnison juive, et brûla la ville.

Une des principales routes de la Palestine passait par Hébron, où elle se bifurquait vers l'Égypte d'une part, et vers Pétra de l'autre. Elle était pavée, et ses traces se retrouvent encore. Sur cette route, on voyait autrefois une petite maison appelée l'Hôtellerie de la sainte Vierge.

Un jour, sur le soir, un vieillard, homme vénérable, et une jeune femme portant un petit enfant, y demandèrent l'hospitalité pour la nuit. Trop pauvres pour *reconnaître* l'hospitalité des grandes villes, ils n'avaient osé s'arrêter à Hébron ; d'ailleurs ils fuyaient la colère d'un roi barbare et devaient éviter les grands centres. Le chef de famille s'appelait Joseph, la jeune femme était la vierge Marie, et dans l'enfant, Joseph et Marie reconnaissaient le Messie, promis à la terre. Le fils éternel du Très-Haut était venu visiter son peuple, « et les siens ne l'avaient point connu, » et dès les premiers jours de son passage en ce monde, il était en butte à une persécution cruelle qui devait finir par sa mort violente. Son père et sa mère le portaient en Égypte.

En parcourant la ville, nous fûmes impitoyablement arrêtés au pied du grand escalier de la mosquée où sont les saints tombeaux. Nous nous y attendions. Que faire ? A force de multiplier les pèlerinages en Terre-Sainte, on percera à jour le pays. Alors il en sera du sépulcre d'Abraham comme de la mosquée d'Omar à Jérusalem ; les chiens de chrétiens, les infidèles y seront admis. Mais le moment n'est pas venu ; attendons ! En Orient surtout, « patience et longueur de temps font plus que force ni que rage ». Force nous est donc de nous en rapporter à la relation d'Ali-Bey, citée par Mgr Mislin.

Après l'escalier, paraît-il, « on entre dans une petite cour. Vers la gauche est un portique appuyé sur des piliers, qui contient, à droite, le sépulcre d'Abra-

ham, et à gauche celui de Sara. Dans le corps de
l'église qui est gothique, entre deux gros piliers à
droite, on aperçoit une maisonnette isolée, dans
laquelle est le sépulcre d'Isaac ; et dans une autre
maisonnette pareille sur la gauche, celui de sa femme.
Cette église, convertie en mosquée a son méhérel
(tribune) pour la prédication du vendredi, et une
autre tribune pour les muddins ou chanteurs. De
l'autre côté de la cour est un autre vestibule qui a
également une chambre de chaque côté : dans celle
de gauche est le sépulcre de Jacob, et dans celle de
droite celui de sa femme. A l'extrémité du portique
du temple, sur la droite, une porte conduit à une
espèce de longue galerie, qui sert encore de mosquée ; de là on passe dans une autre chambre où se
trouve le sépulcre de Joseph, mort en Égypte, et dont
la cendre fut apportée par le peuple d'Israël. Tous
les sépulcres des patriarches sont couverts de riches
tapis de soie verte, magnifiquement brodés en or ;
ceux de leurs femmes sont rouges, également brodés. Les sultans de Constantinople fournissent ces
tapis, qu'on renouvelle de temps en temps. J'en
comptai neuf, les uns sur les autres, au sépulcre
d'Abraham. Les chambres où sont les tombeaux
sont aussi couvertes de riches tapis ; l'entrée en est
défendue par des grilles en fer et des portes en
bois plaquées en argent, avec des serrures et des
cadenas du même métal. Pour le service du temple,
on compte plus de cent employés et domestiques. »

J'en demande bien pardon aux mulsumans, mais

ils se trompent en croyant posséder le tombeau de
Joseph. Ce patriarche fut positivement enterré à
Sichem. Josué l'affirme. Le tombeau du bout de la
galerie est moins vénérable; plusieurs auteurs y
reconnaissent celui d'Ésaü.

Ainsi la seule chose vraiment intéressante de la
ville, sa mosquée et ses tombeaux, nous étaient
interdits; nous nous hâtâmes de quitter ses rues
tortueuses. Aussi bien, la circulation y est à peine
sûre. Les musulmans nous détestent, et les juifs,
s'ils le pouvaient, nous arracheraient les yeux. Dans
les environs, on prétendit nous montrer la grotte où
Adam et Ève firent pénitence. Et comme nous admi-
rions le volume singulier des figues et des raisins,
notre guide ne manqua pas de nous affirmer que la
vigne voisine était celle où les envoyés de Moïse
avaient cueilli la grappe célèbre. Un peu plus, il
nous eût désigné le cep qui la produisit. Avec le
même aplomb, on nous engagea à réciter un *de pro-
fundis*, sur l'emplacement où Caïn tua son frère
Abel. Faut-il être livré à de tels guides! Faut-il
avoir recours à des mensonges, lorsque la vérité
toute seule parle si énergiquement à l'âme?

Adieu, Hébron, puisqu'il faut te quitter; adieu,
patrie d'Abraham! Si la Providence me ramenait en
Palestine, je voudrais te revoir encore. Les origines
du genre humain sont comme enfermées dans tes
murs. J'y ai presque retrouvé le père par lequel
nous sommes tous frères selon la chair; j'y ai vu
surtout la première tige de cet arbre généalogique,

beau entre tous, grand par-dessus tous les autres, le chef de cette famille dont la couronne est plus que royale, dont la devise est celle-ci : *Jacob autem genuit Joseph, virum Mariæ de quâ natus est Jesus, qui vocatur Christus.* Jacob, fils de Mathan, engendra Joseph, le fiancé de Marie, de laquelle est né Jésus, qui est appelé le Christ !

Ainsi Hébron et Jérusalem, Hébron et Bethléem, Hébron et Nazareth se touchent et sont les terres patrimoniales de la famille du Messie selon la chair.

X

D'Hébron à Bethléem.

Notre première halte après Hébron fut à Saïr. On nous y montra un monceau de pierres, et on nous dit : C'est le tombeau d'Ésaü ! — Heureusement nous étions libres de ne pas le croire ; et, sans y faire plus d'attention, nous nous assîmes pour déjeuner.

Notre arrivée fut un événement pour le village. La population, déguenillée, sortit en masse de ses cahutes, et nous observa de loin. Peu à peu on s'approcha ; et, comme ces hommes paraissaient plutôt étonnés qu'hostiles, nous cherchâmes à les attirer ; nous offrîmes à l'un d'eux un morceau de pain ; il en parut si reconnaissant que nous renouvelâmes le procédé : on s'empressa autour de nous ; la glace était rompue ; les communications s'établirent librement. Les armes européennes excitaient surtout la curiosité. Nous permîmes de les voir et même de les toucher,

Les indigènes étaient ravis. Faute de se comprendre, on parlait par signes. Une heure se passa gaiement, et nous partîmes en laissant fort contents de nous les prétendus gardiens du tombeau d'Ésaü. Vers midi, nous étions à cheval, nous dirigeant vers les ruines du Thécua et la caverne d'Odollam.

Thécua était autrefois une ville célèbre. Elle fut la résidence d'Amos et d'Habacuc. Elle devint un château fort et un lieu redoutable sous le règne de Roboam; et, lors du massacre des Innocents, elle eut le malheur d'être comprise dans l'arrêt barbare du roi Hérode. On sait comment elle devint l'objet d'une lutte étrange entre la reine Mélisende et les chanoines du saint Sépulcre, au temps des Croisades. On n'a pas oublié le beau dévouement des chevaliers du Temple qui, en 1138, accoururent au secours de Thécua contre les infidèles, et préférèrent se faire massacrer jusqu'au dernier plutôt que de céder la place. La visite de ses ruines ne sera donc pas sans intérêt.

Nous marchions à travers des vallons assez verts, le long d'un cours d'eau. Ni montée, ni descente, ni chemin trop ardu. C'était, pour nos jeunes cavaliers, une grande tentation de courir. Ils n'osaient le faire cependant, à cause de la défense générale; mais, parfois, l'un d'eux s'oubliait à trotter quelque peu; un autre le suivait; on s'arrêtait bientôt; on se contenait; on pouvait prévoir un éclat. Tout à coup, le Franciscain, curé de Bethléem, impatient de voir Poideband dépasser son beau cheval, pique des deux et part au grand galop. De jeunes Français se laisseront-ils devancer par un moine espagnol? Un mouvement électrique emporte notre jeunesse au galop. Bientôt ils sont à une distance folle. J'appelle, mais en vain. Une fois la bride lâchée, on était trop heureux de jouir de la liberté. Je me lance au petit galop, assez près pour être là en cas d'accident, pas assez pour avoir l'air d'encourager le délit. Tout à coup un cavalier me dépasse à toute vitesse. C'était le duc de Lorge, qui allait commander la halte en qualité de président. A sa voix, la masse des coureurs s'arrêta; mais l'honneur castillan exigeait que le curé eût le dernier ; et Poïdeband, ne voulant pas céder, tous les deux continuèrent à courir. Rien ne les arrêta. L'affreuse montée de Thécua ne fut pas un obstacle ; ils la franchirent à fond de train, au risque de tuer leurs chevaux.

Alors, commença un embarras sérieux. Deux vallées s'ouvraient devant nous. Laquelle suivre ? Notre guide était le curé de Bethléem. L'autre Franciscain, moins fougueux, était aussi moins expert. Il nous fait tourner à droite; il en est sûr ; il a vu les ruines de ce côté. Or, pendant que nous nous exposions, sur sa parole, à passer la nuit en plein désert, le duc de Lorge s'orienta heureusement et commanda la volte-face. Bientôt nous arrivions au pied d'une montagne, d'où le curé et Poideband nous faisaient des signes. Nous gravîmes à pic ; et, déception cruelle, quelques pierres grises, mais point de ruines. Déconcertés, nous gardions le silence par respect pour

notre guide, lorsque du haut de son cheval, M. l'abbé
Legoix s'écria, en enfant terrible : — Quoi ! ce n'est
que cela ! — Cette parole trahissait le secret public.
Personne ne se cacha plus ; on plaisanta, on s'amusa
de la mystification. Mais, lorsqu'il fut question d'al-
longer encore la route pour aller à la caverne d'Odollam, plusieurs craignirent d'être dupes une seconde
fois et s'en allèrent directement à Bethléem.

Pour nous, après avoir payé bien cher le droit de
constater qu'il ne reste plus de ruines de la ville de
Thécua, ou bien que notre guide ne les connaissait
pas, nous allions, par de nouvelles sueurs, payer
celui de ne rien voir dans la caverne d'Odollam.

Chemin faisant, un vol magnifique de cigognes
passa comme pour nous dédommager. Nos chasseurs
sautèrent à bas de leurs chevaux. On arma ses fusils ;
on se mit en chasse. Les honneurs furent pour
Henry de Salaberry.

Odollam était une grotte immense. Pour se faire
l'idée de son étendue, il suffit de se rappeler quelques-uns des événements dont elle fut témoin.

Ainsi, la première reconnaissance de la royauté
de David par le peuple d'Israël eut lieu dans cette
grotte. — Obligé de se soustraire à la poursuite de
Saül, le roi-prophète erra longtemps dans les déserts
que nous venons de traverser, se cachant dans les
forêts et les cavernes. — Il se fixa enfin dans le souterrain d'Odollam. Ses frères et toute la maison de
son père l'ayant appris, descendirent vers lui et lui
formèrent une garde de quatre cents hommes.

Un jour, par une conduite secrète de la Providence, Saül, revenant d'une expédition contre les Philistins, à la tête de trois mille hommes, s'arrêta au parc des brebis qui était sur le chemin et entra dans la caverne, sans savoir qu'une partie en était occupée. Il s'endormit, et les gens de David dirent à leur maître : « Voici le jour dont Jéhovah parlait, lorsqu'il dit : Je livrerai votre ennemi entre vos mains, et vous lui ferez ce qui sera bon à vos yeux. » Mais David ne voulut pas user des avantages de sa position. Il respecta dans le roi injuste l'oint du Seigneur, et il ne lui fit aucun mal. Seulement, il coupa doucement le bord du manteau de Saül, comme pour l'avertir du danger qu'il avait couru.

L'histoire parle souvent de populations entières réfugiées dans la caverne d'Odollam ; s'il faut en croire les chroniqueurs, les Croisés, poursuivis par les Sarrasins, y auraient trouvé un asile sûr.

Impossible malheureusement à nous de vérifier le fait de cette grandeur prodigieuse.

Nous nous divisâmes en deux groupes, dont l'un garderait les chevaux pendant que l'autre ferait une exploration. Un sentier de chèvres, le long d'une montagne à pic, nous conduisit à la gueule d'un antre fort ordinaire. Un homme du pays nous montra, vers le fond, une sorte de fissure étroite, qu'il nous donna pour l'entrée de la caverne. — Y pénètre-t-on quelquefois ? lui dîmes-nous. Il jura qu'on n'y entrait jamais. — Alors comment la connaît-on ? — Mais, répondit-il, on ne la connaît pas. — Nous voilà parfaitement renseignés. Cette indication précieuse recucillie, nous dûmes nous retirer. Pour avancer, il aurait fallu des lampes et même des torches, et nous n'en avions pas ; un guide, et personne ne connaissait les détours du labyrinthe. Nouvelle déception !

Quand est-ce que des Religieux savants relèveront le plan du pays, l'Écriture à la main, et renoueront le fil brisé de nos traditions vénérables ?

Qu'on ne nous parle plus de détours. La plus grande partie du jour s'est passée à chercher des mythes. Marchons directement vers Bethléem... A notre droite s'élève un mont conique, dont la hauteur et la forme attirent naturellement les regards : c'est la montagne des Francs ; les ruines qui la couronnent sont celles de l'ancienne Bethzacara. Nous y retrouvons un souvenir de la Bible. « Fuyez, s'écriait Jérémie, fuyez, fils de Benjamin, du milieu de Jérusalem à Thécua ; sonnez de la trompette et élevez un signal sur Bethzacara, parce qu'un fléau a été vu du côté de l'Aquilon et une grande calamité vous menace. » En effet, la forteresse de Bethzacara fut témoin de la lutte désespérée des Macchabées.

« En ce temps-là, le roi Antiochus fit venir tous ses amis et les principaux de son armée, et ceux qui commandaient la cavalerie. Des troupes auxiliaires des royaumes étrangers et des îles, qu'il entretenait à ses frais, vinrent encore avec lui, et son armée était de cent mille fantassins, de vingt mille cavaliers, et de trente-deux éléphants dressés pour les combats.

« Et ils vinrent à travers l'Idumée, et assiégèrent Bethsura ; et ils l'attaquèrent durant plusieurs jours, et ils élevèrent des machines ; et les assiégés sortirent et les brûlèrent, et ils combattirent avec un grand courage.

« Juda, qui s'était éloigné de la citadelle, marcha avec son armée vers Bethzacara contre l'armée du roi.

« Et le roi se leva avant le jour, et fit marcher en hâte ses soldats sur le chemin de Bethzacara, et ses soldats se préparèrent à combattre et sonnèrent des trompettes. Ils montrèrent aux éléphants du raisin et des mûres afin de les animer au combat. Et ils partagèrent les animaux par légions ; et mille hommes armés de cuirasses et de casques d'airain accompagnaient chaque éléphant, et cinq cents cavaliers choisis avaient ordre de se tenir toujours près des éléphants ; ils allaient partout où les éléphants allaient et ils ne les abandonnaient jamais.

« Et sur chaque animal était une forte tour de bois, destinée à mettre les combattants à couvert ; et dans chaque tour, il y avait trente-deux des plus vaillants hommes qui combattaient d'en haut, et un Indien conduisait l'animal.

« Antiochus plaça le reste de sa cavalerie sur deux ailes, pour exciter son armée par le son des trompettes et pour animer son infanterie rangée en bataillons serrés.

« Et lorsque le soleil eut frappé de ses rayons les boucliers d'or et d'airain, les montagnes resplendirent de leur éclat, et elles brillèrent comme des flambeaux.

« Une partie de l'armée du roi s'avançait sur les plus hautes montagnes, et l'autre marchait dans la plaine avec précaution et avec ordre.

« Tous les habitants étaient émus des cris de cette multitude, du bruit de sa marche et du fracas de ses armes, parce que l'armée était grande et forte.

« Judas s'avança avec son armée pour combattre et six cents hommes de l'armée du roi tombèrent.

« Alors Éléazar, fils de Soura, voyant un des éléphants couvert des ornements royaux, et plus grand que tous les autres, crut que le roi était porté par cet animal, et il se sacrifia pour délivrer son peuple et pour s'acquérir un nom immortel ; et il courut hardiment au milieu de la légion, tuant à droite et à gauche ; et les ennemis tombaient çà et là sous ses coups, et il vint sous l'éléphant et il le tua ; et l'éléphant tomba sur lui, et il mourut sous ce poids.

« Or les Juifs, voyant la force du roi et l'impétuosité de son armée, se retirèrent. Et en même temps l'armée du roi monta contre eux à Jérusalem, et elle vint en Judée et campa sur le mont Sion. »

Tel fut le désastre de Bethzacara.

Dans la suite, cette ville changea son nom pour celui d'Hérodium. Hérode avait voulu y élever un monument éternel de son triomphe. Avant d'être roi, il s'était vu chassé de Jérusalem par les Parthes et les partisans d'Antigone. Il emmenait avec lui sa mère et sa sœur, et Mariamne, sa fiancée, avec une partie

de sa famille. Il cherchait à atteindre la forteresse
de Massada, auprès de la mer Morte, et déjà il était
près de Bethzacara, lorsque, assailli par ses ennemis,
il fut assez heureux pour les tailler en pièces. Plus
tard, devenu roi, « il fit construire, dit Josèphe,
sur une montagne du côté de l'Arabie, un château
extrêmement fort, qu'il nomma Hérodium, et il donna
le même nom à une colline distante de soixante
stades de Jérusalem, qui n'était pas naturelle, mais
qu'il fit élever en forme de mamelon en y apportant
de la terre. Il environna son sommet de tours rondes ;
à leur pied, il bâtit des palais dont l'intérieur était
fort riche, et dont l'extérieur était si splendide qu'on
ne pouvait les voir sans admiration. Il y fit venir de
très loin, et avec une extrême dépense, une grande
quantité de belles eaux, et on y montait par deux
cents degrés de marbre blanc. Il fit aussi élever, au
bas de la colline, un autre palais pour loger ses
amis. Ce palais était si spacieux et si rempli de toutes
sortes de biens, qu'à n'en considérer que la grandeur
et l'abondance, on l'aurait pris pour une ville ; mais
sa magnificence faisait assez voir que c'était une maison royale. »

De nombreuses habitations, plus opulentes les
unes que les autres, s'étaient groupées à l'entour et
formaient comme la cour du château. Hérode avait
choisi ce lieu pour sa sépulture. Aussi, lorsqu'il fut
mort à Jéricho, dans des souffrances horribles et
rongé par les vers, son fils Archélaüs l'y transporta
au milieu d'un nombreux cortège. Le corps du mo-

narque était étendu sur un lit d'or et de pierreries. Il avait sur la tête une couronne et un diadème, et dans sa main glacée un sceptre. Une armée entière de Thraces, de Germains et de Gaulois formait le cortège. Or, au milieu de cette pompe, cinq cents esclaves faisaient brûler des parfums pour neutraliser l'infection du cadavre ! La gloire du roi impie ne rayonna pas longtemps sur ce théâtre de son orgueil. Au moment de la prise de Jérusalem par les Romains, Hérodium était devenue un repaire de brigands.

Les chevaliers de Saint-Jean paraissent avoir occupé, dans leur temps, la forteresse de Bethzacara où ils se seraient maintenus pendant quarante ans après la conquête de Jérusalem. Cependant les preuves n'en sont pas claires.

Il est également difficile de croire à l'origine de la montagne des Francs, telle que nous la décrit Josèphe. Hérode l'aura fait couper et régulariser pour servir à ses projets, et la flatterie lui aura fait honneur d'une œuvre dont la seule nature est capable. Le sommet de cette montagne est semblable au cratère d'un volcan, avec la différence que cette vaste ouverture est soutenue, dans tout son pourtour, par des murailles épaisses qui empêchent les éboulements. On voit bien encore quelques vestiges des anciennes tours ; mais les marbres, les sculptures, les travaux d'art, ont complétement disparu.

A quelque distance de là, un chef arabe se croisa avec nous. Il salua le curé de Bethléem, causa un instant avec lui, et nous fit proposer d'aller jusqu'au campement de sa tribu. C'était une bonne fortune. Nous acceptâmes avec empressement, et quelques intants après nous étions assis sous la grande tente noire des Bédouins.

L'accueil fut cordial. On étendit de mauvaises nattes, et nous nous assîmes au milieu d'une population empressée. On nous offrit du café, du lait aigri, des galettes de maïs, enfin de l'eau fraîche dans un gros morceau de bois creusé comme une auge, qui servait de tasse et passait à la ronde. Nous nous amusâmes un instant à considérer nos hôtes sauvages, et nous les quittâmes en leur cédant quelques paquets de poudre anglaise, dont les Arabes sont très friands.

A la nuit tombante, nous faisions notre prière du soir à Bethléem, dans la grotte de la Nativité.

XI

Bethléem.

Bethléem s'appela d'abord Éphrata, qui veut dire *fertilité;* plus tard Abraham la visita et lui donna le nom de Beth-Lechem ou maison de pain. Elle porta également le nom de cité de David, parce qu'elle fut la patrie de ce grand roi. Son père y demeurait; et lui-même gardait les troupeaux dans les environs, lorsque Samuel vint le choisir parmi ses frères et le sacrer roi par ordre du Seigneur. C'est d'elle que parlait le prophète, quand il s'écriait : Et toi Bethléem, terre de Juda, tu n'es certes pas la plus petite des villes de Juda, car il naîtra de ton sein un roi qui gouvernera le peuple d'Israël.

Ses rues sont courtes et étroites. Elles montent et descendent avec toute la raideur de la pente de la montagne. L'art n'a présidé en rien à leur alignement. Les maisons sont pauvres, et les habitants mal vêtus. Les hommes riches se drapent dans un costume à effet, composé d'une longue robe rouge à grandes manches et d'un turban blanc ; les autres portent la simple chemise blanche, qui laisse à nu leurs bras, leurs jambes et une grande partie de leur poitrine. Une ceinture de cuir leur serre les reins, et ils marchent pieds nus. Quelquefois ils mettent de mauvaises sandales, mais ils préfèrent s'en passer ; et, au fait, cela leur est plus commode. Je rencontrai un jour, du côté de Beit-Djalla, un arabe assis sous un olivier. Je lui fis demander mon chemin, et il offrit de me conduire lui-même pour une piastre. Or, comme j'étais à cheval, je lui fis signe de marcher vite. Aussitôt il ôta ses sandales et se mit à courir à travers les rochers, si vite que mon cheval semblait demander grâce.

Les femmes sont vêtues d'une longue chemise bleue à larges manches. Elles se couvrent la tête d'un voile blanc ou bleu, et vont aussi nu-pieds. La plupart sont petites et très maigres. Leur vie est fort pénible ; à elles incombe tout le service de la maison. Elles vont chercher l'eau à une lieue de la ville, ramassent le bois mort dans la campagne, font la cuisine, servent à table leurs indolents maris et ne mangent qu'après eux ; en un mot, elles sont les servantes nées des hommes. Cet usage, horriblement injuste, prouve du moins que la femme, et l'homme à plus forte raison, peuvent, à force d'énergie, doubler et quadrupler la mesure de leurs forces.

Chargées d'occupations, les femmes Bethléémites

se montrent singulièrement industrieuses pour con-
cilier les occupations en apparence less plus opposées.
Ainsi, pour nourrir et soigner leur nombreuse famille, ne croyez pas qu'elles s'abstiennent du travail
des champs. Vous allez les voir trancher la difficulté
d'une manière fort simple. Elles placent sur leur
tête ce qu'elles ont à porter, cruche d'eau, faix de
bois ou corbeille de légumes ; et puis suspendent
leur plus jeune enfant derrière leur dos dans une
sorte de petit hamac en toile, de manière que la tête
du poupon soit plus élevée que les pieds ; enfin elles
donnent la main à deux autres marmots. La première
fois que je rencontrai une femme ainsi chargée,
je ne savais me rendre compte des vagissements que
j'entendais autour d'elle ; je regardais et ne décou-
vrais pas trace de maillot ; enfin, ralentissant le pas
de mon cheval, je vis derrière la femme un petit
sac bleu, et dans le sac un pauvre petit bien couché,
auquel rien ne manquait, excepté les caresses de sa
mère.

Dès que l'enfant n'est plus au maillot, sa mère
le dresse à une sorte de gymnastique. Elle le met à
cheval sur une de ses épaules, ses petites mains ap-
puyées sur sa tête, et le transporte ainsi à d'énormes
distances. L'enfant est si bien dressé et la mère si
adroite en ses mouvements, que la femme se lève,
s'asseoit, tricote comme si de rien n'était. Un jour,
à la procession du Saint-Sépulcre, je vis une femme
suivre toute la procession, montant l'escalier du
Calvaire, le descendant, s'agenouillant et se re-

levant à chaque station. sans porter une seule fois
la main vers son enfant ainsi perché. Quant au mar-
mot, impassible, il promenait ses regards étonnés
sur la foule, les lumières et la décoration des autels.

Le nom d'Éphrata était merveilleusement appliqué à Bethléem. Aujourd'hui encore, elle est fertile
et belle parmi toutes les villes de Juda. Entre les
mains d'une population moins paresseuse, elle de-
viendrait aisément une source de richesses. Malheureusement la constitution même du pays, sous l'influence de la loi turque, rend le travail impossible.
Et pour qui les chrétiens récolteraient-ils, s'ils se-
couaient leur torpeur? Le Pachalik est une ferme
d'où le Grand Seigneur doit retirer une somme de...
Le pacha est le fermier : il n'a pas d'appointements ;
à lui de s'en faire en levant les impôts pour le
compte de la Porte. Or, le disciple de Mahomet n'est
pas scrupuleux. Que lui importe de ruiner le
peuple? N'a-t-il pas faim, lui, faim et soif de l'or? Il
ne possédera guère le pouvoir plus de trois ans; et
d'ailleurs un caprice de Sa Hautesse peut l'en dé-
pouiller demain. A l'œuvre donc! Il envoie ses
émissaires dans toute la contrée, avec ordre de rançonner chacun, et d'en exiger ce qu'il a et ce qu'il
n'a pas. Un cultivateur a-t-il mieux tiré parti de son
champ, les sbires s'abattront d'abord chez lui. Ils
lui enlèveront tout ce qu'il ne sera pas venu à bout
de cacher, et s'il ne fournit pas assez au gré des
exacteurs, on le flagellera et on maltraitera sa
famille. Cultivez donc, à la sueur de votre front,

pour ces abominables vampires, qu'on appelle visir, excellence, pacha, félicité des hommes! Les plus pauvres ne sont pas exempts de ces extorsions. Chaque année, plusieurs familles fuient devant les mauvais traitements des gens du fisc ; elles préfèrent leur abandonner leurs moissons et se réfugier dans les montagnes. C'est le vol organisé par le pouvoir. Aussi beaucoup de Bethléémistes négligent-ils la culture de la terre pour l'industrie des chapelets, qu'ils vendent aux pèlerins le plus cher possible.

La population de la ville est de trois mille âmes seulement, quinze cents catholiques, mille schismatiques, et le reste musulmans.

Un matin nous nous donnâmes le plaisir d'assister à une noce. A l'heure dite, nous courûmes à l'église pour voir la mariée, et au centre d'un groupe de jeunes filles accroupies et jasant de leur mieux, nous aperçûmes un paquet blanc auquel s'adressaient les prévenances. C'était la fiancée, petite personne de douze ans, qui regardait tout, mais que nul ne pouvait voir. Un jeune gars de seize ans, vêtu d'une robe rouge, entra dans l'église et souleva quelque peu le voile blanc. De grand matin, le curé avait donné la bénédiction nuptiale, et le mari était parti aussitôt pour organiser le cortège, tandis que sa femme attendait le triomphe au milieu de ses joyeuses compagnes. On sortit de l'église. Des hommes nombreux ouvraient la marche : on campa la jeune épouse à califourchon sur un cheval docile ; et le cortège défila, suivi par les femmes qui pous-

saient, de temps en temps, des cris singuliers. Et
puis, tout à coup, au détour d'une rue, les femmes
enlevèrent la mariée pour la conduire dans la mai_
son de sa mère. Alors l'époux entra avec les hommes
chez son père. Nous le suivîmes en grimpant une
façon d'escalier, dans une chambre borgne, qui
n'était ni pavée ni crépie ; on s'assit par terre le
long des murs. Alors, les jambes croisées, la pipe à
la bouche, on se regarda en silence. Et puis le marié
servit à la ronde le café et l'eau-de-vie, pendant que
nous causions avec nos hôtes, il nous présenta sa
sébile et fit la quête sans façon. Nous lui donnâmes
une quarantaine de francs. Cette générosité provoqua
un enthousiasme général ; les Arabes ne se possédaient plus, les plus ardentes protestations pleu-
vaient. Ils nous disaient que les Bethléémites étaient
tous Français par le cœur, et nous demandaient de
leur envoyer un pacha français pour les protéger
contre les Turcs. Enfin ils se levèrent et s'écrièrent
tous d'une voix : *Vive monsieur Napoléon !* Nous les
quittâmes au milieu de cette expansion d'une joie
exubérante, et nous revînmes au couvent.

Le monastère de Bethléem doit une partie de ses
richesses à Baudouin, roi de Jérusalem, et successeur de Godefroy de Bouillon. C'est une véritable
forteresse ; ses murs sont si épais qu'ils soutien-
draient aisément un siège contre les Turcs. Il est
bâti à l'extrémité du village, sur un monticule domi-
nant une longue vallée. **La vallée** s'étend de l'est à
l'ouest ; la colline du midi est couverte d'oliviers

clairsemés ; celle du nord produit des figuiers. Le
terrain en est rougeâtre et hérissé de cailloux.

M. de Chateaubriand décrit ainsi l'église : « Elle
« est certainement d'une haute antiquité, et quoique
« souvent détruite et réparée, elle conserve les
« marques de son origine grecque. Sa forme est celle
« d'une croix. La longue nef, ou, si l'on veut, le
« pied de la croix, est orné de quarante-huit colonnes
« d'ordre corinthien, placées sur quatre lignes. Ces
« colonnes ont deux pieds six pouces de diamètre
« près la base et dix-huit pieds de hauteur, y com-
« pris la base et le chapiteau. Comme la voûte de
« cette nef manque, les colonnes ne portent rien
« qu'une frise de bois qui remplace l'architrave et
« tient lieu de l'entablement entier. Une charpente à
« jour prend naissance au haut des murs, et s'élève
« en dôme pour porter un toit qui n'existe plus, ou
« qui n'a jamais été achevé. On dit que cette char-
« pente est de bois de cèdre ; mais c'est une erreur.
« Les murs sont percés de grandes fenêtres : ils
« étaient ornés autrefois de tableaux en mosaïque
« et de passages de l'Évangile, écrits en caractères
« grecs et latins : on en voit encore des traces. . . . . .
« . . . . . . Les restes des mosaïques que l'on aper-
« çoit çà et là, et quelques tableaux peints sur bois,
« sont intéressants pour l'histoire de l'art : ils pré-
« sentent en général des figures de face, droites,
« roides, sans mouvement et sans ombre ; mais
« l'effet en est majestueux, et le caractère noble et
« sévère. »

Ce monument, comme presque tous ceux des principaux sanctuaires de la Terre Sainte, nous offre le triste spectacle de la haine et de l'impiété conjurées, et celui peut-être plus triste encore de la jalousie acharnée des hérétiques ; son authenticité et les mystères qu'il rappelle n'ont pu le préserver. Autrefois, pour arrêter le pieux concours des fidèles, Adrien fit élever, en ce lieu même, une statue à Adonis et plaça à l'entrée de la grotte un porc en marbre blanc. Plus tard sainte Hélène renversa l'idole et construisit l'église ; mais cela n'arrêta pas longtemps les profanations. Elles se succédèrent comme pour attester aux yeux de l'univers la divinité de la foi au saint mystère opéré en ce lieu ; et, de nos jours encore, par l'incurie des puissances catholiques, le scandale règne à Bethléem et commande en maître.

Les schismatiques continuent leur guerre contre l'Église, et grâce à leur argent, commettent chaque jour de nouveaux empiétements. A cette heure, ils possèdent toute l'église bâtie par sainte Hélène : le chœur et l'aile droite servent au culte grec ; les Arméniens célèbrent dans l'aile gauche, et la nef est une sorte de bazar où les Turcs amènent leurs chameaux, tiennent le marché, et laissent faire des ordures qu'on ne tolère pas dans nos places publiques. Les Latins ne peuvent dire que deux messes à l'autel de la Nativité, l'une à trois heures et demie, l'autre à cinq heures du matin.

Il y a quelques années encore, l'endroit où Notre-

Seigneur est né appartenait aux Latins. Une étoile d'argent indiquait leur possession incontestable; une inscription latine, bien antérieure à celle des Grecs, disait que le Catholicisme l'avait possédé avant même la naissance du schisme. Cette étoile a été volée et portée en triomphe au couvent schismatique de Saint-Saba. On s'adressa à la justice; le pacha répondit à M. Boré qu'il aurait fait restituer l'objet volé, si le consul de France ne s'était pas occupé de l'affaire. En une autre occasion, il fit proposer au procureur de Terre-Sainte de lui faire rendre l'étoile moyennant onze mille piastres. Les pères n'avaient pas cette somme, et la justice en resta là; l'étoile ne fut pas rendue et les Grecs triomphèrent de l'église et de la France protectrice des saints Lieux. Mais écartons ces souvenirs. La religion parle assez haut pour couvrir le bruit de toute agitation humaine dans des lieux où la paix fut promise aux hommes de bonne volonté, et l'histoire elle-même n'est pas sans consolation.

Au début de la première croisade, lorsque l'armée sainte allait arriver à Jérusalem, elle s'arrêta auprès du village d'Anathoth, à six milles de la ville. « Ce fut là, dit M. Michaud, que les pèlerins reçu- « rent des nouvelles de Jérusalem. Des chrétiens « fugitifs racontaient que tout était en feu dans la « Galilée, dans le pays de Naplouse, dans le voisi- « nage du Jourdain, car les musulmans accouraient « avec leurs troupeaux dans la ville sainte, et sur

« leur passage ils brûlaient les églises, pillaient les
« maisons des chrétiens. Les chefs de l'armée reçu-
« rent en même temps une députation des fidèles
« de Bethléem, qui envoyaient demander du secours
« contre les Turcs. Godefroy accueillit les députés
« et fit aussitôt partir Tancrède avec cent cavaliers
« armés de cuirasses. Les croisés furent reçus à
« Bethléem au milieu des bénédictions du peuple
« chrétien ; ils visitèrent, en chantant les cantiques
« de la délivrance, l'étable où naquit le Sauveur. Le
« brave Tancrède fit arborer son drapeau sur la
« sainte métropole, à l'heure même où la naissance
« de Jésus avait été annoncée aux bergers de la
« Judée. »

C'est donc à un chevalier français que nous
devons la conservation de la belle église bâtie
par sainte Hélène. Bethléem devint plus tard un
archevêché, le roi Baudouin sollicita du Pape
l'érection de ce grand siège et l'obtint en 1110.
Aujourd'hui elle ne se recommande que par ses
souvenirs.

XII

La grotte sacrée

Il est deux heures du matin. Tout est calme dans
l'église. Ses portes extérieures restent fermées à la
multitude, les schismatiques sont dans le sommeil,
le silence et l'obscurité règnent partout comme au
jour de la naissance de Notre-Seigneur. Je descends
plein d'émotion dans la grotte vénérable. Des lampes d'or où brûle une huile parfumée, projettent
sous la voûte une clarté mystérieuse. Il importe
de me hâter de dire la messe, car bientôt les schismatiques viendront, ils réclameront leurs droits usurpés,
et la résistance ne serait pas possible; il y aurait du
scandale et même des voies de fait en plein sanctuaire.

La crèche est immédiatement derrière moi. Je
célèbre à l'endroit où la sainte Vierge était assise
lorsqu'elle présenta son divin Fils à l'adoration des

mages. Avec quel bonheur je récite le *Gloria in excelsis*, chanté ici pour la première fois, par les anges, messagers de la bonne nouvelle! C'était la nuit! encore un moment et Notre-Seigneur allait descendre sous les voûtes qui l'avaient vu petit enfant. Je crois entendre les voix angéliques des séraphins accourus pour l'adorer sur l'autel. Je l'y vois descendre lui-même tel qu'il était entre les bras de Marie et de Joseph, tel qu'il fut au Calvaire. Je l'adore. Je le remercie de son incarnation mystérieuse; et je termine en prononçant l'acte de foi sublime dicté par saint Jean : « Au commencement « le verbe était; et le verbe était Dieu!... toutes « choses ont été créées par lui..... *Et le Verbe s'est* « *fait chair*, et il a habité parmi nous; et nous « avons vu sa gloire; sa gloire qui est celle du fils « de Dieu, plein de grâce et de vérité. »

Après la messe, le Père gardien voulut bien nous guider dans la visite de la sainte Grotte. Ici, au moins, un art inintelligent n'a point dénaturé la vérité sous prétexte de l'embellir; le roc s'y voit comme au premier jour du mystère. La lumière du soleil n'y pénètre point, et à midi comme au sein de la nuit, il faut avoir recours à la douce clarté des lampes du sanctuaire. Le pavé est de marbre. Une étoffe de soie, malheureusement flétrie, couvre les murs, et les tracasseries des Grecs empêchent de la renouveler. La grotte s'ouvrait jadis sur la vallée : on y entrait comme le firent Joseph et Marie, dans la nuit célèbre où on leur refusa une place dans les hôtelleries,

parce qu'ils étaient pauvres. Mais la crainte des
Turcs a forcé les Pères à murer l'accès extérieur,
pour le remplacer par deux escaliers de marbre en
communication avec l'église. On montre deux pierres
commémoratives, l'une où se tenait saint Joseph
pendant la nuit de l'incarnation, l'autre au-dessus
de laquelle se serait arrêtée l'étoile des mages ; mais
je doute de la véracité de ces traditions.

Sous la pression du Père gardien, une porte s'ouvrit à droite, et un corridor souterrain nous conduisit à différents sanctuaires, groupés autour du principal comme autant de satellites. D'abord, un autel
à saint Joseph ; la piété des fidèles a besoin, en effet,
de vénérer le fiancé de la vierge Marie, le père nour-
ricier de Notre-Seigneur, là même où tout parle de
lui. Plus loin, derrière une grille de fer, sous un
autel de marbre, un caveau rempli de reliques des
saints Innocents. Est-ce bien là qu'ils furent enterrés ? je n'oserais le dire ; toujours est-il qu'heureuse
fut l'idée de réunir au pied de la crèche les reliques
des bienheureux enfants, martyrs pour Jésus naissant ; elles doivent y reposer plus doucement. Voici,
au tournant du corridor, l'autel de saint Eusèbe,
disciple de saint Jérôme et son successeur dans le
gouvernement du monastère de Bethléem ; et puis
deux tombeaux encore ; ils se regardent ; c'est tout
simple ; le maître et les disciples se sont réunis dans
la mort. Saint Jérôme est d'un côté ; sainte Paule
et sainte Eustochie de l'autre. Ces deux illustres
Romaines, du sang des Gracches et des Scipions,

maîtresses d'une immense fortune, s'étaient sous-
traites aux enivrements de la vie de Rome, pour
venir aux pieds du saint docteur qui les avait con-
verties, vivre et mourir dans la pratique d'une
sublime abnégation. Un tableau les représente toutes
les deux couchées dans le même linceul. La ressem-
blance de la mère et de la fille est frappante, sauf
les nuances de la vieillesse et de la jeunesse, « touchante idée qui rapproche la vie et la mort sur le
seuil de l'éternité. » Enfin, pour terminer la pieuse
galerie, s'ouvre une chambre assez vaste, éclairée
par un soupirail ; c'est la cellule où saint Jérôme
méditait l'Écriture sainte, composait ses doctes écrits,
donnait audience aux grands de Rome, ses anciens
compagnons de plaisirs, qui, fatigués de leurs somptueux palais, venaient chercher auprès de lui le
repos avec la pauvreté. On l'a convertie en chapelle, et, tous les jours, on y célèbre le saint sacrifice.

Notre exploration terminée, la matinée était bien
avancée pour entreprendre des courses dans le voisinage ; d'ailleurs pouvions-nous sitôt quitter la sainte
grotte ? Je priai donc le Père gardien de me laisser à
moi-même, et assis sur une pierre auprès de l'autel,
je me mis à repasser doucement les événements de
la nuit célèbre du 25 décembre (1).

(1) Toutes les fois que, dans le récit, se présentera un mystère
de la vie de Notre-Seigneur ou de la sainte Vierge, l'auteur ne
se contentera pas de l'indiquer ; il aidera le lecteur à s'en former

Il y avait déjà cinq mois que Marie avait quitté la
maison d'Élisabeth pour reprendre à Nazareth sa

une idée complète par des détails minutieux, tirés d'écrivains
autorisés.

Cette méthode est très recommandée par saint Ignace de
Loyola dans ses Exercices spirituels. Il veut que « nous contem-
« plions les mystères *comme s'ils s'accomplissaient sous nos*
« *yeux.* » — Et le P. Roothaan, commentant ces paroles, ajoute:
« Ne méditons pas sur un mystère comme sur une action *pas-*
« *sée*, sur un objet *éloigné;* mais que tout soit *actuel* et *présent.* »
Saint Ignace insiste sur le secours à demander à notre imagination pour arriver à ce résultat, et il dit, s'il s'agit, par exemple,
d'un voyage : « Je *verrai* le chemin, *comme l'imagination me le*
représentera. » La raison est ici d'accord avec l'autorité, et le
P. Roothaan traduit ainsi son langage : « Personne ne doute
« qu'il n'eût recueilli des fruits spirituels très abondants, s'il
« lui eût été donné d'assister en personne à l'accomplissement
« de ces mystères : pensons donc que la contemplation de ces
« mêmes mystères (en les rendant actuels pour nous) nous pro-
« curera quelques-uns de ces avantages, si nous y apportons une
« foi vive, un esprit attentif et diligent. »

Saint Bonaventure et Ludolphe le Chartreux. c'est-à-dire les
auteurs qui ont écrit plus formellement et avec plus d'onction sur
la contemplation des mystères du Sauveur, sont exactement du
même avis.

« Pour vous, disent-ils, si vous désirez retirer du fruit de ces
contemplations, ayez soin de vous rendre présent en esprit aux
faits et aux paroles qui sont rapportés du Seigneur Jésus, comme
si vous les entendiez de vos oreilles, comme si vous les voyiez de
vos yeux. Agissez de toute l'affection de votre cœur, avec soin,
plaisir et jouissance de l'âme, éloignant toute autre sollicitude,
toute préoccupation. (S. Bonav. *Méd. vitæ Christi. Prœmium.* —
Ludolph. Carthus., *Prolog. in vitam Christi.*)

« Bien que les évènements se soient passés autrefois, méditez-
les comme s'ils s'accomplissaient aujourd'hui, et sous vos yeux;
vous en trouverez la contemplation plus savoureuse et plus
agréable. J'ai même indiqué quelquefois les lieux où se sont
opérés les mystères, parce qu'il est utile de savoir non seulemen

vie de solitude et de travail, lorsqu'un événement
extraordinaire vint de nouveau la jeter dans les fa

que telle chose s'est faite, mais qu'elle s'est faite dans tel endroit:
(Ludolph., *loco cit*.)

« Il me semble que toute la douceur, la dévotion, l'efficacité
et le fruit de ces méditations viennent principalement de la con-
sidération de Notre-Seigneur. Contemplez-le donc affectueuse-
ment, partout et toujours, dans quelque circonstance de sa vie ;
par exemple, quand il se tient au milieu de ses disciples, quand
il est avec les pécheurs, quand il leur parle, quand il prêche à
la multitude, quand il marche **et** quand il est assis ; quand il
dort et quand il veille ; quand il mange et quand il sert les
autres ; quand il guérit les malades et quand il opère d'autres
miracles. (S. Bon., *Méd*., c. xviii. —Ludolphe., *loc. citat*.)

« Du reste, vous devez savoir qu'il suffit de méditer l'action
que le Seigneur a faite, ou ce qui lui est arrivé, ou ce que le
récit évangélique rapporte de ses paroles, en vous rendant présent à l'évènement comme s'il se passait sous vos yeux, et selon
qu'il s'offrira simplement à votre pensée (S. Bonav., *Méd*. c. c.).

« Ne craignez pas d'entrer dans les plus petits détails ; car ils
font naître la dévotion, ils augmentent l'amour, ils allument la
ferveur, ils excitent la compassion, ils donnent la pureté et la
simplicité, ils nourrissent le goût de l'humilité et de la pauvreté ;
ils entretiennent la familiarité, ils opèrent la conformité, ils
relèvent l'espérance. Il n'est pas en notre pouvoir de nous élever
à des contemplations sublimes ; et ce qui paraît folie en Dieu
est plus sage que la sagesse des hommes ; ce qui paraît faiblesse
en Dieu est plus fort que la force des hommes. Il me semble
que cette méditation détruit l'orgueil, affaiblit la cupidité et
confond la curiosité. » (S. Bonav., *Médit*. c. xii.)

L'auteur, on le comprend, ne se permettrait pas d'offrir au
lecteur le fruit de ses propres contemplations ; il a puisé ses
récits dans des ouvrages avoués et connus. Il ne prétend pas
réclamer pour eux un assentiment complet, leur principale
autorité étant de n'avoir pas été condamnés par l'Église ; il veut
seulement aider à la contemplation des mystères, selon la
méthode indiquée par les maîtres de la vie spirituelle.

tigues d'un voyage. C'était vers la fin du mois de décembre, en hiver.

On avait publié dans la Judée un édit de l'empereur Auguste, pour le dénombrement des peuples soumis à son sceptre. Chacun devait aller se faire inscrire dans le pays originaire de sa famille.

Joseph et Marie étaient issus de la maison de David, et David était né à Bethléem ; c'était donc vers cette petite ville qu'ils se voyaient contraints de diriger leurs pas.

Ce voyage, entrepris dans une saison rigoureuse, et dans un pays comme la Palestine, devait être singulièrement pénible pour la jeune vierge, frêle et délicate, dans un état de grossesse fort avancé. Elle ne se plaignait cependant pas. Son esprit ferme et courageux, son âme haute et forte, acceptaient silencieusement l'infortune. Son noble visage annonçait une résignation calme.

Elle s'assit sur un âne. « D'un côté de la selle de l'animal était attachée une corbeille de feuilles de palmier contenant les provisions du voyage, des dattes, des figues, des raisins secs, quelques gâteaux pétris avec de l'orge, et un vase de terre de Ramla pour puiser l'eau de la source ou de la citerne. Une outre de fabrique égyptienne était suspendue de l'autre côté. »

« Joseph jeta sur son épaule un sac où étaient entassés quelques vêtements, ceignit ses reins, s'enveloppa dans son manteau de poil de chèvre, et tenant d'une main un bâton recourbé, saisit de l'autre la bride de l'animal qui portait la jeune vierge. »

Tous les deux quittèrent ainsi leur pauvre maison, qui se gardait toute seule, et descendirent les rues étroites de Nazareth par une journée brumeuse et froide. Les voisins, qui les virent s'eloigner, eurent pitié de leur misère et compatirent aux souffrances de la Vierge. Ils firent pour eux des souhaits de bon voyage et d'heureux retour. Chaque passant les saluait de la main en disant : Allez en paix !

Sur le chemin ils rencontrèrent des caravanes nombreuses, dont les riches équipages contrastaient avec leur pauvreté.

« Des chameaux portant des femmes enveloppées dans des manteaux de pourpre et la tête couverte de voiles blancs, des nakas arabes poussées à toute bride par de jeunes cavaliers somptueusement vêtus, des groupes de vieillards sur de belles ânesses blanches, » encombraient le haut du chemin et montaient eux aussi à Bethléem.

Joseph et Marie étaient du sang et de la parenté des voyageurs. Comme eux, ils étaient de la famille de David. Mais ils étaient pauvres, et cela suffisait pour exciter le mépris de leurs parents orgueilleux. On les forçait à passer sur le bord du chemin, et on avait l'air encore de leur disputer l'étroit sentier qu'ils occupaient. Mais eux supportaient ces rebuts sans se plaindre.

« Après cinq jours d'une marche pénible, les deux voyageurs distinguèrent au loin Bethléem, la cité des rois, assise sur une hauteur, au milieu de riants coteaux plantés de vignobles, de bois d'oliviers et de bosquets de chênes verts. »

Ils se crurent sans doute au bout de leurs peines.

Joseph, pressant le pas, se dirigea vers la porte des hôtelleries. Mais les auberges regorgeaient de marchands et de voyageurs. Il n'y restait pas une place. A prix d'or on en eût trouvé ! mais Joseph n'avait pas d'or.

« Le patriarche revint tristement auprès de Marie, qui lui répondit par un sourire résigné ; et, reprenant la bride du pauvre animal qui tombait de fatigue, il se mit à errer par les places et par les rues de la petite ville, espérant, mais en vain, que quelque Bethléémite charitable leur offrirait un gîte pour l'amour de Dieu. »

Personne ne vint au-devant d'eux, et chacun les repoussa.

Cependant « le vent du soir frappait, froid et piquant, sur le visage de la Vierge qui ne proférait pas une plainte, mais qui devenait de plus en plus pâle. A peine pouvait-elle se soutenir. » « Joseph continua ses infructueuses recherches ; et, plus d'une fois, hélas ! il vit s'ouvrir, devant un étranger plus riche, la porte qu'on avait brutalement fermée pour lui.

« La nuit tombait.

« Les deux époux, se voyant repoussés de tout le monde, désespérant d'obtenir un asile dans la cité de leur aïeux, s'avancèrent à l'aventure dans la campagne, éclairée par les lueurs mourantes du crépuscule et retentissant du cri des chacals qui rôdaient pour chercher leur proie. »

Au midi, et peu loin de la ville inhospitalière, il y avait de grandes ruines. David, fils d'Isaï, étant monté sur le trône, s'était construit une forteresse à Bethléem, Bethléem qui avait été son berceau, où il avait mené paître les troupeaux de son père, et où Samuël lui avait donné l'onction royale. Cette forteresse était encore connue sous le nom de Birœth-Arba par les populations voisines, plusieurs siècles après, lorsque déjà le temps avait bouleversé ces lieux. Tombée en ruines après l'émigration des Juifs, elle avait servi longtemps d'abri aux voyageurs, pour eux et pour leurs bêtes de somme. Les bergers s'y réfugiaient aussi avec leurs troupeaux, cherchant sous ses arcs et ses voûtes, un refuge contre la chaleur, les vents et la pluie, et un lieu de repos pour la nuit. A l'époque de l'histoire où nous sommes arrivés, aucune voûte n'était restée debout; mais le sol lui-même, composé en grande partie de pierre calcaire, était percé de grottes souterraines. Joseph et Marie pénétrèrent dans ces ruines du palais de leurs ancêtres. Une caverne se présenta, dont l'entrée regardait le nord et qui allait en se rétrécissant vers le fond. Les pieux voyageurs « bénirent le ciel qui les avait guidés vers cet abri sauvage, et Marie s'appuyant sur le bras de Joseph, alla s'asseoir sur une roche nue, qui formait une espèce de siège étroit et incommode, dans un enfoncement du rocher. »

Alors ils déchargèrent leur monture, cherchèrent dans leurs corbeilles s'ils n'y trouveraient pas quelques provisions pour remonter leurs forces épuisées, et, après avoir fait un frugal repas, ils se disposèrent au sommeil. Marie demeura dans l'enfoncement de la grotte et Joseph alla s'étendre à l'entrée de la caverne afin de la protéger.

C'était le moment choisi par Dieu pour faire éclater le plus grand des prodiges.

La nuit sombre est venue. Dans les maisons de Bethléem les flambeaux sont éteints. Les heureux du siècle se livrent au repos. C'est bien l'heure indiquée par le prophète Isaïe, lorsqu'il dit : « Dans le silence de la nuit, lorsque tout sera calme au milieu de ses ombres, votre parole toute-puissante, ô mon Dieu, sortira des profondeurs de votre gloire. »

Regardez dans cette grotte, tout à l'heure si obscure et si noire.

Voyez-vous la sainte Vierge élevée de terre par un effet surnaturel. Elle est en extase, les mains croisées sur sa poitrine. Une splendeur qui va toujours croissant la pénètre et l'environne. Tout semble ressentir autour d'elle une émotion joyeuse. Le rocher qui forme le seuil et les parois de la grotte est comme vivant dans la lumière. Bientôt la voûte semblera disparaître. Une voie lumineuse, dont l'éclat augmente sans cesse, descend du plus haut des cieux. Le long de cette voie, on remarque un mouvement merveilleux des gloires célestes qui s'approchent de plus en plus, et qui se montrent distinctement sous la forme de chœurs angéliques. La sainte Vierge, sa large robe sans ceinture étalée autour d'elle, semble à genoux au milieu de la lumière.

Quelque chose d'extraordinaire a passé devant les yeux de Joseph. Il se tient prosterné à l'entrée de la grotte dans une sainte frayeur.

Mais peu à peu tout semble rentrer dans l'ordre.

Joseph lève les yeux, la vision a disparu. A la lueur d'une petite lampe suspendue à la voûte, il a vu l'enfant Jésus étendu dans une crèche et Marie agenouillée devant lui. Il s'approche transporté de joie, et il adore le Messie, si longtemps attendu.

Ainsi s'accomplissaient les prophéties.

L'an, depuis la création du monde, lorsque Dieu, au commencement, créa le ciel et la terre, cinq mille cent quatre-vingt-dix-neuf; depuis le déluge, deux mille neuf cent cinquante-sept; depuis la naissance d'Abraham, deux mille quinze; depuis Moïse et la sortie du peuple d'Israël de l'Égypte, mil cinq cent dix; depuis le sacre du roi David, mil trente-deux; la soixante-cinquième semaine, selon la prophétie de Daniel; dans la cent quatre-vingt-quatorzième Olympiade; l'an de la fondation de Rome sept cent cinquante-deux; la quarante-deuxième année de l'empire d'Octavien Auguste; tout l'univers jouissant de la paix; au sixème âge du monde, Jésus-Christ, Dieu éternel, et fils du Père éternel, voulant sanctifier le monde par son saint avènement, ayant été conçu du Saint-Esprit, et neuf mois s'étant écoulés depuis sa conception, naissait de la glorieuse vierge Marie, à Bethléem, ville de Juda.

Ah! voilà bien celui que prédisait Isaïe, lorsqu'il disait: « Un enfant nous a été donné, » *Puer datus est nobis*. Anges du ciel, paraissez sur les nuées; chantez l'hymne de réjouissance : Gloire à Dieu! paix aux hommes! car le chef-d'œuvre de la miséricorde vient de s'accomplir! Jésus est né! Terre, tressaille d'allégresse, car ton Sauveur se donne à toi. Hommes ensevelis dans le sommeil du vice, peuples assis à l'ombre de la mort, réjouissez-vous ; courez à la lumière. Voyez-vous son aurore briller du côté de Bethléem? Et vous, âmes des patriarches et des justes, forcez la pierre de vos tombeaux et voyez celui qui, bientôt, sera votre résurrection. Jésus est né! Les portes de la vie éternelle sont ouvertes. Gloire à vous, Seigneur, au plus haut des cieux! et paix sur la terre aux hommes de bonne volonté!

Et c'est ici même que s'accomplit ce prodige. Dans la grotte, en face de la crèche, j'étais transporté : je m'agenouillais, je baisais le pavé de ce lieu béni, je me relevais et m'agenouillais encore ; je collais mes lèvres à l'endroit où Jésus avait été déposé pour la première fois, et je ne pouvais assez remercier Dieu de son infinie bonté. Cependant, je m'assis de nouveau et je voulus méditer encore. Je me sentais devant le trône du roi des rois, du Christ de la famille de Juda et fils de Dieu; or, je n'avais devant moi qu'une grotte et une crèche! Je vénérais le Sauveur du genre humain, et mes yeux rencon-

traient un enfant avec tous les signes de la faiblesse.
En vain je cherchais un palais et de nombreux courtisans. Une étable, un vieillard, une humble vierge,
un enfant vagissant entre deux animaux, et rien
de plus! Grandeur et abaissement, alliance étrange
inconnue jusqu'ici au monde, que faut-il penser de
vous?

Mais la réflexion m'éclaire, et la foi ouvre des ho-
rizons infinis à ma pensée interdite.

La grande leçon commençait. Le monde, plongé
dans l'erreur, n'avait eu d'admiration que pour ce qui
flatte les sens et les passions : la puissance et la richesse étaient investis de tous les droits ; la pauvreté
n'avait pas même celui de vivre ; la liberté donnée
à l'âme humaine par le Créateur, était proscrite, et
une partie de l'humanité gémissait dans l'esclavage.
En un mot, la force était tout, le droit n'existait pas.
Dieu alors se fit petit pour secourir les humbles, les
relever, et abattre les orgueilleux. Cet enfant, qui
n'a pas un lambeau d'étoffe pour envelopper ses membres grelottants, dont la mère, repoussée de tous, a
dû chercher un refuge sous le roc glacé d'une caverne, pouvait se manifester au sein de sa gloire;
mais il venait en ce monde pour expier la faute du
premier homme et réhabiliter l'humanité dégénérée ;
et il naquit pauvre et dénué de tout. Il venait nous
consoler dans nos souffrances et relever nos courages
abattus, il devait donc se faire souffrant et faible avec
nous. Ce mendiant que la faim dévore; cette mère que
la douleur a réduite à ne pouvoir allaiter son enfant;

ce père qui voit sa famille étendue sur un peu de paille humide, dans les tortures du froid et les angoisses de la faim ; allez leur dire que le Dieu venu pour les consoler, se réjouit et s'amuse dans l'abondance d'un somptueux palais ! Mais c'est ajouter à leur douleur la plus cruelle ironie. L'ami de l'homme souffrant, n'est-ce pas celui qui vient partager sa misère? Le bonheur ne doit-il pas se dissimuler auprès d'un ami désolé? Voilà pourquoi Jésus-Christ s'est fait pauvre.

Aussi, de tous les anniversaires catholiques, Noël est le plus touchant ; c'est la fête gracieuse par excellence. « Noël, s'écrie un aimable auteur, nuit du salut et du miracle, que les prophètes avaient depuis longtemps promise; nuit céleste où la virginité fut féconde; nuit dont les étoiles messagères annoncèrent aux bergers qui le redirent aux rois, la naissance du Dieu rédempteur; jamais ton souvenir ne revient dans l'année sans produire en nous je ne sais quelles émotions d'une piété douce et franche!

« Autrefois, sous Charlemagne, ce jour avait été fixé pour commencer l'année, comme le plus beau de tous. Nos preux chevaliers, sous leurs pesantes armures, s'animaient par son souvenir aux nobles exploits. Ils montaient à l'assaut en criant ⊦ Noël! — Noël! Noël! criait le peuple sur le passage d'un prince chéri ou d'un vainqueur généreux qui lui apportait un bienfait. Aujourd'hui encore, malgré notre incrédulité, cette nuit est pour nous la nuit par excellence. Le village, pour la célébrer, allume ses brandons ; les jeunes gens chantent des hymnes pastorales, et les petits enfants, étonnés de veiller au milieu de ses ombres, gardent toujours son souvenir. Les villes elles-mêmes semblent secouer à son occasion leur lourd manteau de matérialisme et d'indifférence. Elles prennent un air de fête, et mille feux illuminent les rues, à mesure que des foules nombreuses se pressent dans nos églises étincelantes de lumières. Tout ce qui rappelle l'avènement du Dieu des pauvres, dont le berceau est une crèche et le palais une étable, a, même sur le cœur de l'homme en révolte contre la religion, je ne sais quoi d'attendrissant et d'aimable. » (Vicomte WALSH.)

S'il faut s'étonner d'une chose en cet admirable mystère, ce n'est donc pas de l'abaissement ineffable du fils de Dieu. Je me demande plutôt comment un Sauveur si bon a pu rencontrer sur la terre l'ingratitude, le mépris et la haine ? Serait-ce ignorance ou mauvais vouloir systématique ?

Ignorance ! non.

La naissance du Messie ne pouvait être un mystère pour personne. Sans parler des nombreuses prophéties qui, dans le monde entier, annonçaient un Sauveur, venu de l'Orient; sans rappeler que les Juifs eux-mêmes attendaient précisément pour cette époque le Messie promis depuis si longtemps, il suffit de demander à l'histoire quelle impression produisit sur le roi Hérode lui-même la nouvelle qu'un petit enfant était né dans une grotte aux environs de Bethléem, et que des pasteurs de brebis et que des mages d'Orient l'avaient adoré. Effrayé sur son trône, le roi barbare, pour apaiser ses terreurs, ne vit d'autre moyen que d'organiser le plus affreux massacre dont l'histoire ait conservé le souvenir, celui de tous les enfants de deux ans et au-dessous.

La naissance du Messie ne fut donc pas un mystère, mais les hommes, attachés à leurs passions, furent effrayés de voir arriver un Dieu qui allait apporter à la terre la pureté, la sainteté, la justice. Voilà le mot de l'énigme.

Il y avait bien ignorance systématique ; en voici la preuve dans l'histoire même de ce qui se passa après l'avènement extraordinaire du Messie. Tournons la page, et nous verrons les hommes adonnés au vice lui disputer même la pauvre grotte où sa divine mère abrite ses membres délicats, conspirer contre sa vie, et le forcer à fuir vers l'Égypte.

Bien des raisons auraient dû engager Joseph à ne pas se fier aux habitants de Bethléem ; n'en avait-il pas reçu, la veille même, l'accueil le plus rebutant ? Mais il y avait plus encore.

Dès le lendemain de son arrivée, il s'était présenté à la maison où se tenaient les agents de l'empereur romain chargés d'inscrire et de recevoir les impôts.

C'était un grand édifice, entouré de cours et d'autres bâtiments plus petits. Il était environné de grands arbres, parmi lesquels des soldats avaient dressé des tentes et établi une sorte de bivouac. Joseph le reconnut bien. C'était précisément l'ancienne maison de son père, celle dont nous avons déjà parlé et qui avait appartenu à David, son aïeul.

Il y avait passé son enfance. Il avait, pour ainsi dire, le droit d'y être traité comme chez lui. Mais sa pauvreté était destinée à lui valoir mépris sur mépris, de la part d'une nation où la richesse était la seule vraie noblesse.

D'un geste de dédain, un soldat avait fait signe à Marie qu'on n'accueillerait pas une mendiante comme elle, et Marie s'était retirée sous un mauvais hangar, au milieu de quelques pauvres femmes.

Joseph était entré seul dans un grand bâtiment. On l'avait introduit dans une vaste pièce où se trouvaient réunies beaucoup de personnes riches; chacun le regardait avec dédain. On ne voulait pas croire que cet ouvrier fût de la race royale de David. On se moquait de ses prétentions. Il fallut recourir à de grands rouleaux qui servaient de registres, pour convenir du fait et accepter les preuves de sa généalogie.

Il y avait là une grande quantité d'écrivains et d'employés. Dans le haut se tenaient des Romains et plusieurs soldats. Au milieu d'une foule assez nombreuse de pharisiens, de sadducéens, de prêtres et d'anciens de la nation, la confusion de Joseph était d'autant plus forte, qu'elle avait un plus grand nombre de témoins. Ces insultes et les mépris avec lesquels on avait accueilli la sainte Vierge, lui furent surtout sensibles.

Après avoir payé l'impôt, le saint patriarche se retira sans qu'on prît garde à lui, tant il semblait être un homme de rien.

Ajoutez à cela que Joseph trouvait des envieux à Bethléem. Sa vie sainte condamnait ceux de ses parents et de leurs amis qui suivaient une vie licencieuse ; et sa famille, honteuse de sa pauvreté, était bien aise de le contraindre à quitter le pays.

Le séjour de Bethléem était donc impossible. Joseph, le chef de la sainte famille, Marie. mère de Dieu, Jésus-Christ, le fils unique de Dieu et le maitre du monde étaient regardés en quelque sorte comme de trop sur la terre ; on leur disputait même la pauvre étable qu'ils avaient choisie pour asile.

Mais la difficulté était de trouver une nouvelle retraite, à l'abri de la haine des Juifs et de la fureur d'Hérode.

Dieu prévint leur embarras et fixa leur choix par un acte suprème de sa volonté, après l'adoration des mages.

Une nuit, Marie dormait dans un enfoncement de la caverne, où Joseph lui avait ménagé un réduit isolé, au moyen d'une haie de branches d'arbres entrelacées. L'enfant Jésus reposait aussi dans sa crèche sur un lit de paille et de mousse, lorsque Joseph, étendu dans une autre anfractuosité de rocher, fut tout à coup réveillé par un ange qui ne lui dit que ces deux mots : Prends avec toi l'enfant et sa mère, emmène-les en Égypte, car des assassins cherchent l'enfant pour le tuer. Ensuite il disparut.

Quelle nouvelle ! au milieu de la nuit, pour des

gens sans fortune, avec un enfant nouveau-né, entreprendre un si long voyage pour trouver au bout du chemin la misère et le mépris !

N'importe ! Dieu l'a dit, Joseph ne songe même pas à raisonner,

Il allume sa lampe à un tison mal éteint, s'approche du lieu où reposait Marie, et frappant à la petite cloison de branchages, il demande la permission d'entrer. Marie se dispose à l'écouter. Elle baisse la tête devant l'arrêt divin, croise ses mains sur sa poitrine en signe de résignation et d'acquiescement, regarde son enfant avec tristesse, et par un signe de tête répond qu'elle est prête à tout.

Joseph passe dans la grotte d'à côté et dispose sur un âne quelques provisions de voyage. Cependant, la veille même, sainte Anne était encore à Bethléem pour voir sa fille et la consoler. Elle s'était retirée, pour la nuit, dans une autre caverne, où elle dormait avec sa servante. Marie, après s'être habillée pour le voyage, alla trouver sa mère et lui déclara les ordres de Dieu. Anne en fut bouleversée ; mais se levant incontinent, elle aida sa fille à disposer toutes choses pour la route, avant de se livrer à la tristesse des adieux. La mère et la fille préparèrent un paquet d'assez médiocre apparence et le confièrent à Joseph pour le charger sur sa monture.

Jusque-là, on avait laissé dormir l'enfant Jésus. Marie s'approcha de la crèche, s'agenouilla pour adorer son fils, le baisa doucement sur la joue, le souleva ensuite avec précaution, et le serrant sur son cœur, l'enveloppa en ramenant sur lui une partie de son voilo. Le divin enfant pleura comme ont coutume de le faire les enfants de cet âge lorsqu'on trouble leur sommeil, et puis il se rendormit sur le sein de sa mère.

Le moment des adieux était venu. L'affliction de sainte Anne offrait un spectacle navrant. La pauvre mère embrassa à plusieurs reprises la sainte Vierge, comme si elle ne devait plus la revoir ; elle versa sur elle et sur l'enfant Jésus des larmes abondantes. Il n'était pas encore tout à fait minuit. Anne voulut accompagner sa fille pendant quelques temps. Marie, pour être moins fatiguée, avait attaché l'enfant Jésus dans une bande d'étoffe qu'elle avait suspendue à son cou. Elle le réchauffait de son mieux contre la fraîcheur de la nuit, et le divin enfant continuait de dormir sur le sein de sa mère.

Les deux femmes avaient fait un peu de chemin, lorsque saint Joseph les rejoignit avec l'âne, sur lequel il avait attaché une outre pleine d'eau et une corbeille de petits pains grossiers cuits sous la cendre. Le modeste bagage des voyageurs était disposé entre les deux paniers, de manière à former une sorte de coussin pour la sainte Vierge lorsqu'elle voudrait s'y asseoir.

Anne et Marie s'embrassèrent encore en pleurant. Sainte Anne bénit la sainte Vierge et se retira en étouffant ses sanglots. Marie monta sur l'âne. Joseph prit de la main gauche la bride de l'animal, et les pèlerins cheminèrent silencieusement dans l'ombre.

Cette fuite avait quelque chose de solennel et de mystérieux. Joseph et Marie priaient intérieurement ; ils s'avançaient dans l'obscurité, sans bien savoir comment diriger leurs pas. A l'aube du jour, on les vit s'asseoir un moment sous un hangar construit pour les voyageurs. Leur position était cruelle. Ils avaient besoin de toute espèce de secours ; ils manquaient de tout, et ils étaient obligés de fuir le regard des hommes, de peur de révéler l'existence de l'enfant Jésus et de le livrer aux poignards d'Hérode.

Ils passèrent le jour du sabbat cachés auprès du célèbre térébinthe d'Abraham, près du bois de Moreh, à peu de distance de Sichem, de Thénat, de Siloh et d'Arumah.

Vingt-quatre heures plus tard, nous les retrouvons dans une contrée fertile, à côté d'une petite source, près d'un buisson de baume. L'enfant Jésus est sur les genoux de la Sainte Vierge, il lui sourit doucement, invité qu'il est à la joie par la fraîcheur du paysage. Saint Joseph remplit sa cruche avec la liqueur qui coule des baumiers. L'âne s'abreuve à une petite distance. Au loin, on aperçoit Jérusalem. La scène est gracieuse et touchante.

Mais cette échappée de bonheur ne devait pas durer. Les nobles proscrits n'étaient pas destinés à la joie. Le sixième jour de leur voyage, à deux lieues environ de la forêt de Mambré, je les vois entrer dans une grotte spacieuse, située dans une gorge sauvage. Ils sont accablés de fatigue et de tristesse.

Marie est abattue, elle pleure. Ses larmes tombent sur le visage de son divin enfant. Tout leur manque. A force de prendre des chemins détournés pour éviter les villes et les auberges publiques, ils sont réduits aux plus cruelles privations. L'eau même leur est refusée dans ces pays condamnés à la sécheresse.

En quittant la grotte, ils firent sept lieues au midi, laissant toujours la mer Morte à leur gauche, et ils entrèrent dans un nouveau désert.

Je poursuis la sainte famille à travers cette plaine de sable, et je la trouve fatiguée, languissante, n'en pouvant plus. La petite cruche de baume et surtout l'outre qui renfermait l'eau du voyage étaient vides. La sainte Vierge était plus triste encore que la veille. Elle avait soif, et Jésus aussi. Sur ces entrefaites, les voyageurs aperçurent à quelque distance un enfoncement où croissaient des buissons, au milieu d'un gazon desséché ; ils se détournèrent pour l'atteindre.

La sainte Vierge descendit de l'âne et s'assit par terre. Elle voyait son enfant devant elle. Elle avait les yeux rouges à force d'avoir pleuré. Comme Agar au désert, elle demandait à Dieu de lui envoyer quelques gouttes d'eau pour sauver la vie de son fils. Pendant ce temps-là, l'admirable Joseph, sans écouter sa fatigue, battait les buissons, frappait toutes les pierres dans l'espérance de leur faire rendre un son creux, indice de quelque source. Dans l'anfractuosité d'un rocher il trouva enfin une eau saumâtre et croupissante. Il fit part à Marie de sa découverte. Les voyageurs lavèrent le visage de

Jésus et lui rafraîchirent les lèvres. Et puis ils se hâtèrent de se remettre en marche sous les feux brûlants d'un soleil implacable.

Enfin, vers le soir, ils atteignirent les dernières limites du pays gouverné par Hérode. C'était aussi la fin du désert. Il y avait là une petite ville nommée Anem. Les habitants étaient des chameliers aux mœurs farouches. Ils logeaient dans des cabanes abritées contre une éminence. Leurs chameaux erraient dans les pâturages environnants. Joseph conduisit Marie dans une maison isolée, construite pour les voyageurs du désert. Il fit pitié aux habitants de ce lieu. Sur sa demande, on apporta à Marie un peu de lait de chamelle et quelques dattes. La sainte famille s'arrêta vingt-quatre heures en cet endroit. Et le lendemain soir, par une nuit étoilée, elle s'engagea de nouveau dans un désert sablonneux, couvert de broussailles peu élevées. Une multitude de reptiles peuplaient cette contrée. Chaque pas des voyageurs faisait lever un nouveau serpent, qui se dressait en sifflant; Marie alors cachait son enfant dans son sein. Heureusement, il n'en résulta aucun acident.

Une ville encore se présenta, elle s'appelait Mara. Mais ses habitants étaient cruels et inhospitaliers. Joseph n'obtint rien d'eux : ils se moquèrent même de Marie, qui, le visage suppliant, les yeux pleins de larmes, leur montrait son enfant prêt à mourir de fatigue et de chaleur.

Après cela vint un nouveau désert plus horrible que

les autres. Il n'y avait plus ni chemin, ni rien qui indiquât la direction à prendre. Les saints voyageurs marchèrent quelque temps dans l'incertitude, et gravirent devant eux une sombre chaîne de montagnes. Désolés, ils se mirent à genoux et appelèrent le Père céleste à leur secours.

Dieu les exauça; mais, parce que nulle des joies de Marie ne devait être sans amertume, il permit qu'elle éprouvât une mortelle frayeur avant d'atteindre ce qui devait la sauver. La prière terminée, ils se relevèrent et marchèrent en se confiant à la Providence. A travers les montagnes de Seïr ils parvinrent à une contrée triste et sauvage. Il faisait sombre : la route longeait un bois fort épais. Hors du chemin, devant le bois, on voyait une cabane, ils s'y dirigèrent. Hélas! c'était un repaire de brigands; Joseph ne tarda pas à s'en convaincre.

A peu de distance, on avait suspendu aux branches d'un arbre une lanterne qu'on pouvait voir de très loin, et qui était destinée à arrêter les passants. Le chemin, déjà très difficile par lui-même, était coupé çà et là par des fossés creusés exprès pour ralentir au besoin la fuite des voyageurs, et sur toutes les parties praticables étaient tendus des fils cachés qui correspondaient à des sonnettes placées dans la cabane. Le voyageur inoffensif agitait les fils avec son pied sans le savoir, et les voleurs étaient immédiatement avertis de la présence d'une proie. Pour comble de ruse, la cabane elle-même était mobile et pouvait être transportée de côté et d'autre suivant les circonstances. Quand la sainte famille s'approcha de la lanterne, elle se vit assaillie par le chef des voleurs et cinq de ses compagnons.

Joseph fit bonne contenance, mais que tenter contre six brigands armés, lui seul, sans autre défense que son bâton, avec une jeune femme et son enfant? Il se laissa conduire dans la cabane. En entrant on leur montra un coin dans lequel on leur fit signe de s'asseoir à terre. Pendant ce temps-là on fouilla leurs corbeilles, et on vit bientôt qu'il n'y avait pas grand butin à espérer avec des gens aussi pauvres. La femme du chef des brigands se laissa toucher à la vue des tortures de la jeune prisonnière. Par pitié elle offrit à Marie des petits pains, du miel et des fruits. Elle lui donna aussi à boire : alors la sainte Vierge s'enhardit à lui demander un peu d'eau tiède pour bassiner les membres de l'enfant Jésus engourdis par la chaleur et la poussière. La femme se prêta à ce second service, elle alluma du feu dans une excavation pratiquée au coin de la hutte, fit chauffer de l'eau et la présenta à sa captive.

Cet acte de compassion allait être largement rémunéré.

Le voleur avait un enfant de trois ans, hideux à voir. Il était rongé de la lèpre et son visage n'était qu'une croûte. La sainte Vierge fit signe à la mère d'apporter cette petite créature et de la laver dans l'eau qui avait servi à rafraîchir l'enfant Jésus. Cette femme le fit machinalement, et le lépreux se trouva guéri à l'heure même.

Les malheureux parents furent transportés d'une joie indicible. Plusieurs de leurs compagnons étant venus pendant la nuit, on leur montra l'enfant guéri, et tous admirèrent le prodige.

Le lendemain matin, la sainte Vierge voulut se remettre en marche, quelqu'effort qu'on fît pour la retenir ; elle consentit à emporter de petites provisions, et se laissa accompagner par le chef des brigands, qui lui offrit de la mettre sur la route.

En prenant congé d'elle cet homme lui dit : Souvenez-vous de moi en quelque lieu que vous alliez. — La sainte Vierge répondit par un signe bienveillant, et la tradition rapporte que le bon larron, qui, trente-trois ans plus tard, sur la croix, dit à Jésus-Christ : « Souvenez-vous de moi quand vous serez dans votre royaume, » était l'enfant guéri de la lèpre.

En quittant les montagnes habitées par les brigands, la sainte famille parcourut un nouveau désert ; et lorsque, dans le lointain, quelques habitations vinrent relever ses espérances, ce fut l'effet du mirage et le sujet d'une nouvelle déception. Plus loin, de véritables maisons se présentèrent. Marie vit deux hommes basanés, à moitié nus, avec des nez épatés et de grosses lèvres, auxquels elle voulut adresser la parole ; mais ils étaient si grossiers et si hautains, qu'ils passèrent en faisant un geste de mépris. Il en fut de même de tout le village. Enfin ils arrivèrent en vue d'Héliopolis.

Cette ville, grande et superbe, était alors en partie ruinée. Elle avait été dépeuplée par la guerre, et des gens de toute espèce étaient venus s'établir dans ses édifices à moitié renversés. C'était pour la sainte famille le port du salut ; mais un événement grave faillit la replonger dans de mortels embarras.

Lorsqu'ils eurent traversé le Nil sur un pont fort élevé, ils se trouvèrent devant une petite place plantée d'arbres, au milieu de laquelle s'élevait une immense idole abritée par un grand chêne. La présence de l'enfant-Dieu suffit pour terrasser le démon que l'idolâtrie divinisait dans la pierre ; l'idole tomba et fut brisée. Une multitude furieuse se précipita en tumulte contre les voyageurs auxquels elle attribuait ce désastre, et les eut maltraités sans pitié, si Dieu, prolongeant le miracle, n'eût ouvert en cet endroit un bourbier d'eau noire et fangeuse, où la statue s'abîma avec quelques-uns des plus irrités.

Héliopolis s'étale avec magnificence le long du Nil. Sa position élevée permet de l'apercevoir de loin. Le fleuve, qui se divise en plusieurs branches, passe en certains endroits sous les maisons dont les fondations sont voûtées ; sur d'autres points, il traverse les rues qui sont reliées par des ponts. On y rencontrait à chaque pas de grands édifices, des tours à demi détruites et des temples d'idoles. De majestueuses colonnes dispersées dans son immense enceinte la relevaient encore, et donnaient à l'ensemble un caractère grandiose.

Joseph erra pendant quelque temps dans la ville pour y chercher un abri. Il rencontra un grand bâtiment supporté par de grosses colonnes assez basses, entre lesquelles de pauvres gens s'étaient arrangé des habitations, et il résolut d'y fixer aussi sa demeure. Il réunit aussitôt quelques branches, les entrelaça et se fit une cabane où il se logea avec Marie et Jésus.

A peine installé, il se mit au travail pour gagner la vie de la famille ; il fabriqua de petits escabeaux grossiers, tels qu'un ouvrier peut en faire sans outils, et tressa des corbeilles. Marie l'aidait dans cette tâche pénible et ingrate ; elle brodait des tapis ; et tous les deux, après beaucoup d'efforts, arrivaient difficilement à se procurer de quoi acheter un peu de pain et quelques fruits. Ils étaient étrangers, cela suffisait pour éloigner d'eux les gens qui auraient pu leur faire du bien. Leur dénuement était le même que dans la crèche de Bethléem : le meuble le plus considérable de leur habitation était un tréteau de scieur de bois, sur lequel ils avaient fabriqué un berceau pour l'enfant Jésus.

Cette manière de vivre dura quelque temps ; après quoi il fallut quitter Héliopolis, faute d'ouvrage, et les nobles proscrits se dirigèrent vers Memphis, avec l'intention de s'y établir dans un faubourg habité par les pauvres ; mais on les repoussa partout, leur refusant même l'aumône de quelques dattes pour sustenter le plus pressant besoin.

En descendant le cours du fleuve, ils se rabattirent sur Babylone, qui était dépeuplée, mal bâtie et fangeuse; mais là comme à Memphis les cœurs furent de bronze. Enfin après avoir longé le Nil encore pendant deux lieues, ils rencontrèrent quelques habitations formées avec du bois de dattier et du limon desséché et recouvertes en roseaux. Joseph y trouva du travail; et ils s'y arrêtèrent; mais leur vie n'y fut pas plus douce. Les habitants du pays traitaient Joseph en esclave, fixant eux-mêmes son salaire, lui promettant ce qu'ils voulaient, et quelquefois ne lui donnant rien, et la sainte famille avait tout juste de quoi ne pas mourir dans sa misérable hutte.

Pendant ce temps, Jésus grandissait et se fortifiait dans les souffrances. Il pouvait déjà parler et courir. Sa mère l'avait revêtu d'une tunique sans ceinture tricotée par elle. Trop faible encore pour supporter la moindre occupation, il restait ordinairement auprès de saint Joseph, et l'accompagnait souvent lorsqu'il travaillait au dehors. Son visage était toujours modeste, son regard limpide, sa parole souriante. Il faisait l'étonnement de tous ceux qui le voyaient. Ses admirables parents souffraient bien plus des privations qu'ils étaient obligés de lui imposer que de leur propre misère, mais leur douleur se consumait en vains désirs. Plusieurs fois encore ils furent obligés d'errer de village en village pour trouver du travail.

Enfin, au bout d'une longue carrière de souffrances, un jour que Joseph revenait plus triste que d'habitude, parce qu'on lui avait refusé son salaire, et qu'il n'apportait rien pour le repas du soir, il s'agenouilla en plein air et pria. Dieu l'entendit et lui envoya un ange qui lui annonça la mort d'Hérode et lui dit qu'il pouvait retourner en Judée. Il se leva joyeux pour porter la bonne nouvelle à Marie, et ils firent en toute hâte les préparatifs du départ.

L'exil allait finir pour la sainte famille, mais non la peine et le travail. Elle venait retrouver la pauvreté et le mépris à Nazareth, où Joseph devait reprendre son métier de charpentier et Jésus lui servir de manœuvre.

Ainsi les hommes reçurent-ils le fils éternel de Dieu à son avènement dans le monde.

Hélas ! nous en comprenons le mystère ! Si Jésus-Christ eût apporté des richesses, des honneurs, du bien-être, à un monde sensuel, tous auraient afflué à sa cour. Mais il venait dire aux voluptueux : Soyez chastes ! aux ambitieux : Soyez humbles dans la grandeur ! aux voleurs : Soyez justes ; à tous : Ne faites pas aux autres ce que vous ne voudriez pas qu'on vous fît. — Et cette parole était trop dure pour des hommes méchants ; et on essaya de tuer Jésus-Christ dès le berceau !

Revenons à la crèche d'où la suite du mystère nous a quelque temps éloigné.

« Toute la grotte de la Nativité, dit Mgr Mislin, l'ancienne étable a trente-sept pieds et demi de long, onze de large et neuf de haut.

« C'est là encore que l'âne et le bœuf ont reconnu leur maître ; tandis que le peuple juif et tout le peuple d'incrédules qui se propagent à travers les siècles, et qui possèdent le même degré d'intelligence, sont encore à attendre le Messie, ou se soucient fort peu de sa venue. Qu'il est dur, mais combien est mérité ce reproche d'Isaïe :

> « Le bœuf connaît son possesseur,
> « Et l'âne l'étable de son maître :
> « Israël ne me connaît pas ;
> « Mon peuple ne comprend point. »
>
> (*Isaïe*, **I, 3.**)

« Trente-deux lampes brûlent continuellement dans la chapelle de la Nativité ; elles sont, pour la plupart, les présents des pieux souverains de l'Europe : Louis XIII, les rois de Naples et d'Espagne, la république de Venise, la famille impériale d'Autriche, ont contribué à l'embellissement de ce sanctuaire. Ces lampes répandent sur la crèche du Sauveur une douce clarté, pareille à celle de la lune pendant une nuit de printemps. Toute la grotte était tendue de draperies en soie ; il en reste encore des lambeaux, sur lesquels il y a des lettres latines et la quintuple croix de Terre-Sainte : ce qui prouve évidemment que c'étaient les catholiques qui les avaient placées. Les pères latins ont voulu les enlever pour en remettre d'autres plus convenables : les Grecs les en ont empêchés, prétendant que ce droit leur revient. Réclamation auprès du pacha, et lenteurs calculées : en attendant, cette sainte chapelle demeure dans un état de délabrement qui afflige. Je ne tiens pas à ces draperies, car j'aimerais mieux voir la roche nue de l'étable que des tentures en soie et des pavés de marbre ; mais ce qui est intolérable, c'est cette situation, ces chicanes et ces prétentions continuelles, en violation des droits les plus formels.

Pourquoi, au lieu de s'abandonner aux tendres impressions d'un lieu si saint, faut-il être distrait par tant de pénibles préoccupations ?

Est-il un seul voyageur qui, devant la douce hospitalité des Franciscains de Bethléem, ne songe à la terrible nuit où Joseph et Marie cherchèrent en vain une place dans les hôtelleries. Fatigués, transis de froid, peut-être tourmentés par la faim, ils voyaient à travers les fenêtres les nombreux flambeaux allumés pour les riches, ils entendaient éclater la joie et dresser les tables des festins ; et Marie, qui portait le fils éternel de Dieu, était repoussée comme une mendiante importune. Oh ! si Bethléem avait su le trésor qu'elle repoussait ! — Et cependant, la brutalité des Bethléémites ressemble-t-elle à l'insolence de cet homme de nos pays civilisés ! Il reconnaît Jésus-Christ pour Dieu, pour sauveur, pour bienfaiteur de l'humanité. Or, parce que le bon maître se présente à lui sous les livrées de la pauvreté, parce qu'il anathématise ses passions ignobles, parce qu'il lui ordonne de vivre de la vie de l'âme et de s'élever au-dessus des convoitises charnelles, il lui répond avec les Bethléémites: Passez! Il n'y a pas de place pour vous dans mon cœur! — Je suis l'humilité, dit Jésus-Christ à ce savant, à cet ambitieux. Ouvrez à votre ami qui frappe. — Et la science, et l'ambition lui répondent: Passez; il n'y a pas de place en mon âme. — Il dit au riche : Je suis pauvre. Les renards ont leurs tanières et les oiseaux du ciel leur nid. Le fils de l'homme n'a pas une pierre où reposer sa tête. — Passez, répond le riche ; mes festins, mes chevaux, mes plaisirs occupent mon cœur. Il n'y a pas là de place pour vous! — Oh! si le jugement dernier ne devait pas être, il faudrait l'établir. L'injustice est trop criante, l'insolence trop forte, le crime trop flagrant. Mon Dieu, qui me donnera d'être fidèle à vos inspirations! Qui me préservera de l'étrange insensibilité des Bethléémites?

XIII

Les environs de Bethléem.

Le temps ne dure guère à Bethléem. L'âme y est à l'aise. La joie du mystère de Noël, l'agréable disposition des sites, je ne sais quel parfum du ciel font dire au voyageur: il est bon pour nous d'être ici! Quelle différence avec les tristesses de Jérusalem! Les promenades aussi dans les environs sont pleines de charmes. On rencontre à chaque pas, comme groupées autour de la ville, des stations célèbres. On y va à pied comme en se jouant; on en revient toujours satisfait.

Ici, le champ où la malheureuse Ruth glanait sur les terres de Booz, pour subvenir à son entretien et à celui de Noémi sa belle-mère.

Là, cette prairie célèbre où les pasteurs gardaient leurs troupeaux, lorsque l'ange vint leur annoncer

la vocation des pauvres et des petits à la connaissance de la vérité.

Oh! que je voudrais amener ici cette masse
d'hommes égarés qui s'agitent pour renverser la
religion et les pouvoirs chrétiens. Ils s'irritent contre
Dieu, et ils accusent son Église d'entretenir à leur
préjudice l'orgueil des classes riches ; comme si
l'apparition du Messie dans le monde n'avait pas
été l'aurore du triomphe des pauvres. Que se
passa-t-il en effet ?

Au temps d'Auguste, dans une nuit froide de
décembre, de pauvres bergers gardaient leurs troupeaux, tout à coup un concert se fit entendre dans
le ciel. Des anges chantaient et disaient : Gloire à
Dieu au plus haut des cieux, et paix sur la terre aux
hommes de bonne volonté ! Insensiblement ils se
rapprochèrent de la terre et dirent aux bergers :
« Voilà que nous vous annonçons une bonne nouvelle ; un sauveur vous est né ! » Ensuite ils leur
donnèrent un signe pour le reconnaître, et les messagers divins remontèrent vers les cieux. La vision
miraculeuse disparut, les chants cessèrent et les bergers se dirent les uns aux autres : Poussons jusqu'à
Bethléem et voyons ce qui est arrivé. Alors, rem-
plissant des corbeilles de simples présents, tels que
leurs cabanes en pouvaient fournir, ils abandon-
nèrent leurs troupeaux et s'acheminèrent, à la clarté
des étoiles, vers la cité de David. « Vous trouverez,
leur avaient dit les anges, un enfant enveloppé de
langes et couché dans une crèche. » Une étable,

en effet, se trouva, et dans cette étable, une crèche, et dans cette crèche un enfant ; auprès de l'enfant, un vieillard et une Vierge, et près d'eux encore deux animaux. Les bergers s'agenouillèrent. Eux aussi chantèrent le cantique : Gloire à Dieu ! paix aux hommes ! puis ils offrirent au Dieu pauvre et naissant l'obole et les hommages du pauvre. Le roi des rois donna à ces premiers courtisans les prémisses des bénédictions célestes, et, leur mission terminée, les pâtres de Juda se retirèrent en glorifiant Dieu et répandant à travers les montagnes la connaissance des merveilles de cette nuit sainte.

Y a-t-il quelque part une glorification plus éclatante de la condition des pauvres ?

Aujourd'hui, la grotte où s'abritaient les bergers gardant leurs troupeaux est convertie en chapelle schismatique ; mais Monseigneur le patriarche de Jérusalem construit heureusement, près de là, une église catholique.

Une autre caverne attire encore la curiosité des pèlerins. Elle est située au côté opposé de la ville. On l'appelle la grotte du lait, parce que la sainte Vierge, effrayée de la nouvelle du massacre des innocents, s'y serait cachée et y aurait retrouvé son lait que la frayeur lui avait fait perdre. Sans trop nous inquiéter de la véracité de la légende, nous allâmes nous y promener. Elle est taillée dans un roc crayeux, dont la poussière blanche paraît être en grande vénération. On ramasse avec soin cette poussière, et on lui attribue une vertu miraculeuse.

La relique opère-t-elle réellement des prodiges?

Je l'ignore, mais ce que je sais bien, c'est que beaucoup de pèlerins ignorants et mal guidés se trompent, et prennent ailleurs une autre terre à laquelle ils demandent vainement la puissance qu'ils attribuent à celle-ci. Je fus un jour témoin d'une de ces erreurs. Quelques Provençaux, hommes du peuple, se trouvaient à Bethléem en même temps que moi. Ils étaient allés chercher fortune à Kamiesch pendant la guerre de Crimée, et ils traversaient la Palestine pour se rendre en Égypte, espérant beaucoup du percement de l'isthme de Suez. Ces bonnes gens se promenaient, visitant les environs de leur mieux et le plus dévotement possible; ils arrivent à une grotte pleine d'une terre blanche; c'est la grotte du lait, ils n'en doutent pas. Aussitôt ils tirent leurs mouchoirs et les remplissent de cette terre; quand les mouchoirs sont pleins, ils se servent de leurs chapeaux; ils appellent mes domestiques et les prient de les aider dans leur pieuse entreprise. Enfin ils reviennent triomphants au monastère. Mes deux soldats me communiquent l'heureuse découverte; je m'informe, et, tout bien constaté, mes Provençaux s'étaient trompés de grotte. Ils avaient rempli leurs mouchoirs, leurs poches et leurs chapeaux d'une terre vulgaire, et, sans mon avis, ils eussent présenté partout leurs fausses reliques, bien étonnés de ne pas leur voir faire des miracles.

Tout près de là sont la fontaine scellée et le jardin
fermé, auxquels l'Écriture donna une célébrité mystérieuse. La fontaine était effectivement réservée
et fermée avec le sceau du roi. Ses eaux avaient
une destination sainte et coulaient par des conduits
souterrains jusque dans le temple de Jérusalem. Le
jardin produisait des fruits délicieux et des fleurs
odorantes. Des rochers escarpés lui formaient une
enceinte infranchissable, et le roi seul avec ses
familiers s'en réservait l'entrée. Un Anglais l'a
acheté depuis quelques années et le cultive. Il a
bâti sa petite maison dans une plaine fertile, qui
descend vers l'est entre deux montagnes rocheuses
et abruptes. Nous allâmes lui rendre visite. Il nous
reçut fort bien, et nous servit des figues de son jardin et du vin de sa vigne. Le vin était généreux,
mais amer, les figues pleines et savoureuses. Le successeur des jardiniers de Salomon nous dit des choses merveilleuses sur la fertilité de ce pays. Il sème
quatre espèces de légumes et fait quatre récoltes
par an dans la même terre. Ses vignes s'étendent
jusqu'aux vasques de Salomon. Si les Arabes étaient
moins paresseux au travail, il obtiendrait, dit-il, des
résultats plus beaux encore, et prouverait que la
Terre promise n'a pas cessé d'être la plus féconde de
l'univers.

Moitié nous reposant, moitié nous promenant,
nous passâmes à Bethléem des jours délicieux. On
respire, en ces lieux, je ne sais quel parfum de fraîcheur et de gaieté, qui émane sans doute du berceau

de Notre-Seigneur. On se sent l'âme contente. Les
Pères hospitaliers sont affables. Leur hospitalité
semble plus cordiale qu'ailleurs. On se trouve dans
leur couvent comme au sein de la liberté charmante
de la maison paternelle.

XIV

Le tombeau de Rachel et le puits des Mages.

L'heure était venue de nous arracher de Bethléem,
la ville du miracle. Nous baisâmes de nouveau le
pavé de la sainte grotte; nous prîmes congé de l'excellent Père gardien; nous remontâmes à cheval, et
nous suivîmes directement le chemin qui mène à
Jérusalem. C'était une des cinq routes royales du
royaume de Juda. Elle était superbe alors, mais
aujourd'hui elle est bien changée; et si on la trouve
encore passable, elle le doit à la comparaison avec
les autres routes du pays. Au reste, ne nous en
plaignons pas. Fût-elle détestable, nous nous esti-
merions heureux de la parcourir, pour la variété des
aperçus et la beauté des souvenirs.

Dès les premiers pas, se présente la gracieuse
image de Rachel. Un monument s'élève à l'endroit

où Jacob enterra son épouse de prédilection. Samuël parla de ce tombeau à Saül, sept cents ans après la mort de Rachel; saint Jérôme l'a vu au IVe siècle; l'Arabe Edrisi en fait mention dans sa géographie au XIIe, aujourd'hui même les Turcs ont pour lui une grande vénération. La tradition s'est donc fidèlement conservée. Point de doute sur l'emplacement de la sépulture. Quant au monument, nul ne songe à lui assigner une origine aussi ancienne. Il est évidemment de construction turque. La sainte Écriture d'ailleurs suppose que le patriarche ne fit rien de semblable.

Mais quels cris plaintifs ont frappé nos oreilles. « Une voix s'est fait entendre, s'écrie le prophète! Rachel pleure ses enfants; et elle ne veut pas se consoler, parce qu'ils ne sont plus! » Qu'est-ce donc? Où sont les enfants si tristement ravis à la tendresse maternelle! Selon saint Mathieu, les enfants seraient les saints Innocents, et leurs mères se trouveraient personnifiées dans l'épouse du père des douze chefs des tribus d'Israël. Et saint Jérôme justifie cette interprétation en nous apprenant que Rama ne désigne pas son village, mais les hauteurs sur lesquelles repose le tombeau.

D'après le docteur Seppe, le massacre des Innocents fut ainsi motivé :

Peu de temps après la naissance de Notre Seigneur, « une révolte éclata dans la ville de Jérusalem; elle était provoquée d'un côté par le recensement et la prestation d'hommage aux Romains, et

de l'autre par l'arbitraire et les maximes païennes
du despote iduméen. La sédition comptait dans ses
rangs ceux qui tenaient à l'ancienne loi, à la constitution fixée par Moïse, à la nationalité et au sanhédrin, les partisans de la maison royale de David,
ceux qui attendaient le règne temporel du Messie.
Tous s'intéressèrent ou prirent une part directe à
l'insurrection. Bientôt la nouvelle se répandit aux
alentours que le Messie avait enfin paru, et qu'il
était à Bethléem. Alors Satan entra dans le cœur
d'Hérode ; l'ancien serpent s'agita de nouveau,
comme pour étouffer dans son berceau le divin
Enfant qui venait lui écraser la tête. L'ange exter-
minateur traversa Jérusalem ; et l'on vit couler le
sang des docteurs de la loi, qui étaient assis sur les
sièges de Moïse, comme nous le racontent Josèphe
et les rabbins eux-mêmes. Et les pauvres bergers
de Bethléem, n'ayant pas voulu livrer au tyran leur
Sauveur, ni lui découvrir sa retraite, ne tardèrent
pas à ressentir les effets de sa fureur contenue depuis si longtemps. Le roi ordonna de faire mourir
impitoyablement, et sans distinction d'âge, tous les
enfants à la mamelle. Or, en Judée, les mères ne se-
vraient leurs enfants que dans la troisième année.
Il voulait ainsi, ou découvrir le séjour de Jésus, ou
se défaire par un coup de main de tous ceux qu'il
pouvait craindre. Il ne se contenta pas de faire couler le sang de ces pauvres innocents; mais il fit
mourir encore les pères et les mères qui, par leur
silence. avaient du moins sauvé le Messie et favorisé

sa fuite. Ainsi fut accomplie cette parole de Jérémie : Une voix a été entendue dans Rama, des pleurs et des cris déchirants : Rachel, pleurant ses enfants, a refusé d'être consolée parce qu'ils ne sont plus. »

Et ma pensée remontant le cours des siècles, j'assistais à cette odieuse tragédie; je me figurais l'étonnement du peuple à la proclamation de cette loi odieuse, et l'angoisse des familles où il y avait des enfants de deux ans et au-dessous.

Je voyais les mères s'enfuir éperdues à travers les montagnes, pressant leurs enfants sur leur sein et les cachant dans les fentes des rochers. Tout à coup, des soldats barbares se dressaient devant elles, le blasphème à la bouche, le fer nu, les bras rouges de sang. Les pauvres mères se jetaient à genoux demandant grâce ; mais les affreux sicaires écartaient leurs bras et enfonçaient le poignard dans le sein des enfants, et le sang jaillissait sur la poitrine des mères. D'autres barbares saisissaient ces petites créatures, les brisaient contre les rochers, les étranglaient, les étouffaient, les mutilaient, et des flots de sang inondaient les maisons et coulaient jusque sur les chemins. Montagnes, dites-nous les cris douloureux dont vous retentîtes alors ! Vos échos répètent, je les entends, la voix de Rachel « qui gémit et ne veut pas être consolée, parce que ses enfants ne sont plus ! »

Voici une sorte de forteresse où les hommes peu

familiarisés avec l'Orient, reconnaîtraient difficilement
le monastère de Saint-Élie, habité par des moines
grecs. Cependant il est aisé d'expliquer pourquoi
ces châteaux forts où se casernent les moines d'O-
rient.

J'en ai déjà dit un mot dans mon voyage au Sinaï,
c'est pour se défendre des Bédouins. Tout le monde
connaît aujourd'hui cette race d'hommes, que Jacques de Vitry dépeignait ainsi : Ils ont pour principe que, ne pouvant ni retarder ni prévenir le jour
que Dieu a marqué pour leur mort, ils ne doivent
jamais aller au combat couverts d'armes défensives,
aussi n'y vont-ils qu'avec une simple chemise et la
tête enveloppée d'un voile comme les femmes. Ils ne
se servent que de lances et d'épées. Ils dédaignent
l'arc et les flèches dont les autres Sarrazins font usage.
Quoiqu'ils prennent aisément la fuite, ils regardent
comme des lâches les Sarrazins qui lancent de loin
des traits et des javelots. Ces barbares manquent de
foi non seulement envers les chrétiens, mais envers
les musulmans. Ils sont menteurs, inconstants, avi-
des, dissimulés dans leur conduite, et s'attachent
volontiers au parti du plus fort. Ils portent, avec leurs
voiles, des bonnets rouges. Dans leurs tentes, ils
couchent sur des peaux d'animaux. N'ayant aucune
demeure fixe, ils marchent par tribus, habitant çà
et là dans les plaines, cherchant les verts pâturages,
vivant de lait, et traînant avec eux de nombreux
troupeaux. Entièrement oisifs, ils abandonnent à
leurs femmes le soin de leurs chevaux, de leurs bœufs

et de leurs brebis. » — Ce portrait convient aussi
bien aux Bédouins d'aujourd'hui qu'à ceux de l'époque des Croisades. On comprend le danger d'un tel
voisinage.

Aussi les religieux sont-ils sans cesse sur le qui-
vive dans leurs couvents isolés. Ils s'abritent derrière
de fortes murailles ; ils évitent d'y prendre des jours
sur le dehors ; ils font des portes très étroites et
trop basses pour un homme de taille ordinaire, afin
d'empêcher une foule de s'y précipiter. Le plus souvent, ils communiquent à l'extérieur au moyen
d'une poulie fixée au haut des murs, qui fait
monter et descendre les provisions ou les mes-
sages, selon leur besoin. Le monastère de Saint-
Élie, devant lequel nous passons, est construit
de la sorte. Pour ceux d'entre nous que leur étoile
n'appelle pas à faire de longues courses au désert, c'est une bonne fortune de le rencontrer ; ils
comprendront plus aisément les aventures si souvent racontées dans les voyages, au sujet de ces
couvents.

Encore un souvenir de la nativité de Notre Seigneur ! Notre guide nous arrête au bord d'un puits
« Là, nous dit-il, l'étoile apparut de nouveau aux
Mages de l'Orient, lorsqu'ils sortirent de Jérusalem! »
Comme elle est gracieuse cette réminiscence de
l'Épiphanie ! Quelle sorte de parfum suave se mêle à
la contemplation du mystère, lorsque nous nous
reportons à cette joyeuse époque où, tout enfants,
nous tirions le gâteau des rois !

En ce temps-là, c'est-à-dire l'an du monde 5984, une étoile extraordinaire se fit voir dans le ciel. Des Mages chaldéens, habiles à étudier les astres, l'aperçurent et furent saisis d'étonnement. Cette étoile leur indiquait un événement extraordinaire du côté de Jérusalem. « Aussitôt, trois des plus illustres d'entre eux firent frapper les cymbales du départ, et laissant derrière eux Babylone et la ville des Séleucides, ils sortirent du pays des dattiers et prirent la route sablonneuse de la Palestine. »

Qui étaient ces Mages ? Quand virent-ils l'étoile miraculeuse ? A quelle époque arrivèrent-ils à la crèche ? Quelle fut la longueur de leur voyage ? Voilà bien des points sur lesquels s'exercent à la fois et la critique des savants et la pieuse curiosité des fidèles.

« Les Mages, dit une pieuse révélation, étaient adorateurs des astres. Ils avaient sur une montagne une tour en forme de pyramide, où l'un d'eux se tenait toujours avec plusieurs prêtres pour observer les étoiles. Ils écrivaient leurs observations et se les communiquaient mutuellement. Leurs ancêtres étaient de la race de Job, qui anciennement avait habité près du Caucase, et qui avait eu des possessions dans des contrées fort éloignées. Le prophète Balaam était de leur pays. Un de ses disciples y avait fait connaître la prophétie fameuse : Une étoile naîtra de Jacob !... Et cette famille en conservait le dépôt, dans l'attente de l'événement. Environ quinze cents ans avant Jésus-Christ, la famille était encore compacte : mais, au bout de mille ans à peu près, la souche s'était divisée en trois branches, de sorte que les trois rois descendaient de trois frères par quinze générations qui s'étaient succédées en ligne directe. Mais, par suite du mélange avec les autres races, la couleur de leur peau avait changé, et ils différaient les uns des autres à cet égard. Leurs ancêtres n'avaient jamais cessé de se réunir de temps en temps pour observer les astres. Tous les événements relatifs à l'avènement du futur Messie leur étaient indiqués par des signes merveilleux qu'ils voyaient dans le ciel. Depuis la conception de la sainte Vierge en particulier, les signes marquaient plus distinctement la réalisation prochaine des prophéties. Avec un peu plus de lumière, on aurait pu calculer au juste le moment où sortirait de Jacob l'étoile prophétisée par Balaam. Les Mages avaient vu l'échelle de Jacob, et d'après le nombre des échelons et la succession des tableaux qui s'y montraient, il leur était aisé de compter l'approche de la venue du Sauveur comme sur un calendrier, car l'étoile était la dernière image qui se montrât au haut de l'échelle. Lorsque Marie fut conçue sans péché, ils virent au ciel la Vierge avec un sceptre et une balance, sur les plateaux de laquelle étaient des épis de blé et du raisin, symboles de l'Eucharistie. Un peu plus tard, ils virent la Vierge avec l'Enfant divin. La nuit de la Nativité de Notre Seigneur, ils virent dans un gronpe composé d'étoiles, parmi lesquelles paraissait s'opérer un mouvement,

un bel arc-en-ciel au-dessus du croissant de la lune.
Sur l'arc était une Vierge, le genou gauche légèrement
relevé, et le pied droit appuyé sur le croissant. A côté
d'elle était une gerbe d'épis de blé. Devant la Vierge
paraissait un calice semblable à celui de la sainte cène.
Un enfant sortit de ce calice, et il parut au milieu
d'un cercle lumineux, semblable à un ostensoir, dont
les brillants rayons seraient mélangés avec des épis.
A côté de l'enfant, parut une église octogone, qui
semblait venir de lui, comme une fleur sort de sa tige.
La Vierge, de sa main droite, fit entrer le calice et
l'enfant dans l'église; et l'église se transforma en une
cité brillante, semblable aux représentations qu'on
nous fait de la céleste Jérusalem. Bethléem apparut
aux Mages sous la forme symbolique d'un beau
palais, où étaient rassemblées et distribuées d'a-
bondantes bénédictions. Ils virent aussi la Jérusalem céleste; et, entre ces deux demeures, une
route sombre, pleine d'épines, de sang et de combat. Ils prenaient tout cela à la lettre, croyant que
le Messie était né au milieu d'une grande pompe et
que tous les peuples lui rendaient hommage. La
Jérusalem céleste leur paraissait être son royaume
sur la terre. Et quant à la route semée de difficultés,
ils la prenaient pour la figure des difficultés de
leur voyage, ou d'une guerre qui menaçait le nouveau roi. Ils n'auraient jamais pu s'imaginer que
c'était le symbole de la voie douloureuse de la passion. »

Sans me permettre de décider de l'authenticité de

cette révélation, je la rapporte comme une image
ingénieuse de ce qui a pu se passer alors, et je me
hâte de me rattacher au fait évangélique de l'apparition. Il est certain par l'histoire qu'une étoile apparut aux Mages et que cette étoile était attendue
depuis longtemps par les nations païennes elles-
mêmes, comme un signe de l'avènement du Messie.
Il est certain que cette étoile n'apparut pas seulement aux Mages, mais qu'elle fut aperçue de tous
les observateurs des astres. Je n'en citerai qu'une
preuve entre mille. Chaldicius, platonicien et païen,
nous a laissé dans son commentaire sur le Timée
de Platon, ce passage remarquable. « Il y a, dit-
il, une histoire, sainte et digne d'attention, qui
annonce qu'une étoile apparut pour annoncer à l'humanité, non la maladie et la mort, mais la venue d'une
divinité vénérable, qui devait sauver les hommes.
Les Chaldéens, hommes vraiment savants et exercés
dans l'étude des astres, ayant observé cette étoile
pendant qu'ils voyageaient la nuit, doivent s'être
mis aussitôt en marche pour chercher le Dieu nou-
vellement né; et, l'ayant trouvé, ils lui ont présenté
leurs hommages et leurs sacrifices, comme il convenait à un tel Dieu. » (Part. II, ch. VII, § 125, p. 219.)
Un philosophe anonyme de la même école, dont il
existe dans les bibliothèques un dialogue intitulé :
Hermippus, de Astrologiâ, parle d'une étoile qui avait
annoncé aux Mages la naissance du Dieu Verbe. Et
les chants des Sybilles, composés dès les premiers
siècles de notre ère, contiennent ces paroles à la fin

du VII⁰ livre : « Le ciel et la terre se réjouirent à la naissance de l'Enfant, le trône sourit et le monde fut dans la joie, et les sages de l'Orient s'inclinèrent devant la nouvelle étoile, présage de ce bonheur. »

Nous pourrions dire bien des choses encore sur cette étoile ; mais une dissertation sort du cadre d'un simple récit de voyage. Cette preuve, entre mille, démontre suffisamment que les mystères de la vie de Jésus-Christ ne sont pas des faits nébuleux incapables de soutenir la critique, mais bien des événements historiques, parfaitement prouvés par les monuments sur lesquels repose l'histoire universelle.

Pour ce qui est de la personne même des Mages, voici la tradition de l'Orient, telle que l'Occident l'a reçue dans les écrits de saint Acon, au temps des Croisades. Sur le Vaces, en grec Paos, en sanscrit Bhas, *la montagne de la lumière*, ou, comme on lit au livre dé Seth, *la montagne de la victoire*, un de ces monts symboliques nommés *Albors*, qui, d'après les traditions de ces peuples, n'ont point été souillés par les eaux du déluge, ou que les eaux ont quittés les premiers, derrière et près de la terre des Indes, habitait une tribu royale de Mages, à peu près comme sur le mont Carmel, l'école des prophètes fondée par Élie. Ces Mages, ayant connu les livres des Juifs après la captivité de ceux-ci, s'étaient appliqués à la contemplation des choses divines, et avaient conservé la tradition qu'une étoile leur apparaîtrait dans les derniers temps et les condui-

rait à la connaissance de Dieu qui est la vraie lumière... On pense qu'ils habitaient près de Iran ou
Ur en Chaldée, au delà de l'Euphrate, et qu'ils partirent de la patrie même d'Abraham pour venir à
Bethléem.

A quelle époque arrivèrent-ils à Jérusalem? Les
interprètes ne sont pas d'accord sur la réponse.
Quelques-uns font apparaître l'étoile six mois avant
Noël; d'autres placent l'Épiphanie un an après
la naissance de Notre Seigneur; et cette dernière
opinion est la moins probable, car ils partirent
sans retard, dit l'Évangile, et montés sur des
dromadaires ils n'auraient jamais mis un temps
aussi considérable pour venir de Mésopotamie en
Judée. Le sentiment commun tient pour le 6 jan-
vier.

Mais voici qu'après une marche longue et pénible, ils voient se dessiner au loin sur le ciel azuré
les hautes tours de Jérusalem, au milieu des cimes
nues et sauvages de ses montagnes; et, comme l'é-
toile a disparu tout à coup, ils pressent le pas de
leurs montures. Ils franchissent bientôt cette porte
défendue par une tour réputée imprenable, et pénètrent dans l'antique Sion à travers deux haies de
soldats barbares. Ils croyaient sans doute trouver les
rues jonchées de rameaux verts, parfumées d'essence
de roses, tapissées de riches tentures. Ils s'atten-
daien à entendre le son des harpes des Hébreux, leurs
cris d'allégresse et leurs chants joyeux en l'honneur
du roi nouveau-né. Mais l'aspect de Jérusalem était

morne. Sa population affairée et silencieuse n'avait
ni air de joie ni air de fête. Seulement des groupes
se formaient de distance en distance pour voir passer les voyageurs que l'on reconnaissait, à leurs
longues robes blanches, serrées par de magnifiques
ceintures, à leurs bozubends, enrichis de pierres
précieuses, et surtout à la beauté mâle de leurs traits,
pour des satrapes du grand roi. Chemin faisant, les
princes orientaux, se penchant sur le cou de leurs
dromadaires, demandaient à quelqu'un des nombreux spectateurs accourus sur leur passage où
était le roi des Juifs nouveau-né dont ils avaient
vu l'étoile en Babylonie; et ceux de Jérusalem se
regardaient avec surprise, ne comprenant rien à
cette question.

« N'obtenant aucune réponse du peuple, les Mages
s'adressèrent à quelque grand de la cité. « Où est,
lui dirent-ils, celui qui est né, le roi des Juifs ? car
nous avons vu son étoile en Orient, et nous sommes
venus l'adorer. » Ce que le roi Hérode apprenant, il
assembla tous les princes des prêtres et les scribes
du peuple, et il leur demanda où devait naître le
Christ. Ceux-ci lui dirent : « Dans Bethléem de Juda, »
car il a été écrit ainsi par le prophète : « Et toi,
Bethléem, terre de Juda, tu n'es pas la moindre
parmi les villes de Juda, car de toi sortira le chef
qui régira Israël, mon peuple. »

Alors les Mages se remirent en marche. Ils sortirent de Jérusalem par la porte de Damas; et puis,
tournant vers la gauche, ils s'engagèrent dans de

creux ravins entrecoupés de collines, qu'il fallut
gravir.

Une troupe d'hommes les suivit jusqu'à un ruisseau; ils firent une halte et cherchèrent l'étoile
des yeux. L'ayant aperçue, ils poussèrent un cri
de joie, et continuèrent leur marche en chantant...

Dans un site agréable, voisin d'un hameau, une
source jaillit de terre devant eux, ce qui les remplit
de joie. Ils descendirent et creusèrent pour cette
source un bassin qu'ils entourèrent de sable, de
pierre et de gazon. Ils campèrent là plusieurs
heures, firent boire et manger leurs bêtes, et prirent
eux-mêmes un peu de nourriture: car à Jérusalem
ils ne s'étaient point reposés, à cause de leur préoccupation. « Plus tard, ajoute la vision. j'ai vu Notre-
Seigneur s'arrêter quelquefois près de cette source
avec ses disciples. » C'est le puits des Mages, auprès
duquel nous sommes maintenant.

« Le lendemain, les rois attendirent l'heure du
crépuscule pour se remettre en marche. Ils parvinrent donc à Bethléem à la nuit tombée.

« Quand ils furent arrivés près du tombeau de
Maraha, dans la vallée qui est derrière la grotte de
la crèche, ils descendirent de leurs montures. Leurs
gens défirent beaucoup de paquets, dressèrent
une grande tente qu'ils portaient avec eux, et
firent d'autres arrangements... Le campement était
disposé en partie, lorsque les rois virent l'étoile se
montrer claire et brillante sur la colline. Alors il

s'acheminèrent vers cet endroit. Une grotte se présenta à eux, Melchior la vit pleine d'une lumière céleste, et au fond il aperçut la Vierge qui tenait l'Enfant. Elle était assise telle que ses compagnons et lui l'avaient vue dans leurs visions.

« Il retourna aussitôt sur ses pas et dit aux autres ce qu'il venait de voir. Alors Joseph, mystérieusement averti de la présence des étrangers, sortit de la grotte, accompagné d'un vieux berger, pour aller jusqu'à eux. Il les trouva dans leur camp, et ils lui dirent en toute simplicité comment ils étaient venus pour adorer le roi dont ils avaient vu l'étoile, et lui offrir leurs présents. Joseph les accueillit amicalement et leur donna l'assurance qu'ils avaient trouvé celui qu'ils cherchaient.

« Alors ils se préparèrent comme pour une cérémonie solennelle. Je les vis mettre de grands manteaux blancs qui trainaient majestueusement en arrière. Ces manteaux avaient un reflet brillant comme s'ils eussent été de soie brute; ils étaient très-beaux et flottaient légèrement autour d'eux. C'était leur costume ordinaire pour les cérémonies religieuses. Ils portaient à leur ceinture des bourses et des boîtes d'or suspendues par des chaines également en or. Tout cela était recouvert de leurs larges manteaux. Chacun des rois était suivi par quatre personnes de sa famille : il y avait en outre quelques serviteurs de Melchior qui portaient une petite table, un tapis à franges, et d'autres menus objets. Quand ils eurent suivi saint Joseph sous l'auvent qui était

devant la grotte, ils recouvrirent la table avec le tapis, et chacun des rois y plaça quelques-unes des
boîtes d'or et des vases qu'ils détachèrent de leur
ceinture; c'étaient les présents qu'ils offraient en
commun. Melchior et tous les autres ôtèrent leurs
sandales, et Joseph ouvrit la porte de la grotte.
Deux jeunes gens de la suite de Melchior marchaient
devant lui; ils étendirent une pièce d'étoffe sur le
sol, puis ils se retirèrent en arrière; deux autres pla-
cèrent sur le tapis une petite table, sur laquelle
étaient les présents. Arrivé devant la Sainte Vierge,
Melchior prit les présents, et, mettant un genou en
terre, il les déposa respectueusement aux pieds de
Marie. Derrière Melchior, étaient quatre hommes de
sa famille qui s'inclinaient respectueusement. Gaspar et Balthazar, avec leurs compagnons, se tenaient
en arrière vers l'entrée. Quand ils s'avancèrent, ils
étaient comme ivres de joie et d'émotion et inondés
de la lumière qui remplissait la grotte; et pourtant
il n'y avait là d'autre lumière que la lumière du
monde. D'abord Marie, appuyée sur un bras, était
plutôt étendue qu'assise sur un tapis à la gauche de
l'enfant Jésus, lequel était couché à la place où il
était né, dans une auge recouverte d'un tapis et placée sur une estrade. Mais au moment où les rois
entrèrent, la Sainte Vierge s'assit, se voila et prit
dans ses bras l'enfant Jésus enveloppé dans son
large voile. Melchior s'agenouilla et mettant les présents devant elle, il prononça de touchantes paroles... Pendant ce temps, Marie avait découvert la

tête et les bras du divin Enfant, qui regardait d'un air aimable, du milieu du voile dont il était enveloppé. Sa mère soutenait sa tête d'un bras et l'entourait de l'autre. Il avait ses petites mains jointes devant sa poitrine, et souvent il les étendait gracieusement autour de lui.

« Je vis alors Melchior tirer d'une bourse suspendue à sa ceinture, une poignée de petites barres compactes et pesantes de la longueur du doigt, affilées à l'extrémité et brillantes comme de l'or. C'était son présent, qu'il plaça humblement sur les genoux de la sainte Vierge, à côté de l'enfant Jésus. Marie prit l'or avec un remerciement gracieux et le couvrit d'un coin de son manteau. Melchior donna ces petites barres d'or vierge, parce qu'il était plein de sincérité et de charité, et qu'il cherchait la vérité avec une ardeur constante et inébranlable. Ensuite il se retira en arrière avec ses quatre suivants ; et Gaspar, le roi basané, s'avança avec les siens. Il s'agenouilla avec une profonde humilité. Il offrit son présent avec des paroles touchantes : c'était un vase d'or plein de petits grains résineux de couleur verdâtre. Le roi le plaça sur la table devant l'enfant Jésus. Il donna l'encens, parce que c'était un homme qui se conformait respectueusement et du fond du cœur à la volonté de Dieu et la suivait avec amour. Il resta longtemps agenouillé avant de se relever.

« Après lui vint Balthasar, le plus vieux des trois ; il était très avancé en âge, ses membres étaient raides et il ne pouvait se mettre à genoux Il se tint

debout profondément incliné, et plaça sur la table
un vase d'or avec une belle plante verte. C'était un
arbuste à tige droite avec de petits bouquets frisés
surmontés de jolies fleurs blanches. Il offrit la
myrrhe parce qu'elle est le symbole de la mortification et de la victoire sur ses passions ; car cet
excellent homme avait soutenu des luttes persévé-
rantes contre l'idolâtrie, la polygamie et les habitudes violentes de ses compatriotes...

« Les paroles des rois et de tous leurs compagnons étaient pleines de simplicité et fort touchantes.

« Lorsqu'ils eurent fini, leurs serviteurs entrèrent
à leur tour, et puis les rois revenant encore avec des
encensoirs, encensèrent respectueusement l'enfant
Jésus, la sainte Vierge, saint Joseph, et toute la
grotte ; puis ils se retirèrent après s'être inclinés
profondément. C'était une manière d'adorer propre
à leur pays.

« Ah ! comme ils étaient plus respectueux, dans
cette pauvre grotte, que dans leurs temples bâtis
sur des feux souterrains, où tournaient des sphères
constellées.

« Quand tous eurent quitté la crèche, les étoiles
s'étaient levées. Ils se rassemblèrent en cercle, et
entonnèrent un chant solennel en présence des
étoiles. Je ne puis dire combien ils étaient harmo-
nieux, ces chants qui retentissaient dans la vallée
silencieuse. Pendant tant de siècles, leurs ancêtres
avaient interrogé les astres, prié, chanté à leur

lumière ; maintenant leurs désirs étaient exaucés.
Aussi chantaient-ils comme enivrés de joie et de
reconnaissance.

« Le lendemain, vers minuit, j'eus tout à coup
une vision. Je vis les rois reposant par terre, et
j'aperçus auprès d'eux un jeune homme resplendissant : c'était un ange qui les réveillait et leur disait
de ne pas revenir par Jérusalem, mais par le désert,
en contournant la mer Morte. Ils se levèrent promptement. On alla à la crèche prévenir saint Joseph...
La tente fut pliée, les bagages chargés, et tout se
trouva enlevé en un clin d'œil. Pendant que les rois
faisaient de touchants adieux à saint Joseph, leur
suite partait en détachements séparés pour prendre
les devants, et se dirigeait vers le midi afin de longer la mer Morte en traversant Engaddi.

« Les rois firent des instances pour que la sainte
Famille partît avec eux, parce qu'un danger la menaçait certainement : ils demandaient ensuite que
Marie se cachât avec l'enfant Jésus, de peur qu'elle
ne fût inquiétée à cause d'eux. Ils pleurèrent, embrassèrent saint Joseph, lui adressèrent des paroles touchantes ; puis ils montèrent sur leurs dromadaires
légèrement chargés et s'éloignèrent à travers le
désert. Je vis l'ange près d'eux dans la plaine. Il
leur montrait le chemin. Bientôt ils disparurent. Ils
suivirent des routes séparées, à un quart de lieue
les uns des autres, se dirigeant pendant une lieue
vers l'orient et ensuite vers le midi dans le désert. »
Telle fut la mystérieuse adoration des Mages

appelés à la crèche. Son souvenir ne se présente-t-il pas merveilleusement au sortir de Bethléem ?

Encore un pas et nous serons à Jérusalem. Cependant ne rentrons point sans avoir salué la tour dite de Siméon, parce qu'elle s'élève sur les ruines de la maison du saint patriarche, dont le *nunc dimittis* est dans toutes les bouches chrétiennes.

« Lorsque les jours de la purification furent accomplis, selon la loi de Moïse, Joseph et Marie portèrent l'enfant à Jérusalem, pour le présenter au Seigneur...

« Or, il y avait à Jérusalem un homme appelé Siméon, et cet homme était juste et craignant Dieu, attendant la consolation d'Israël ; et le Saint-Esprit était en lui. Et il avait été averti par le Saint-Esprit qu'il ne mourrait pas avant d'avoir vu le Christ du Seigneur. Conduit par l'Esprit, il vint dans le temple ; et comme le père et la mère apportaient Jésus, afin d'accomplir pour lui ce qui était ordonné par la loi, il le prit entre ses bras, il loua Dieu, et il dit :

« — Seigneur, laissez maintenant votre serviteur aller en paix, selon votre parole, car mes yeux ont vu votre salut, le salut que vous avez préparé devant la face de tous les peuples, comme la lumière qui éclairera toutes les nations et la gloire de votre peuple d'Israël. »

Et nous aussi, pèlerins de Terre-Sainte, réjouissons-nous avec le vieillard Siméon, car nos yeux ont vu ce que tant d'autres ont désiré voir, et non

pas vu, les vestiges des Mages, et le champ des pasteurs, et la grotte à jamais vénérable de la Nativité
de Notre Seigneur !

XV

Saint-Saba et la mer Morte.

Plusieurs jours nous séparent encore des tristesses de la grande semaine. Nous n'avons encore vu ni la mer Morte, ni le Jourdain, ni Jéricho, ni la montagne de la Quarantaine, ni Béthanie, ni tant d'autres souvenirs encore vivants de la justice et de la miséricorde de Dieu. Remettons au temps pascal la visite de Jérusalem, et livrons-nous à des explorations plus lointaines.

Cette fois, plus de couvents hospitaliers ! C'est le désert, le pays des Bédouins. Schembri prépare des tentes, des lits, des provisions de bouche : il fait également un accord avec deux Bédouins pour qu'ils nous accompaguent et nous protègent, car l'autorité du sultan est purement nominale parmi le enfants d'Ismaël, et notre unique moyen de ne point être dévalisés est de pactiser avec les voleurs.

Ce matin, la journée s'annonçait mal. Deux de mes jeunes compagnons souffraient, mauvaise condition pour une course au désert; cependant, grâce à ma pharmacie portative, les voilà sur pied, ils montent à cheval avec nous. Or, à deux heures de Jérusalem, comme nous marchions un peu vite à l'avant-garde, nous sommes arrêtés par un cri d'alarme. M. de Vergès venait nous annoncer que M. de Franqueville s'était démis le bras en descendant de cheval. Cet accident nous affecta péniblement: M. de Franqueville avait accepté la charge de trésorier. Il se montrait plein de dévouement; il avait gagné toutes les sympathies. D'ailleurs tout accident impressionne davantage, dans ces pays où les dangers sont de toutes les heures et les ressources presque nulles. Le blessé ne voulut pourtant pas rebrousser chemin; il se fit remettre le bras par l'un des pèlerins, remonta à cheval et vint jusqu'à Saint-Saba. Mais, le lendemain, l'enflure s'était développée et la douleur était violente; il dut retourner à Jérusalem, où il souffrit quelque temps, puis il partit pour la France où il est, grâce à Dieu, entièrement guéri.

Nous avions perdu toute gaieté; nos pensées étaient tristes comme le chemin. Nos chevaux enfonçaient dans une terre molle et crayeuse, formée des débris d'une roche calcaire. Tout à coup, aux approches du monastère, nous nous trouvâmes suspendus, le long d'un sentier en corniche, sur l'étroite et profonde vallée

du Cédron, dont les flancs se hérissent de rochers
nus et taillés à pic. D'éno rmes blocs de pierre, à peine
maintenus par une inégalité de terrain, surplom-
baient au-dessus de nous ; d'immenses cavernes
présentaient leur gouffre béant et leurs abîmes sans
fond. Spectacle grandiose, et peut-être unique, même
en Judée.

Le monastère se dresse sur l'angle saillant d'un de
ces rochers, à quatre cents pieds au-dessus du torrent.
C'est une demeure fantastique dans la plus affreuse
des solitudes. Les grottes des cénobites sont creusées
dans le roc vif, et suspendues au-dessus de l'abîme
comme des nids d'oiseaux de proie, elles communiquent entre elles par des escaliers également taillés
dans le roc. La porte est défendue par de grosses
tours carrées. Au-dessus et couronnant le pourtour
des hautes murailles d'enceinte, on voit des assises
de pierres sèches; c'est l'arsenal des moines. En cas
d'attaque, ils précipiteraient les pierres sur les assail-
lants. Au dehors comme au dedans tout est silence,
et quand nous y arrivâmes le soir, après le coucher
du soleil, nous l'aurions pris pour un palais enchanté,
si, de temps à l'autre, nous n'avions vu apparaître à
de grandes hauteurs la tête d'un moine qui faisait sentinelle. Ce silence et cet appareil de guerre forment
un contraste qui parle fortemeut à l'imagination.

Malheur à celui qui aurait trop compté sur l'hospitalité des schismatiques de Saint-Saba. M. de Forbin,
pour s'y être bonnement fié, a dû se contenter d'un
souper par cœur et d'une nuit en plein air. Il arrive

le soir ; il frappe, et la porte reste impitoyablement fermée. Ni le défaut de ressources, ni les embarras d'un voyageur attardé dans un désert, ne peuvent toucher les cœurs. On répondait du haut des remparts en se cachant derrière un créneau. La négociation dura une heure. Prières, menaces, tout fut inutile. Une cruche d'eau, longtemps attendue, descendit enfin d'une tour de quatre-vingts pieds de hauteur, et puis toute communication cessa ; les tours redevinrent silencieuses.

Heureusement le cas était prévu. Des tentes, des lits, et une bonne table étaient dressés pour nous à quelque distance.

Mais ne visiterons-nous point ce couvent féerique ? Notre guide nous le fait ouvrir moyennant finance ; il donne une seconde étrenne, et on nous apporte dans la cour de très bonnes figues, du rach, et de l'eau fraîche. Nous demandâmes à saluer l'archimandrite ; la réponse fut négative. Nos pauvres chevaux devaient être victimes de ce système d'égoïsme. Depuis Jérusalem, les malheureuses bêtes supportaient une chaleur torride ; ils devaient aller le lendemain jusqu'à la mer Morte sans trouver d'eau jusqu'à six heures du soir, le monastère seul pouvait leur en fournir. Les caloyers se montrèrent intraitables. Avançons toutefois, puisqu'on nous y autorise.

Il faut avoir suivi les mille escaliers et corridors du monastère, pour se faire une idée de ce labyrinthe creusé à pic dans le flanc du rocher. Montant et

descendant, nous parvenons à l'église nouvelle qui
est propre et bien tenue. Voici la grotte où saint
Saba vivait avec son lion familier. Et puis, au fond
de cette ancienne église taillée dans le roc, avez-vous
aperçu cette grille de fer à l'entrée du caveau. Un
moine a passé une bougie derrière la grille. Quatre
cents crânes humains nous apparaissent, reflétant
les effets variés produits par une lumière incertaine. Ce
sont les chefs de quatre cents religieux massacrés par
les Sarrazins. S'ils sont vénérables, la manière de
les conserver et de les montrer n'est assurément pas
décente.

Dans un lieu plus honorable, nous vénérons le
tombeau de saint Jean de Damas, l'immortel auteur
de la vie de la sainte Vierge, l'intrépide défenseur
des saintes images.

Damas, enlevée aux chétiens depuis un siècle,
était devenue la résidence des Califes, successeurs
d'Ali; Gésid Ier y régnait. Ce prince, favorable au
christianisme, avait investi un chrétien, nommé
Jean, de la charge de gouverneur de sa capitale, et
il le traitait avec une confiance intime.

« A cette époque parut le fameux édit de Léon
l'Isaurien, ordonnant de détruire toutes les images
chrétiennes. Le gouverneur de Damas, en homme
instruit, maniait habilement la plume. Il crut de
son devoir d'écrire une lettre publique pour la défense des saintes images. La sensation en fut immense. L'empereur en conçut une rage inexprima-
ble; et comme sa vengeance ne pouvait atteindre un

homme haut placé qui, après tout, n'était pas son
sujet, il imagina une trame infernale. Des secrétaires
adroits, imitant l'écriture de son ennemi, écrivirent
sous sa dictée une lettre où le gouverneur de
Damas était censé écrire à l'empereur pour l'engager à venir reprendre la ville des Califes, et lui
promettre le secours d'une trahison. Il envoya ensuite la lettre au Calife, comme un allié fidèle qui
se faisait un devoir de dénoncer un traître. Gézid
ne pouvait s'y méprendre. Il reçut le message dans
la grande salle des audiences où de nombreux soldats entouraient son trône, prêts à exécuter ses
arrêts; et avec la dissimulation orientale, il dit froi-
dement : — Qu'on fasse venir Mansour. Or, Mansour
était le nom sarrazin de Jean. Un instant après
il dit à l'un de ses officiers : — Quand Mansour sera
devant vous, si je le renvoie en disant : Allez !
vous le suivrez dehors ; vous lui couperez la main
droite; vous l'exposerez sur la place publique; et
vous ferez crier au peuple: Voilà la main d'un traître. Et Jean entra, et s'avançant jusqu'aux pieds
du Calife, il le salua en s'inclinant jusqu'à terre, et
le Calife, le regard fixe, épiant ses mouvements, lui
présenta la lettre sans dire un seul mot. Jean rougit,
et l'émotion lui fit perdre la voix. Le Calife ne doute
pas de la trahison, et, sans examiner davantage:
Vous vous expliquerez, dit-il, quand vous serez
plus calme ; allez ! — L'officier avait entendu la
parole fatale, il suit le gouverneur, lui intime l'ordre du Calife, saisit sa main, la place sur un billot,

la tranche d'un coup de hache, et la présente au peuple en criant : C'est la main d'un traitre !

« Le jour allait finir. Jean se retire dans sa demeure, offrant à Dieu sa confusion et son opprobre. Cependant, le peuple, qui l'aimait, ne pouvait croire à son crime. Il entoura l'émissaire de l'empereur, le questionna et finit par lui arracher un aveu. Aussitôt un ami du gouverneur se présente au Calife. Il jure que Jean n'est pas coupable, et demande au moins que la main soit rendue au martyr sans subir une plus longue ignominie. Gézid y consent.

« Or voici de quelle manière Jean IV, patriarche de Jérusalem, raconte la fin de ce drame : Jean était en pleurs, dans son oratoire, devant l'image de la sainte Vierge, lorsqu'on lui rapporta sa main. Il la posa au pied de l'image vénérée, rapprocha son bras, et dit : « Vous savez, Vierge sainte, pourquoi on a coupé cette main. Elle vous était bien dévouée cependant. J'avais promis de l'employer à écrire vos louanges. Si vous me la rendez, elle vous appartiendra plus que jamais. » Alors, il tomba subitement dans un sommeil calme et suave. Un songe gracieux lui présenta bientôt, dans des flots de lumière, Marie qui lui souriait et disait: « Tenez votre promesse, mon fils. Écrivez désormais, non pour les vaines préoccupations de ce monde, mais pour la gloire de Dieu. Vous êtes exaucé. Soyez guéri. » — Et le saint se réveilla. Sa main était fraîche comme la veille. Seulement un petit filet rouge autour d' poignet restait comme preuve du miracle. Le Calife voulut le voir; il lui rendit ses bonnes grâces : mais Jean avait promis à la sainte Vierge que sa plume et sa vie lui appartiendraient. Il vint à Jérusalem recevoir la consécration sacerdotale des mains du patriarche, il prêcha et écrivit pour l'honneur de Dieu et de son Église; et il mourut dans ce monastère en 780. »

Ce couvent est fort ancien. Son fondateur, saint Saba, naquit en 439 et mourut en 532. Je crois avoir lu dans sa vie que Dieu lui avait révélé la future décadence de son ordre et le schisme des moines qui viendraient après lui. Je ne conseillerais pas à un voyageur de quitter Jérusalem sans venir jusqu'ici. Il y a des choses qu'on néglige parce qu'elles se rencontreront ailleurs. Celle-ci est du nombre de celles qu'on ne trouve nulle part.

La nuit est venue, et le jour lui succède. A l'aurore, je dis la messe des pèlerins sous une tente; on prépare ensuite et on sert le café noir, et nous partons.

Quelle nature! Lorsqu'on est venu de Jaffa à Jérusalem et de Jérusalem jusqu'ici, on a épuisé les mots. La plume, à bout d'expressions, ne peut plus décrire. La malédiction qui a frappé ce sol éclate à chaque pas. Ce n'est plus la terre fertile d'Engaddi : plus de bananiers, de palmiers, de maisons de plaisance ; partout le désert, partout solitude affreuse et désolation. Ce ne sont que terres brûlées, montagnes

arides et fendues dont les blocs cassés tiennent
comme par artifice. Point de verdure ; l'œil ne rencontre partout qu'une couleur terne et morte. Aucun
être vivant, pas un arbre, pas un brin d'herbe.
Toujours devant nous la mer Morte, abîme sombre,
qui semble vouloir cacher les souvenirs des crimes
engloutis dans ses flots. Sur la plaine, quelques
ondulations produites par des monceaux de cendre et de poussière. On ose à peine parler et
rompre le silence de mort qui vous étreint de
toutes parts. C'est bien la réalisation de la parole du prophète : Jéhova répandra sur tes ter
res, au lieu de pluie, du sable et de la poussière.
Il en tombera du ciel sur toi jusqu'à ce que tu sois
détruit.

L'artiste a besoin d'avoir l'âme fortement trempée
pour résister à cette stupeur, comprendre et goûter
le grandiose de ces sites désolés. « Quand on y
voyage, dit M. de Chateaubriand, d'abord un grand
ennui suisit le cœur ; mais lorsque, passant de solitude en solitude, l'espace s'étend sans bornes devant
vous, peu à peu l'ennui se dissipe ; on éprouve une
terreur secrète qui, loin d'abaisser l'âme, donne du
courage et élève le génie. Des aspects extraordinaires décèlent de toutes parts une terre travaillée
par des miracles ; le soleil brûlant, l'aigle impé-
tueux, le figuier stérile, toute la poésie, tous les
tableaux de l'Éc_iture sont là. Chaque nom ren-
ferme un mystère ; chaque grotte déclare l'avenir ;
chaque sommet retentit des accents d'un prophète.

Dieu même a parlé sur ces bords : les torrents desséchés, les rochers fendus, les tombeaux entr'ouverts, attestent le prodige ; le désert paraît encore
muet de terreur, et l'on dirait qu'il n'a osé rompre
le silence, depuis qu'il a entendu la voix de l'Éternel. »

Il était midi lorsque nous arrivâmes auprès de la
mer Morte. Les montagnes, groupées de manière à
former entonnoir, nous enveloppaient de toutes
parts et faisaient converger sur nous les rayons d'un
soleil implacable, à quatre cents mètres au-dessous
du niveau de la mer. Quand le guide nous arrêta,
pour déjeuner, sur ce sable embrasé, il s'éleva un
murmure général, mais il fallut se résigner. Un grand
nombre de pèlerins se mirent à l'eau avant le repas,
et c'était un spectacle singulier que de les voir
nager, les pieds hors de l'eau, malgré leurs efforts
pour les y enfoncer. Les grimaces des buveurs in-
volontaires avaient quelque chose de particulièrement risible. Nos chevaux, altérés depuis la veille,
ne s'y laissèrent pas tromper. Ils flairaient et dé-
tournaient la tête. Cette eau est d'une limpidité singulière, et cependant lorsqu'on y plonge les mains
on croirait les avoir dans l'huile. Quel problème est
l'existence de cette mer, pour quiconque ne croit
pas en Dieu ! Toutes les lois de la nature y sont in-
terverties.

Elle était belle, cette terre maudite, au jour où
Abraham dit à Loth : Vos pasteurs et les miens sont
en désaccord. Séparons-nous de peur qu'il n'y ait

lutte entre les frères. Toute la terre est devant vous : Choisissez ; si vous allez à droite, j'irai à gauche ; et si vous allez à gauche, j'irai à droite. — Alors, le Seigneur n'ayant point encore détruit Sodome et Gomorrhe, la plaine autour du Jourdain était toute arrosée comme le jardin du Seigneur, et comme la terre d'Égypte pour ceux qui viennent à Ségor. — Mais les habitants de ce pays se livraient aux crimes les plus infâmes, et Dieu résolut de les châtier.

Or, à quelque temps de là, un jour, sur le soir, deux anges arrivèrent à Sodome, et Loth se tenait assis à la porte de la ville.

« Et dès qu'il les eut vus, il se leva et alla au-devant d'eux et il les adora, en s'inclinant vers la terre. Et il leur dit : Je vous en prie, mes Seigneurs, retirez-vous en la maison de votre serviteur, et demeurez-y. Lavez vos pieds, et demain vers l'aurore vous reprendrez votre voyage. — Et les voyageurs répondirent : Non, nous resterons sur la place. — Et Loth les força d'entrer chez lui, et lorsqu'ils furent en sa maison, il leur prépara un banquet, et il fit cuire des gâteaux et ils mangèrent. Mais avant qu'ils se retirassent pour se coucher, les hommes de la ville de Sodome, depuis l'enfant jusqu'au vieillard, et tout le peuple ensemble, environnèrent la maison de Loth. Et appelant Loth, ils lui dirent : Où sont les hommes qui sont venus cette nuit vers toi ? Amène-les devant nous, et livre-les nous. Loth leur répondit qu'il ne violerait pas ainsi les règles de l'hospitalité. Mais ils

dirent : Tu es venu ici comme un étranger. Est-ce donc pour nous juger ? Nous allons te maltraiter plus encore que nous n'aurions fait tes hôtes.
— Et ils se jetèrent sur lui avec une extrême violence, et ils étaient prêts d'enfoncer les portes.
— Or, voilà que les étrangers avancèrent leurs mains, et, faisant rentrer Loth en sa maison, ils fermèrent la porte. Et ils frappèreut d'aveuglement ceux qui étaient dehors, depuis le plus petit jusqu'au plus grand, en sorte qu'ils ne pouvaient retrouver la porte.

« Alors les étrangers dirent à Loth : As-tu ici quelqu'un des tiens, un gendre, ou tes fils ou tes filles ? Tous ceux qui sont à toi, fais-les sortir de cette ville. Car nous la détruirons, parce que le cri des abominations de ses habitants s'est élevé vers le Seigneur, qui nous a envoyés pour la perdre.

« Loth étant donc sorti, alla vers ses gendres qui devaient épouser ses filles. Mais eux ne voulurent pas ajouter foi aux paroles de leur beau-père.

« Or, quand l'aube du jour fut venue, les anges appelèrent Loth, disant : Lève-toi, prends ta femme et tes deux filles que tu as ici, afin que tu ne périsses pas avec cette cité du crime. Et comme il différait, ils prirent sa main et la main de sa femme et celles de ses filles, parce que Dieu eur faisait grâce. Et ils l'emmenèrent et les mirent hors de la ville, et ils lui dirent : Sauve ta vie, et ne regarde point derrière toi, et ne t'arrête point dans cette contrée ; mais retire-toi en

la montagne de peur que tu ne périsses avec les autres.

« Et Loth fit ce que les anges lui avaient dit.

« Le Seigneur fit pleuvoir sur Sodome et Gomorrhe le feu du ciel ; et il détruisit ces cités
et toute la contrée qui les environne, et tous les
habitants des villes et toutes les plantes de la
terre. »

« On assure, dit M. le comte de Forbin, que la
mer Morte a vingt lieues de longueur et dix à peine
dans sa plus grande largeur. Les Arabes la nomment Bahar-Loth. Ils offraient autrefois de conduire
à un pilier enduit de bitume, qu'ils montraient
comme la statue de sel : il est impossible à présent
de pénétrer jusque-là sans danger ; les Bédouins y
sont dans un état de guerre continuel avec les voyageurs. La plus grande longueur de la mer Morte est
du nord au sud. C'était du côté de la rive occiden-
tale que se trouvaient les cinq villes de Sodome,
Gomorrhe, Adama, Séboïm et Ségor. Les Juifs croient
qu'à la venue du Messie, ces villes abimées dans
les flots reparaîtront dans tout leur éclat : *Et soror
tua Sodoma et filiæ ejus revertentur ad antiquitutem
suam.* (Ezéchiel, c. XVI.) Cherchant sur le rivage de
la mer les vestiges des villes coupables, je vis en
effet des restes de murailles, ceux d'une haute tour
et quelques colonnes. L'eau de cette mer est pesante,
âcre et amère. Elle rejette sur le rivage des bois
pétrifiés, des pierres poreuses et calcinées. Les
Arabes en racontent des choses mystérieuses, et

n'en parlent qu'avec le respect le plus religieux.
Un enduit glutineux, salin, corrosif couvre les ruines et tout le village ; on rencontre çà et là, sur les
bords de la mer, de petites touffes de zaccoum et
d'autres arbustes dont on extrait des baumes précieux. »

A cette description de M. de Forbin, nous join-
drons les appréciations de M. de Chateaubriand,
sur ce lac mystérieux, témoin des vengeances du
ciel. Le grand écrivain raconte ainsi son excursion :

« Nous descendîmes de la croupe de la montagne
afin d'aller passer la nuit au bord de la mer Morte,
pour remonter ensuite au Jourdain. En entrant
dans la vallée, notre petite troupe se resserra : nos
Bethléémites préparèrent leurs fusils, et marchèrent
en avant avec précaution. Nous nous trouvions sur
le chemin des Arabes du désert, qui vont chercher
du sel au lac, et qui font une guerre impitoyable au
voyageur...

« Nous marchâmes ainsi pendant deux heures, le
pistolet à la main comme en pays ennemi. Nous
suivions, entre les dunes de sable, les fissures qui
s'étaient formées dans une vase cuite aux rayons du
soleil. Une croûte de sel recouvrait l'arène, et présentait comme un champ de neige, d'où s'élevaient
quelques arbustes rachitiques. Nous arrivâmes tout
à coup au lac, je dis tout à coup, parce que je m'en
croyais encore assez éloigné. Aucun bruit, aucune
fraîcheur ne m'avait annoncé l'approche des eaux.

La grève semée de pierres était brûlante, le flot était sans mouvement et absolument mort sur la rive.

« Il était nuit close : la première chose que je fis en mettant le pied à terre, fut d'entrer dans le lac jusqu'aux genoux, et de porter l'eau à ma bouche. Il me fut impossible de l'y retenir. La salure en est beaucoup plus forte que celle de la mer, et elle produit sur les lèvres l'effet d'une forte solution d'alun. Mes bottes furent à peine séchées, qu'elles se couvrirent de sel; nos vêtements et nos mains furent en moins de trois heures imprégnés de ce minéral. Galien avait déjà remarqué ces effets, et Pococke en avait confirmé l'existence.

« Nous établîmes notre camp au bord du lac...

« Vers minuit, j'entendis quelque bruit sur le lac. Les Bethléémites me dirent que c'étaient des légions de petits poissons qui viennent sauter sur le rivage. Ceci contredirait l'opinion généralement adoptée que la mer Morte ne produit aucun être vivant. Pococke, étant à Jérusalem, avait entendu dire qu'un missionnaire avait vu des poissons dans le lac Asphaltite. Hasselquist et Maundrell découvrirent des coquillages sur la rive...

« Un bruit lugubre sortit de ce lac de mort, comme les clameurs étouffées du peuple abîmé dans ses eaux.

« L'aurore parut sur la montagne d'Arabie en face de nous. La mer Morte et la vallée du Jourdain se teignirent d'une couleur admirable; mais une si riche apparence ne servait qu'à mieux faire paraître la désolation du fond. »

Le lac fameux qui occupe l'emplacement de Sodome et de Gomorrhe est nommé mer Morte ou mer Salée dans l'Écriture; Asphaltite par les Grecs et les Latins; Almotenah et Bahar-Loth par les Arabes; Ulà-Dégnisi par les Turcs. Je ne puis être du sentiment de ceux qui supposent que la mer Morte n'est que le cratère d'un volcan. J'ai vu le Vésuve, la Solfatare, le Monte-Nuovo dans le lac Fusin, le pic des Açores, le Mamelife vis-à-vis de Carthage, les volcans éteints d'Auvergne; j'ai partout remarqué les mêmes cratères, c'est-à-dire, des montagnes creusées en entonnoir, des laves et des cendres où l'action du feu ne peut se méconnaître. La mer Morte, au contraire, est un lac assez long, courbé en arc, encaissé entre deux chaînes de montagnes qui n'ont entre elles aucune cohérence de forme, aucune homogénéité de sol. Elles ne se rejoignent point aux deux extrémités du lac; elles continuent, d'un côté, à border la vallée du Jourdain en se rapprochant vers le nord jusqu'au lac de Tibériade, et de l'autre, elles vont, en s'écartant, se perdre au midi dans les sables de l'Yémen. Il est vrai qu'on trouve du bitume, des eaux chaudes et des pierres phosphoriques dans la chaîne des montagnes d'Arabie; mais je n'en ai point vu dans la chaîne opposée. D'ailleurs la présence des eaux thermales, du soufre et de l'asphalte, ne suffit point pour attester l'existence antérieure d'un volcan. C'est dire assez que, quant aux villes abîmées, je m'en tiens au sens de l'Écriture, sans appeler la physique à mon secours.

D'ailleurs, en adoptant l'idée du profeseur Michaëlis et du savant Busching dans son mémoire sur la mer Morte, la physique peut encore être admise dans la catastrophe des villes coupables, sans blesser la religion. Sodome était bâtie sur une carrière de bitume, comme on le sait par le témoignage de Moïse et de Josèphe, qui parlent des puits de bitume de la vallée de Siddim. La foudre alluma ce gouffre : et les villes s'enfoncèrent dans l'incendie souterrain. M. Malte-Brun conjecture très ingénieusement que Sodome et Gomorrhe pouvaient être elles-mêmes bâties en pierres bitumineuses, et s'être enflammées au feu du ciel.

Strabon parle de treize villes englouties dans le lac Asphaltite ; Étienne de Byzance en compte huit ; la Genèse en place cinq *in valle silvestri*, Sodome, Gomorrhe, Adama, Séboïm, et Balla ou Ségor ; mais elle ne marque que les deux premières comme détruites par la colère de Dieu. Le Deutéronome en cite quatre : Sodome, Gomorrhe, Adama et Séboïm ; la Sagesse en compte cinq sans les désigner : *Descendente igne in Pentapolim.*

Les autres merveilles racontées de la mer Morte ont disparu devant un examen plus sévère. On sait aujourd'hui que les corps y plongent ou y surna-

gent suivant les lois de la pesanteur de ces corps et
de la pesanteur des eaux du lac. Les vapeurs em-
pestées qui devaient sortir de son sein se réduisent
à une forte odeur de marine, à des fumées qui
annoncent ou suivent l'émersion de l'asphalte et à
des brouillards, à la vérité malsains, comme tous
les brouillards.

Au reste, nous n'avons pas besoin de cette parti-
cularité pour reconnaître ici les traces vivantes de
la justice de Dieu. Cette nature désolée, cette mer
limpide en apparence, mais lourde et sans vie,
cette effrayante dépression de terrain au milieu de
laquelle le Jourdain précipite, chaque jour, un
volume d'eau douce égal au contenu de six mil-
lions quatre-vingt-dix mille tonnes, cette profondeur de 883 mètres au-dessous de la Méditer-
ranée, dans laquelle sont abîmées les villes mau-
dites, cet air embrasé que ne rafraîchit pas une
haleine de vent, cette mer étincelante comme un
miroir ardent, ces montagnes concaves qui ras-
semblent et renvoient les rayons du soleil du midi
comme le foyer d'une ellipse de feu, cette eau
de feu, cette terre de feu, cette atmosphère de
feu, tout rappelle cette flamme inextinguible allumée par les anges mauvais et pour leurs imita-
teurs.

Je ne m'étendrai pas davantage sur ce sujet ; les
meilleurs auteurs l'ont traité à fond, et il ne reste
plus de doute possible sur la nature et l'origine de
la mer Morte. Cependant je mentionnerai la *pomme*

de Sodome, qui a été niée par plusieurs voyageurs et vue par d'autres.

C'est un fruit agréable à l'œil, amer au goût et plein de cendres, disent quelques-uns ; c'est une fiction, reprennent les autres, une image faite à plaisir des jouissances du monde. Quel parti prendre entre des affirmations si diverses ? Plusieurs savants affirment avoir vu l'arbre et le fruit, et ils en font la description ; serait-il possible que ce fût un mensonge ! D'après Amman, l'arbre ressemble à une aubépine, et le fruit est une petite pomme d'une belle couleur, mais amère et pleine de cendres. Hasselquist prétend que c'est le fruit du *solanum melungena* de Linné, et qu'il n'est rempli de poussière que lorsqu'il est attaqué par un insecte. Seetzen pense que c'est une espèce de grenade contenant du coton. « Je crois avoir aussi trouvé le fruit tant recherché, dit M. de Chateaubriand ; l'arbuste qui le porte croît partout, à deux ou trois lieues de l'embouchure du Jourdain ; il est épineux et ses feuilles sont grêles et menues ; il ressemble beaucoup à l'arbuste décrit par Amman ; son fruit est tout à fait semblable, en couleur et en forme, au petit limon d'Égypte. Lorsque ce fruit n'est pas encore mûr, il est enflé d'une sève corrosive et salée ; quand il est desséché, il donne une semence noirâtre qu'on peut comparer à des cendres, et dont le goût ressemble à un poivre amer. j'ai cueilli une demi-douzaine de ces fruits ; j'en possède encore quatre desséchés, bien conservés et qui peuvent mériter l'attention des naturalistes. » —

Enfin, ces années dernières, on montrait à Paris des pommes de Sodome rapportées par M. de Saulcy. — On n'en saurait douter, la croyance presque universelle à la pomme de Sodome n'est pas sans fondement. Aucun de nos pèlerins n'eut l'heureuse chance d'en trouver. Pour moi, je l'ai déjà dit, dans les déserts de l'Arabie Pétrée, j'ai rencontré quelques-uns de ces fruits singuliers. Et, sans vouloir faire autorité dans la science, je me rangerais volontiers à l'opinion d'Hasselquist. J'y verrais le *solanum melungena*. Seulement je n'y ai jamais trouvé de cendres. Une belle peau, fraîche et colorée comme celle d'une pomme de Normandie ; rien dedans, excepté le cœur et de nombreux pépins noirs. La tige est rampante ; elle court sur la terre, de sorte que le fruit, aperçu de loin, ressemble à une pomme détachée de l'arbre. Au milieu d'un désert sans ombre, sans verdure et sans eau, cette apparition étonne ; on serait tenté de croire au passage d'un voyageur qui aurait semé ses provisions sur la route. On espère trouver un fruit rafraîchissant ; on fait agenouiller son chameau, on se penche, on saisit la pomme savoureuse, on presse, et on trouve le vide !

A moins d'être profondément orgueilleux, il est difficile au témoin de cette affreuse désolation des pays de Sodome et de Gomorrhe, de ne pas sentir ici la main de Dieu et de ne pas s'écrier avec le prophète : *Scito et vide quia malum et amarum est dereliquisse te Dominum Deum tuum.* Homme coupable et

pécheur, apprends à connaître combien il est dur
et amer d'avoir abandonné le service du Seigneur
ton Dieu !

XVI

La Fontaine d'Élisée et le Jourdain

Après les ardeurs brûlantes d'un soleil torréfiant, sur la plage sèche et bitumineuse de la mer Morte, dans un gouffre, à quatre cents mètres au-dessous du niveau de la mer, un frais et joli campement parmi les arbes en fleurs, sur un gazon bien vert, près d'un ruisseau limpide, quelques heures de loisir, un repas de famille sous un ciel constellé, une prière du soir en commun, et puis un bon sommeil, forment les éléments d'une jouissance inconnue aux habitants de nos hôtels dorés. Au front la joie, sur les lèvres un sourire, dans les paroles une bonne grâce naturelle, un entrain calme, un échange de bons procédés, une sorte de fusion des esprits et des cœurs, sont les fruits naturels de ce bien-être innocent. Peut-être une vertu secrète de charité est-elle aussi restée comme atta-

chée à cette fontaine autrefois amère, et rendue savoureuse par la vertu du prophète. Bref, ce soir-là,
le lendemain encore, et le surlendemain au départ,
j'entendais sortir de toutes les bouches cette parole
de saint Pierre au Thabor : *Bonum est nos hic esse.
Il est bon pour nous d'être ici!* On regrettait l'in-
flexibilité de l'itinéraire tracé à l'avance. On trouvait pénible d'avoir à quitter sitôt l'ombre, la verdure et la fraîcheur pour les rochers stériles de
Jérusalem.

Charmant ruisseau d'Élisée, terre fertile de Jéricho,
resterez-vous encore longtemps la proie inutile de
Bédouins paresseux et farouches? Si Dieu m'exauce,
bientôt des Trappistes venus de France ou de Staouëli
viendront utiliser vos eaux fécondantes, préparer de
riches moissons, planter des arbres aux fruits délicieux, fonder par le travail et l'abnégation une co-
lonie chrétienne, en ces lieux enchanteurs où Jean
prêcha la pénitence, où Jésus-Christ voulut être baptisé, où il jeûna pendant quarante jours et quarante
nuits.

Partons sans regrets ce matin, car nous revien-
drons pour le soir. Traversons la plaine, avant
l'apparition de ce soleil qui nous laissa hier des
impressions terribles. La route est facile et courte.
En deux heures, nous serons aux rives du Jourdain.

« J'avais vu les grands fleuves d'Amérique, dit
M. de Chateaubriand, je les avais vus avec ce plaisir
qu'inspirent la solitude et la nature; j'avais visité le

Tibre avec empressement, et recherché avec le
même intérêt l'Eurotas et le Céphise. Mais je ne
puis dire ce que j'éprouvai à la vue du Jourdain.
Non seulement ce fleuve me rappelait une antiquité fameuse et un des plus beaux noms que
jamais la plus belle poésie ait confié à la mémoire
des hommes ; mais ces rives m'offraient encore
le théâtre des miracles de ma religion. La Judée
est le seul pays de la terre qui retrace au voyageur
le souvenir des affaires humaines et des choses du
ciel, et qui fasse naître au fond de l'âme, par ce
mélange, un sentiment et des pensées qu'aucun
autre lieu ne peut inspirer... »

Pleins de ces grandes pensées, nous ne songeâ-
mes ni aux verts bosquets, ni à la fraîcheur de l'air,
ni à la rencontre si rare d'un fleuve en Palestine.
Ici, le fleuve, devant l'arche d'alliance, remonta vers
sa source, laissant aux Israélites un libre accès vers
la terre promise. En s'y baignant, Naaman fut guéri
de la lèpre. Ses eaux tressaillirent sous les pieds du
Sauveur. Jean-Baptiste y manifesta pour la première
fois au monde le Messie longtemps attendu ; et, du
ciel entr'ouvert, le Saint-Esprit, en forme d'une
colombe, y descendit sur la tête du « fils bien-
« aimé en qui le Très-Haut a mis ses complai-
« sances »

Les pèlerins grecs ont coutume d'apporter un
drap avec lequel ils se plongent dans le fleuve
sacré et qu'ils remportent pour leur servir de vêtement dans la tombe. Touchante allusion au bap-

tême du Seigneur et à la robe d'innocence qu'il faudra présenter sans tache au tribunal de Dieu.

Au pied d'un grand arbre, sur la rive droite du fleuve, notre autel fut dressé. Je priai M. l'abbé Wauters, chanoine de Liège, de célébrer la messe, et j'engageai nos amis à renouveler les serments de leur baptême. Le lieu pouvait-il être mieux choisi?

Nous retrouvons ici Jean-Baptiste, le mystérieux précurseur, que nous avons laissé enfant dans sa grotte près de Jutta. Il a grandi; il est dans toute la force de l'âge. La sœur Catherine Emmeric le représente ainsi :

« Il est de grande taille, amaigri par le jeûne et les mortifications corporelles, mais fort et nerveux. Il y a en lui une dignité, une pureté, une simplicité incroyables; il va toujours droit au but et son ton est celui du commandement. Il a le teint brun; son visage est maigre et tiré, grave et austère; ses cheveux sont frisés et d'un brun rougeâtre; sa barbe est courte. Il a au milieu du corps un drap qui l'enveloppe et qui retombe jusqu'aux genoux. Il porte un manteau grossier de couleur brune, qui paraît fait de trois morceaux; ce manteau le couvre entièrement par derrière, il est assujetti par une courroie autour de la taille. Ses bras et sa poitrine sont libres et découverts. Sa poitrine est toute couverte de poils à peu près de la couleur du manteau. Il porte un bâton recourbé comme une houlette.

« Jean allait droit aux hommes, et il ne parlait que d'une chose, de la pénitence, et de l'approche du Seigneur. Tous s'étonnaient et devenaient sérieux quand il paraissait. Sa voix était perçante comme une épée, claire, forte, et cependant agréable. Il traitait tous les hommes, quels qu'ils fussent, comme des enfants. Partout il allait droit son chemin; rien ne pouvait le détourner de sa voie; il ne regardait à rien, il n'avait besoin de rien.

« Pendant les trois mois qui précédèrent le baptême, Jean parcourut deux fois le pays, annonçant celui qui devait venir après lui. Il y avait dans toutes ses allures une autorité incroyable; il s'avançait d'un pas ferme et rapide, mais sans précipitation. Ce n'était cependant pas une démarche calme, comme celle du Sauveur. Là où il n'avait rien à faire, je l'ai vu courir d'un champ à un autre. Il entre dans les maisons; il va enseigner dans les écoles et rassemble aussi le peuple autour de lui dans les rues et sur les places. Je vis quelquefois des prêtres et des magistrats l'arrêter et lui demander des explications; mais bientôt, saisis d'étonnement et d'admiration, ils le laissaient aller librement.

« Je vis que l'expression *à préparer les voies du Seigneur* n'était pas une simple figure; car je le vis commencer ses fonctions en préparant des chemins, et parcourir tous les lieux et tous les chemins où passèrent plus tard Jésus et ses disciples. Il enlevait çà et là des broussailles et des pierres et prati-

quait des sentiers. Il établissait des passages sur
les ruisseaux, nettoyait leur lit, creusait des réservoirs et des fontaines, préparait des sièges, des
lieux de repos, faisait des toits de feuillage. Je l'ai
vu faire divers arrangements dans des endroits où,
par la suite, le Seigneur s'est reposé, a enseigné,
agi. En se livrant à ses travaux, cette homme grave
et solitaire, avec son vêtement grossier et son
aspect austère, attirait sur lui l'attention des gens
de la campagne ; il excitait l'étonnement dans les
cabanes où il entrait afin d'y emprunter les outils
nécessaires pour son travail, et où il prenait aussi des
gens pour l'aider. Partout où il allait, on l'entourait
aussitôt, et il exhortait gravement et hardiment
à la pénitence, annonçant que le Messie venait après
lui et qu'il lui préparait les voies. Souvent je le vis
montrer du doigt la contrée où Jésus se trouvait
alors. »

Tel était l'homme extraordinaire qui précéda le
Sauveur dans la voie de la paix et de la miséricorde,
ce Jean-Baptiste qui baptisa Jésus, le jour où
le bon Maître institua le Sacrement par lequel
nous devenons enfants de Dieu et nous recou-
vrons nos droits d'héritiers du Ciel, si nous sommes
fidèles.

Il nous semblait voir Jean debout sur la rive et
Jésus dans l'eau, pendant que le prêtre lisait cet
évangile :

« En ce temps-là, Jésus vint de la Galilée pour
y être baptisé par Jean. Mais Jean refusait en di-

« sant : C'est moi qui dois être baptisé par vous, et
« vous venez à moi. — Et Jésus lui répondit : Faites
« ce que je vous dis, car il faut accomplir toute
« justice. Alors Jean obéit. Et les cieux furent ou-
« verts ; et l'esprit de Dieu descendit en forme de
« colombe sur la tête de Jésus. Et une voix partit
« du Ciel, qui disait : Celui-ci est mon fils bien-
« aimé en qui j'ai mis toutes mes complaisances ;
« écoutez-le. »

Après la messe, la plupart de nos jeunes gens
voulurent se baigner dans le fleuve. On leur recom-
manda les plus grandes précautions, car le courant
est ici très rapide. Le Jourdain prend sa source au
pied du Dejebel-Scheill, dans l'Anti-Liban. Il traverse les lacs Marom et de Tibériade, et se jette
dans la mer Morte après un parcours de 220 kilomètres. Or, de sa source au lac Marom, il descend
d'une hauteur de 200 mètres ; du lac Marom à celui
de Tibériade, il tombe encore de 250 mètres, et de
Tibériade à la mer Morte, sa chute est de 150 mètres,
soit en tout 600 mètres de chute sur un parcours de
120 kilomètres. On comprend quelle rapidité il doit
avoir au moment d'atteindre son embouchure. Un
accident récent venait encore nous conseiller la pru-
dence. La semaine précédente, le guide de la caravane autrichienne s'était noyé. On se mit donc à l'eau
avec défense de braver le courant. Cependant le
jeune baron de Montblanc voulut absolument tenter
le passage ; et, comme il était de force à réussir, on
y consentit en l'obligeant toutefois de se laisser atta-

cher une corde à la ceinture. De fait, il eût infailliblement gagné l'autre rive, mais la corde l'ayant
gêné, il parut chanceler ; on eut peur ; on retira le
nageur auquel cette secousse inattendue fit boire
un coup forcé, on le ramena malgré lui. L'intrépide
jeune homme expliqua la méprise et voulut recom-
mencer ; mais il dut céder à nos instances ; il fallait
s'en tenir là, c'était l'avis commun.

D'ailleurs le ciel se chargea de mettre un terme
à ce bain dangereux. Un gros nuage creva tout à
coup et nous inonda d'une de ces pluies torrentielles
particulières aux pays chauds. Aussitôt les bai-
gneurs de courir à leurs habits pour les préserver.
Mais où les mettre? Point d'abri d'aucune sorte.
Tandis que nos vêtements se mouillaient tout simplement sur nos épaules, je riais de voir nos jeunes
gens serrer les leurs dans leurs bras, et faire pour
les préserver mille efforts plus inutiles les uns que
les autres. J'aperçois d'ici l'un d'eux, à quatre pattes,
recevant la pluie sur son échine, par dévouement
pour ses hardes qui s'imbibaient tout de même.
Bref, il n'y avait qu'un parti à prendre, se résigner.
Tout fut transpercé, habits, selles, fusils, pistolets,
sabres, poignards, rien n'échappa. Pour comble
d'infortune, nous n'avions point déjeuné, et le bain
avait aiguisé les appétits. On fit comme à la guerre.
Nous partageâmes le pain, le saucisson, les œufs
durs, les poulets froids qui nageaient dans nos cantines inondées, et battus par le vent, courbés sous
les cataractes entr'ouvertes d'un ciel impitoyable,

nous mangeâmes, en riant, le plus vite possible. Les nageurs se rhabillèrent et nous sautâmes à cheval. Heureusement le soleil de midi déchira ses voiles, le vent tomba, la tempête se calma. Nous étions secs en rentrant au campement.

J'ai expliqué de quelle sorte nous avions dû traiter avec les Bédouins pour obtenir libre circulation dans ce désert. Ils étaient donc nos gardiens et nos protecteurs. Or, voici comme ils entendent la foi jurée. La veille, chemin faisant, Mayence de Vibraye avait perdu son revolver. Il promit récompense à l'Arabe qui le rapporterait. Aussitôt un cheik de me dire à l'oreille que l'arme était retrouvée. On l'avait ramassée sur le sable, au moment même de la chute; mais on s'était bien gardé de prévenir. Mayence réclame son bien. Le cheik demande quatre-vingts piastres de récompense. Défiants comme de juste, nous voulons voir le revolver avant de payer. Le cheik refuse; il n'a pas l'arme; et il défend à ses hommes de la montrer. Je ne sais par quel hasard un de nous l'aperçoit cachée sous la chemise d'un Bédouin. Plus de doute, nous la reprenons. Alors, tirant cet homme à l'écart, nous lui demandons quel salaire il exige. Il se contente de quarante piastres. Mayence offre l'argent, mais, sur ces entrefaites, arrive le cheik furieux. Il avait espéré mettre quarante piastres dans sa poche et céder les quarante autres au recéleur. Son plan était déjoué. Il menaçait le malheureux Arabe et ne voulait pas qu'il fût récompensé, puisqu'il n'y gagnait rien ; et de fait, abusant de son pouvoir, il l'obligea à restitution. Cet homme était hideux dans sa colère : ses yeux injectés de sang sortaient de sa tête ; toute sa physionomie respirait la férocité. Nous eûmes beau presser le malheureux subalterne de garder sa récompense ; la peur de cette bête fauve l'empêcha de céder ; il rendit l'argent. Plus tard seulement Mayence trouva le moyen de lui glisser les quarante piastres à la dérobée.

De telles aventures aident mieux que vingt dissertations à connaître le caractère des hommes du désert. Je les recueille à mesure. Nous en trouverons d'autres chemin faisant ; malheureusemen elles ne seront pas à l'avantage de la race bédouine.

XVII

Jéricho.

Hélas! je cherche en vain la ville célèbre de Jéricho. La plaine s'étend à perte de vue, et nulle trace d'habitations agglomérées ne s'offre à nos regards. Cependant c'est bien ici que s'opéra le grand drame de l'entrée des Israélites dans la Terre promise.

Quarante ans s'étaient écoulés depuis la sortie d'Égypte. Tous ceux qui avaient vécu sous les Pharaons étaient morts, à l'exception de Caleb et de Josué, et Moïse lui-même venait d'expirer sur le mont Nébo, après avoir contemplé de loin la terre où il ne pouvait entrer.

« Et il arriva que le Seigneur parla à Josué, fils de Nun, et qu'il lui dit : Moïse, mon serviteur, est mort ; lève-toi, et passe le Jourdain, toi et tout le peuple avec toi, et prends possession de la terre que je donnerai aux enfants d'Israël. Tout l'espace que foulera votre pied, je vous le donnerai. Vos frontières s'étendront depuis le désert et le Liban jusqu'à l'Euphrate, et vous posséderez toute la terre des Héthéens, jusqu'à la grande mer qui est au soleil couchant. Nul ne pourra vaincre le peuple d'Israël tant que tu vivras. Comme j'ai été avec Moïse, ainsi serai-je avec toi. Sois fort et vaillant, car tu es destiné à partager à ce peuple la terre promise à ses pères. Sois fort et vaillant ; c'est moi qui te l'ordonne. Ne crains pas et ne t'épouvantes pas ; car le Seigneur ton Dieu sera avec toi partout où tu iras. »

Ces paroles étaient singulièrement encourageantes, pour un nouveau chef tout à coup investi d'un commandement qui équivalait à une royauté. Josué se mit donc à l'œuvre avec une rare activité, et il se hâta de donner ses ordres aux princes du peuple, en disant :

« Passez au milieu du camp, et avertissez le peuple, et dites-lui de préparer des vivres, car après trois jours, il traversera le Jourdain pour entrer dans la terre que le Seigneur veut nous donner. »

Mais une précaution était à prendre, explorer le terrain avant de s'y engager.

« Josué, fils de Nun, envoya donc, de Sétim, deux hommes chargés de tout observer en secret, et il leur dit : « Allez, et considérez la terre et la ville de Jéricho. » Et les envoyés partirent et arrivèrent heureusement sans être reconnus, dans la maison d'une courtisane nommée Rahab, qui leur permit de se reposer chez elle.

« Cependant, on s'aperçut de quelque chose, et
on vint dire au roi de Jéricho : Voilà que des hommes sont entrés ici pendant la nuit, envoyés par
les enfants d'Israël pour reconnaître le pays. — Et
le roi de Jéricho fit dire à Rahab : Fais sortir de chez
toi ces étrangers, car ce sont des espions. Mais
Rahab les ayant cachés, répondit : Il est vrai que des
étrangers se sont présentés, mais je ne savais pas
d'où ils étaient. Or, comme on fermait les portes
pour la nuit, ils sont sortis, et j'ignore où ils sont
allés. Si vous les poursuivez promptement, vous les
atteindrez. — Or, pendant qu'elle les tenait couverts
avec du lin sur la terrasse de sa maison, les messagers du roi les cherchèrent le long de la voie qui
mène au gué du Jourdain.

« La nuit venue, Rahab monta vers les deux Hébreux et leur dit : Je vois que le Seigneur vous a
donné cette terre ; car l'effroi s'est répandu sur
nous, et tous les habitants de ce pays sont dans
l'abattement. Nous avons entendu raconter comment le Seigneur a desséché sous vos pas les eaux
de la mer Rouge, lorsque vous êtes sortis d'Égypte,
et comment vous avez traité les deux rois des
Amorrhéens, Sehon et Og, que vous avez mis à
mort. Et ces nouvelles nous ont remplis d'épouvante ; et notre cœur a défailli, et notre esprit s'est
troublé à votre approche, car le Seigneur votre
Dieu est le Dieu du ciel et de la terre. Maintenant
donc, je vous demande une grâce, jurez-moi par
le Seigneur que vous ferez miséricorde à la mai-

son de mon père comme je vous l'ai faite à vous-
mêmes, et que vous sauverez mon père, ma mère,
mes frères et mes sœurs, et tout ce qui est à
eux, et que vous nous préserverez de la mort. —
Et ils lui dirent : Notre vie répondra pour la vôtre,
vous ne nous trahissez pas ; et lorsque le Seigneur nous aura livré cette terre, nous accomplirons envers vous la miséricorde et la justice. —
Alors elle les fit descendre par la fenêtre, au
moyen d'une corde, et ils se trouvèrent en pleine
campagne, car la maison était appuyée aux murs
de la ville. Et Rahab leur donna le conseil de
se cacher pendant trois jours dans les montagnes pour attendre le retour de ceux qui les
cherchaient. Et ils lui dirent avant de s'éloigner :
Nous accomplirons notre serment, si, lorsque nous
entrerons dans cette terre, vous suspendez un ruban d'écarlate à la fenêtre par où nous sommes
descendus, et que vous rassembliez dans votre maison votre père et votre mère, vos frères et vos
sœurs, et toute votre parenté, et que vous vous y teniez
enfermés, nous vous protégerons. Que le sang de
ceux qui seront avec vous dans votre maison retombe sur notre tête, si quelqu'un ose vous frapper.
Mais si vous nous trahissez et que vous découvriez
nos paroles, nous serons libres de tout serment. —
Et elle répondit : Qu'il soit fait comme vous l'avez
dit ! — Et les congédiant, elle suspendit un ruban
d'écarlate à sa fenêtre.

« Et s'acheminant vers la montagne, les envoyés

d'Israël s'y cachèrent pendant trois jours ; et lorsque
ceux qui les poursuivaient furent retournés dans la
ville, ils traversèrent le Jourdain, se présentèrent à
Josué, fils de Nun, et lui racontèrent tout ce qui
s'était passé. Et ils lui dirent : Le Seigneur a mis
cette terre entre nos mains, et tous ses habitants
sont abattus par la crainte.

« Josué s'étant donc éveillé pendant la nuit, leva
son camp, et, partant de Sétim, lui et tout le peuple
d'Israël, ils atteignirent le Jourdain et séjournè-
rent sur ses bords l'espace de trois soleils. Et
voilà qu'à la quatrième aurore les héraults parcou-
rurent le camp et commencèrent à crier : Lorsque
vous verrez se mettre en mouvement l'arche du
Seigneur votre Dieu avec les prêtres qui la portent,
vous aussi, levez-vous, et marchez derrière eux. —
Et Josué dit au peuple : Sanctifiez-vous, car le Seigneur fera demain parmi vous des prodiges merveilleux. — Et il dit aux enfants de la tribu de Lévi :
Portez l'arche de l'alliance, et précédez le peuple.

« Le peuple sortit donc de ses tentes pour franchir
le Jourdain, et les prêtres qui portaient l'arche
d'alliance marchaient devant lui. Or, le Jourdain
s'était gonflé et ses eaux avaient couvert ses rives
des deux côtés. Cependant lorsque les prêtres furent
entrés dans le fleuve et que leurs pieds commencèrent à être mouillés, les eaux qui descendaient
des hauteurs de l'Hermon, s'arrêtèrent amoncelées,
de sorte qu'elles paraissaient de loin comme une
montagne, depuis Adom jusqu'à Sarthan, et le

reste se perdit dans la mer du désert, appelée aujourd'hui la mer Morte.

« Or, les prêtres qui portaient l'arche d'alliance se tinrent debout au milieu du lit du Jourdain, et tout le peuple passait à travers le fleuve desséché. Et les enfants de Ruben et de Gad, et la moitié de la tribu de Manassé, en armes, précédaient les enfants d'Israël, comme Moïse l'avait ordonné, et quarante mille combattants marchaient par bandes organisées dans les plaines et les campagnes de Jéricho.

« En ce jour le Seigneur glorifia Josué devant tout le peuple, afin qu'on le craignît comme on avait vénéré Moïse, et il lui dit : Ordonne aux prêtres qui portent l'arche d'alliance de sortir du Jourdain ! — Et Josué le leur commanda. Or, dès qu'ils mirent le pied sur la terre ferme, les eaux du fleuve reprirent leur cours.

« Le peuple traversa de la sorte le Jourdain, le dixième jour du premier mois, et campa en Galgala, du côté occidental de la rive de Jéricho.

« Or, quand les rois des Amorrhéens, qui habitaient vers l'occident, et tous les rois des Chananéens qui possédaient les régions voisines de la grande mer, apprirent le miracle du Seigneur en faveur d'Israël, ils perdirent courage, et leur esprit fut troublé par l'épouvante.

« Et les enfants d'Israël demeurèrent paisibles à Galgala, et ils célébrèrent la Pâque le quatorzième jour du mois, vers le soir, dans les plaines de Jéricho.

« Le lendemain ils mangèrent les fruits de la saison, des pains sans levain, et de la farine de l'année. Et la manne cessa de leur venir du ciel, dès qu'ils purent se nourrir des fruits de la terre de Chanaan. »

Cependant il ne suffisait pas d'avoir franchi le Jourdain. Le Seigneur avait promis de donner à la postérité de Jacob toute la terre jusqu'au Liban, et le peuple se tenait cantonné sur l'extrême lisière. Un nouveau secours était nécessaire pour triompher d'ennemis innombrables. Il ne se fit pas attendre.

« Comme Josué était dans les champs qui avoisinent Jéricho, il leva les yeux et vit un homme debout devant lui, tenant une épée nue. Et il marcha vers lui, et il lui dit : Es-tu des nôtres ou de nos ennemis ? Et l'apparition lui répondit : Je suis le chef de l'armée du Seigneur. — Et Josué tomba prosterné contre terre, et l'adorant, il lui dit : Qu'ordonne mon Seigneur à son esclave ? — Ote ta chaussure, répondit l'ange, car ce lieu est saint. — Et Josué fit ce qui lui était commandé.

« Et le Seigneur dit à Josué : Voilà que j'ai livré en ta main Jéricho, et son roi, et tous ses guerriers. Armez-vous comme pour le combat, et faites le tour de la ville. Vous recommencerez ainsi à le faire pendant six jours ; et le septième, les murailles s'affaisseront sur elles-mêmes et chacun entrera droit devant lui. »

Jéricho était l'une des plus grandes et des plus fortes villes du pays de Chanaan, située dans une plaine agréable et fertile, à trois lieues environ de la rive du Jourdain et à huit ou dix lieues de Jérusalem. Sa population en état de porter les armes s'était augmentée d'une multitude considérable d'hommes accourus des campagnes voisines, pour s'y réfugier avec toute leur famille ; et les rois du pays lui avaient envoyé leurs soldats les plus braves et les mieux entendus dans l'art de défendre les places. Elle ne manquait ni d'armes ni de munitions. Elle était abondamment pourvue de vivres ; car les paysans y avaient conduit leurs troupeaux et apporté le produit de leurs récoltes pour les soustraire à l'ennemi. Son roi la commandait en personne, et on était résolu à s'y bien défendre, derrière les murailles épaisses qui la protégeaient.

Quel ne fut pas l'étonnement des habitants de cette ville guerrière, lorsqu'ils virent les Israélites commencer autour de son enceinte la mystérieuse cérémonie ordonnée par le Seigneur !

Une première fois, le peuple se mit en marche. Les soldats sous leurs drapeaux, en ordre de bataille, ayant leurs officiers à leur tête, et commandés par Josué, formaient l'avant-garde. A quelque distance, sept prêtres de la tribu de Lévi, précédés apparemment du pontife Éléazar, marchaient devant l'arche qui s'avançait elle-même, portée par quatre prêtres, frères, fils ou neveux du Pontife. Après l'arche suivait une multitude innombrable, en ordre et sans confusion. Tous gardaient le silence le plus profond ; seulement de loin en loin,

le son des trompettes retentissait dans l'espace.
Après qu'on eut fait dans cet appareil religieux le
tour de la place, à quelque distance des murs, on
rentra dans le camp, et on replaça l'arche dans le
Tabernacle.

Six jours durant la même cérémonie recommença.

Le septième jour, qui était le premier du second
mois de l'année, et qui se rencontrait un jour de
sabbat, Josué assembla de bonne heure les princes
et les officiers pour régler toutes choses avec eux ;
le peuple se rangea dans l'ordre prescrit, et on se
mit en mouvement. Sans doute, les Chananéens,
accoutumés aux évocations journalières de leurs
ennemis, ne furent pas plus effrayés que les jours
précédents. Ils ne voyaient ni travaux avancés de
la part des assiégeants, ni machines roulées au
pied de leurs murailles. Et cependant l'heure de
Dieu était venue. A la fin du septième jour, les trompettes sonnèrent d'un son plus traînant et plus
aigu ; Josué poussa un grand cri, et toute la multitude éleva la voix en criant ; et les murs de la ville
s'écroulèrent jusqu'aux fondements ; et les hautes
tours s'abîmèrent avec fracas. Aussitôt les guerriers
d'Israël se tournent contre la ville, et chacun entre
droit devant soi. On passe tout au fil de l'épée,
depuis le roi jusqu'au dernier des misérables, depuis
l'enfant à la mamelle jusqu'au vieillard le plus décré-
pit, sauf Rahab et les siens qui furent respectés en
vertu du serment fait par les envoyés de Josué. On

tua aussi tous les animaux ; on mit le feu à la ville et on la réduisit en cendres avec toutes les richesses qui s'y trouvaient renfermées. On réserva seulement l'or et l'argent, et les vases d'airain et de fer, pour les offrir au Tabernacle du Seigneur. Et lorsque tout fut anéanti dans la ville, Josué prononça cette imprécation terrible : Maudit soit l'homme qui rebâtira Jéricho et la fera sortir de ses ruines. Que le cadavre de son fils aîné soit jeté dans les fondements de la place, et qu'on porte au tombeau le dernier de ses fils, lorsqu'il en fera suspendre les portes. Plus tard on rebâtit une autre ville de Jéricho à quelque distance, et celle là subsista jusqu'au temps de Notre-Seigneur. Mais un Israélite ayant voulu braver la défense et réédifier les murs sur les anciens fondements, il éprouva la sévérité des vengeances du Seigneur, et les menaces de Josué se vérifièrent en lui.

Ainsi fut emportée la ville de Jéricho ; ainsi fut traversé le Jourdain ; ainsi les Hébreux prirent-ils une première possession de la Terre promise.

La ville resta longtemps ensevelie dans ses ruines. Un homme osa, un jour, tenter de la reconstruire, mais la prédiction de Josué s'accomplit et la téméraire entreprise demeura sans effet. Plus tard, la malédiction fut levée, et du temps du Christ, Jéricho était redevenue florissante. Nous la trouvons dans l'Évangile .

« Comme il approchait de Jéricho, ville de la tribu de Benjamin, à sept lieues de Jérusalem, il arriva qu'un aveugle était assis au bord du chemin, demandant l'aumône. Or, entendant passer la foule, il demanda ce que c'était. On lui dit : c'est Jésus de Nazareth qui passe. Sur quoi il se mit à crier : Jésus, fils de David, ayez pitié de moi ! Ceux qui marchaient en avant de Jésus, gourmandaient cet homme pour le faire taire. Mais il criait encore beaucoup plus haut : Fils de David, ayez pitié de moi ! Jésus alors, s'arrêtant, ordonna qu'on lui amenât cet homme. — Que veux-tu que je te fasse ? lui demanda-t-il. — Seigneur, faites que je voie, répondit l'aveugle. — Jésus répondit : Vois. Ta foi t'a sauvé. — Et aussitôt cet homme vit, et il suivait Jésus en glorifiant Dieu, et tout le peuple fit de même. »

Une conversion éclatante suivit de près ce miracle Écoutons encore l'évangéliste.

« Ensuite Jésus, étant entré dans Jéricho, traversait la ville. Et voilà que Zachaï ou Zachée, homme riche qui était le chef des publicains, cherchait à voir Jésus, sans pouvoir y réussir à cause de la foule, parce qu'il était fort petit. Courant donc en avant, il monta sur un sycomore. Arrivé près de cet arbre, Jésus leva les yeux, l'aperçut et lui dit : Zachée, hâtez-vous de descendre, car il faut qu'aujourd'hui je loge dans votre maison. Le publicain descendit en toute hâte et reçut le Maître avec joie.

« Or, les Juifs murmurèrent en disant : Il est descendu chez un pécheur public ! »

Mais, à l'insu des Juifs, le regard du Maître avait agi sur le pécheur, qui manifesta incontinent l'action divine exercée sur lui.

« Zachée, debout devant le Sauveur, lui dit : Seigneur, à dater de ce moment, je donne aux pauvres la moitié de mes biens, et si j'ai fait tort en quoi que ce soit à quelqu'un, je lui rends le quadruple.

« Jésus répondit : Le fils de l'homme est venu précisément chercher et sauver les brebis d'Israël qui avaient péri. Voilà que cette maison (criminelle) a reçu aujourd'hui le salut, et que cet homme est devenu un enfant d'Abraham...

« Ces choses dites, Jésus, marchant à la tête de ses disciples, reprit le chemin de Jérusalem ; et, comme il sortait de Jericho, une grande foule s'attacha de plus en plus à ses pas. »

Encouragés par son dernier miracle, deux aveugles étaient assis le long du chemin, attendant le passage de Jésus. L'un deux était un mendiant dont le père avait nom Timaï.

Dès qu'ils entendirent passer Jésus, ils s'écrièrent, comme l'aveugle de l'avant-veille : Ayez pitié de nous, fils de David! On leur imposait silence, avec menaces. Mais ils n'en criaient que plus fort : Ayez pitié de nous, fils de David !

Jesus s'arrêta, comme la première fois, et dit qu'on les fît approcher. Ceux qui entourèrent Jésus appelèrent donc Bar-Timaï l'aveugle, et ils lui dirent : Aie confiance, lève-toi ; il t'appelle. — A l'instant,

rejetant son manteau, l'aveugle s'élance, et il vient
à Jésus. Son compagnon en fit autant, Jésus leur
adressa la même question qu'au premier aveugle,
et il en obtint la même réponse. Alors, ému de
compassion, il toucha leurs yeux, et aussitôt ils
recouvrèrent la vue et le suivirent.

De l'antique splendeur de l'opulente cité que
reste-t-il aujourd'hui ? Pas une ruine, pas un vestige. Derrière une haie d'épines sèches quelques
misérables huttes de boue desséchée, où s'abritent
des Bédouins farouches et méchants, et une vieille
tour pompeusement décorée du nom de citadelle,
parce que des soldats turcs y sont casernés, sous le
prétexte de maintenir une apparente sécurité. La
misère et un fantôme de despotisme, voilà tout. La
ville célèbre a disparu ; son nom même s'est effacé,
et le triste village qui la remplace, cache sa décrépi-
tude sous le nom moderne de Riha.

Mais si l'œuvre des hommes disparaît, celle de
Dieu reste ; et la nature nous révèle ce que devaient
être ces plaines au temps où florissait Jéricho. Le
Jourdain, alors beaucoup plus abondant, la fontaine
d'Élysée, plusieurs torrents, des aqueducs aujour-
d'hui encore perceptibles à l'œil exercé, répandaient
leurs eaux et entretenaient la fraîcheur sur le sol
échauffé par le soleil. Il existe chez les Juifs, dit
Justin, une vallée renfermée entre des montagnes
qui ressemblent à un mur autour d'un camp. Cette
vallée est appelée Jéricho ; on y voit une forêt
remarquable par sa fertilité et sa beauté. Là croissent

le palmier et le baumier. Mais ce lieu n'est pas moins remarquable par la fraîcheur que par l'abondance qui y règnent, puisque la contrée étant sous l'action du soleil le plus ardent de la terre, on y jouit cependant d'une fraîcheur agréable et constante. »

Après le témoignage de Justin, nous avons celui de Josèphe, qui dit à propos de la fontaine d'Élysée :

« Le pays que cette fontaine traverse a soixante-dix stades de long et vingt de large. On y voit une quantité de très beaux jardins, ou elle nourrit des palmiers de diverses espèces, et dont les noms, aussi bien que le goût de leurs fruits, sont différents. Il y en a qui donnent un miel peu différent du miel ordinaire, qu'on trouve en abondance dans ce pays. On y voit aussi un grand nombre de cyprès et de myrobolans, de ces arbres d'où coule le baume, cette liqueur que nul fruit ne peut égaler. Ainsi on peut dire qu'un pays où croissent tant de plantes excellentes a quelque chose de divin, et je doute qu'en tout le reste du monde il y en ait un qui puisse lui être comparé. On doit, à mon avis, en attribuer la cause à la chaleur de l'air et au pouvoir singulier qu'a cette eau de contribuer à la fécondité de la terre : l'une fait ouvrir les fleurs et les feuilles, et l'autre fortifie les racines par l'augmentation de leur sève durant les ardeurs de l'été, qui y sont si extraordinaires, que, sans ce rafraîchissement, rien n'y pourrait croître qu'avec une peine extrême. Mais, quelque grande que soit cette chaleur, il s'élève le matin un petit vent, qui rafraî

chit l'eau que l'on puise avant le lever du soleil ;
durant l'hiver elle est toute tiède, et l'air y est si
tempéré, qu'un simple habit de toile suffit, lorsqu'il
neige dans les autres endroits de la Judée. Ce pays
est éloigné de Jérusalem de cent cinquante stades
(sept lieues et demie), et de soixante du Jourdain
(trois lieues). L'espace qui le sépare de Jérusalem
est pierreux et désert... »

Aujourd'hui le vrai baumier n'existe plus à
Jéricho ; nous avons remarqué seulement, en fait
d'arbres, des acacias nommés *nebek* par les Arabes,
des jujubiers aux fruits rouges et odorants, des
zakoums ou myrobolans, arbres épineux qui portent
des fruits verts comme l'olive et dont les Arabes
extraient cette huile de Jéricho, souveraine pour
guérir les blessures.

On prétend que Monseigneur le Patriarche de Jérusalem voudrait établir une maison de Trappistes près
de la fontaine d'Élisée. S'il y réussissait, ce serait un
immense bienfait pour le pays. Ces religieux, succédant aux Carmes, aux Basiliens et aux Bénédictins,
relèveraient la crosse des évêques suffragants de Jérusalem, qui résidèrent à Jéricho de 325 à 526. Leurs
prières attireraient la bénédiction du ciel sur une
terre qu'ils féconderaient de leurs sueurs, et les
pèlerins trouveraient dans leurs murs l'hospitalité que leur offrait jadis l'hôtellerie construite par
Justinien. L'exemple, une fois donné, serait peut-
être suivi, et, sous les efforts intelligents et le dévouement charitable des moines, le Jourdain verrait

bientôt refleurir sur ses bords son antique fertilité.

Cette chaude vallée était aussi précoce que féconde.
Les récoltes y mûrissaient plutôt qu'ailleurs, et les
dattes y avaient un parfum plus exquis. Le baumier,
dont la culture valut plus tard aux Romains un revenu
assez important, ne croissait qu'en Judée. Le lac
Asphaltite, au fond duquel cinq villes dorment ense-
velies, déposait sur ses rives le sel et le bitume qui
alimentaient deux branches d'industrie. Le bitume
servait, comme aujourd'hui le goudron, à enduire les
navires pour les soustraire à l'action corrosive de la
mer. Les Égyptiens l'employaient aussi pour embau-
mer et conserver leurs morts. Le sycomore, si commun en Palestine, fournissait, pour les constructions
et pour les cercueils, son bois presque incorruptible.
De riches plaines s'étendaient couvertes de forêts de
palmiers, ressources précieuses et d'une utilité variée :
le fruit était un aliment délicat, le bois était utilisé pour
la bâtisse et le chauffage, et les feuilles tressées fournissaient des cordes, des paniers et des nattes. Le
térébinthe de Judée était renommé pour sa flexibilité,
sa durée et son beau noir. Les fruits du cyprès et du
zakoum entraient dans la fabrication des parfums.
Les abeilles, nourries de plantes aromatiques dans
les montagnes de Jérusalem, de Modin et d'Hébron,
fournissaient un miel recherché ; le murex, qui donnait la pourpre, se pêchait dans la mer qui bat les
pieds du Carmel ; enfin le Jourdain, qui s'échappait
des limites septentrionales de la Terre promise et
allait devenir le fleuve le plus célèbre de l'univers,

vivifiait trente-cinq lieues de pays avant de perdre
ses belles eaux dans l'impure mer de Sodome.

Quel contraste entre la richesse passée et la
désolation présente ! Quelles poignantes réflexions
étreignent l'âme à la vue de cet abandon, de cette
dévastation uniques au monde. Et quand on pense
que quelques religieux, travaillant sans entraves, auraient changé cela en peu de temps, on sent la malédiction vous monter aux lèvres contre les oppres-
seurs qui paralysent les bras, engourdissent les
courages, et règnent par le bâton sur des troupeaux
de créatures abruties par la misère.

XVIII

Le ballet des Arabes et leurs usages de société.

Nos tentes sont dressées dans un bosquet charmant. Les arbres étendent leurs rameaux sur nos
têtes ; le calme, la fraîcheur, la joie ont pris domicile
avec nous. D'innombrables tourterelles voltigent à
travers le feuillage, et leur plumage bleu, et leur
vol si doux, et leur plaintif roucoulement charment
et animent la solitude.

Pauvres petits oiseaux, vous nous traitez en
amis ; vous becquetez sans défiance le pain de notre
table ; n'avez-vous donc pas vu nos fusils, nos car-
nassières, ne devinez-vous pas, sur les traits animés
de notre brillante jeunesse, l'ardeur belliqueuse des
fils des croisés ? Hélas ! la chasse est l'apprentissage
de la guerre, et les nobles jeux de la guerre sont
le rêve des fils des braves. Fuyez, fuyez le plomb

homicide. Mais vous n'entendez pas ! et voilà que, de bon matin, après la messe, les jeunes gens se sont armés de pied en cap. Ils se divisent. Bientôt des coups de fusil retentissent aux quatre points cardinaux. Augustin de Lorge et Maxence de Vibraye dépistent un sanglier. Ils se lancent à travers les fourrés ; mais ils sont à pied ; mais la boue, mais les épines, mais des embarras de tout genre les arrêtent sur ce terrain inexploré. Ils nous reviennent avec dix-huit cailles, grassouillettes et appétissantes à plaisir. Nos autres Nemrods arrivent successivement, qui plus, qui moins chargé ; et leurs captures mises en commun, forment au repas du soir un rôti savoureux.

A cette fête il fallait un couronnement ; tous le désiraient ; mais comment, au désert, sous la tente, organiser une soirée? Les Bédouins s'en chargèrent.

Un usage imprescriptible oblige tout voyageur de la mer Morte d'offrir un mouton aux Arabes de Jéricho, un peu pour n'être pas volé, plus encore pour l'être du moins avec certains procédés. Le mouton avait été immolé, rôti, servi sur un monceau de riz, dépecé à pleines mains, dévoré à belles dents. Rien n'en restait. à part quelques os scrùpuleusement évidés. La politesse exigeait un remerciement, et l'Arabe se pique d'être poli. Je le donnerais en cent qu'on ne devinerait jamais ce qui fut imaginé. Il n'était question de rien moins que d'un bal en plein air.

Dans les ombres de la nuit, un grand feu de brous-

sailles remplaçait les lustres, les girandoles, les fes-
tons et les gerbes de lumière. Une douzaine d'Arabes
rangés en file devant le feu, s'agitaient de gauche à
droite et d'avant en arrière, au son cadencé d'un
grognement sourd, tiré avec effort du creux de
leur estomac. Leur teint bronzé, leurs yeux injectés de sang, leurs grandes dents blanches, la
rudesse de leurs traits eclairés par une flamme
rougeâtre, leur donnaient un air de bêtes fauves.
La brutalité de leurs mouvements, leur grognement monotone, et les grandes ombres qui noyaient
le fond du tableau, ajoutaient au fantastique de la
scène.

A notre approche, le danseur paraît; je dis le
danseur, car un seul homme fait ici les principaux
frais, c'est la règle. Agitant un sabre, il va, vient,
se rapetisse, s'élance, se courbe à droite, à gauche,
combat des ennemis invisibles. Et puis s'élançant
vers Henri de Larochetulon, il multiplie les rotations
de son sabre autour de sa tête, et fait semblant
de lui couper la gorge, au risque de l'éborgner
ou de lui abattre une oreille. A certains moments,
il reste en place, et tandis que son corps s'a-
gite en mille contorsions, l'extrémité de ses pieds
demeure fixée au sol, et le talon seul se soulève
en cadence.

C'était le premier acte.

Après la danse du sabre, vinrent les jeux burles-
ques. Un homme arriva barbouillé de farine et coiffé
d'un bonnet d'âne, longues oreilles en toile verte,

bordées d'un liseré rouge. Il fit le bouffon, adressa au duc de Lorge mille grimaces qu'il croyait gracieuses, et finit par tendre platement la main. C'est toujours le dénouement. Le duc de Lorge donna quelques pièces de monnaie. Fier de son succès, le bouffon étendit par terre un manteau pour qu'on y jetât des piastres, et les Bédouins entonnèrent une complainte malicieusement adressée au manteau.

« O noble manteau de l'Arabe du désert, disaient-ils, tu es bien petit, et cependant pouvons-nous espérer que les Européens te feront disparaître sous leurs piastres ! »

Nous nous exécutâmes de meilleure grâce que ne le méritaient ces bandits. Ils firent une bonne cueillette.

On le voit, les fêtes des Bédouins sont peu coûteuses et productives. Ainsi en est-il à peu près de tout chez eux. Incurie complète des choses de la vie, et grande âpreté au gain. C'est un état de nature première, mêlée de rapacité sauvage.

Chez eux, les objets de nécessité majeure ne se préparent pas avec plus de soin que les choses de pure fantaisie. Veulent-ils faire du pain, ils jettent quelques poignées de blé dans une pierre creuse ; les femmes et les filles le broient à coups de pierre ; on agite le tout dans un tamis ; ce qui passe, farine, sable, poudre de calcaire, tout est bon, puisque cela a passé.

Ils ont une manière de parler rauque et dure qui

tient du cri du chameau. On les croirait souvent
en colère lorsqu'ils disent la chose la plus simple
du monde. Sauf le temps de raconter des histoires
fantastiques, ils parlent peu, et leurs paroles sont
brèves.

Rien n'est amusant comme leur pantomime. Ainsi,
un Arabe veut-il exprimer son contentement de ce
qu'un autre a été battu, il se frotte le creux de l'estomac avec un seul doigt ; et selon que le mouvement
est plus ou moins fort, la joie est plus ou moins
grande.

Voyez-vous cet homme qui promène ses doigts
joints en faisceau sous le nez de son vis-à-vis, avec
un air narquois ? Il lui signifie que si cela continue
il le va battre.

Veut-il dire qu'il a été battu lui-même ? Il souffle
dans sa main gauche, la ferme, et frappe son poing
avec sa main droite.

Lui demandez-vous un renseignement qu'il
ignore ? Il lève la tête et passe sa main sous sa
barbe. Traduisez : Je n'en sais rien.

As-tu dit cela ? lui dites-vous ? Il vous regarde et
passe sa main sur sa bouche fermée. Cela signifie :
Je n'ai pas ouvert la bouche.

Pour affirmer, il incline la tête comme nous ; mais
pour nier, il la relève. C'est rationel.

Veut-il dire qu'il n'a pas d'argent ? Il lève le bras
gauche, prend sa manche par-dessous et la secoue
pour montrer qu'il n'en tombe rien.

Veut-il exprimer que sa détresse est extrême et

qu'il n'a rien à manger ? Il enfonce un doigt dans sa bouche et relève la tête à plusieurs reprises.

Les Arabes partagent facilement entre eux et ne doutent pas des dispositions fraternelles des Européens. Lorsque vous vous arrêtez au milieu d'une course, pour prendre votre repas avec les quelques provisions apportées à grand'peine, vous voyez un ou plusieurs habitants du pays s'asseoir à terre sans façon à côté de vous. Ils sont trop fiers pour demander. Ils attendent le signal d'usage, *le Faddal, faites honneur !* Mais si vous ne le prononcez pas, ils vous jettent un regard de dédain qui vous dit clairement : Vous êtes un malappris. Or, le pauvre voyageur, réduit aux minces provisions apportées de bien loin dans un pays dénué de ressources, n'a souvent ni l'envie ni les moyens de partager.

Ils aiment beaucoup le café et le préparent à la manière des Turcs. Dans une petite cafetière, ils mettent une quantité d'eau suffisante pour abreuver trois poules, y jettent un peu de café moulu, font bouillir trois fois, et versent la liqueur avec le marc dans la tasse d'une capacité au-dessous de la médiocre. Mais du sucre, fi donc, n'en demandez pas. On vous traite en amateur. Faut-il le dire ? Je crois la pénurie et l'avarice de connivence avec ces prétendues façons d'amateur ; et souvent, lorsque j'ai offert au Bédouin de glisser un morceau de mon sucre dans sa tasse, je l'ai surpris à s'en lécher long-temps la moustache.

Le cérémonial des visites me paraît noble et

digne. Entrez-vous chez quelqu'un, vous le saluez en portant la main sur votre cœur et à votre front. S'il est votre inférieur à un titre quelconque, il vous rend le salut en s'inclinant profondément, et portant la main à terre d'abord comme pour ramasser la poussière que vous foulez, et puis sur son cœur, sur ses lèvres et à son front. C'est vous dire par une pantomime expressive : Je suis à vos pieds, et je vous ai dans mon cœur, sur mes lèvres, et dans mes pensées. Ensuite vous vous asseyez sans rien dire, Après un moment de silence, vous faites quelques-unes de ces questions qui sont la monnaie banale de tous les pays. Kephalak ? Comment vous portez-vous ?... Mabsout ? Êtes-vous en bonne santé ? Et votre interlocuteur portant sa main à son cœur et à son front, vous répond par un sourire. Ensuite un esclave vous apporte des sorbets, de la limonade, des confitures dont vous avalez une cuillerée sans pain, des bonbons du pays, et mille friandises. En finissant de manger vous portez la main à votre front, en vous retournant vers le maître de la maison comme pour le remercier. Pour vous essuyer la bouche, l'esclave vous présente une serviette qu'il porte déployée sous son bras. Souvent la serviette est brodée d'or, ce qui la rend difficile à laver ; ne regardez donc pas trop et ne faites pas de conjectures sur les traces nombreuses qui s'y sont imprimées. Voici venir le café, et enfin la pipe, dont le tuyau sera d'autant plus long et plus orné qu'on vous estime davantage. A quelques mètres de vous, sur

une rondelle de cuivre, l'esclave place la cheminée,
bien pleine, bien artistement bourrée de tabac
surmonté d'un charbon incandescent ; et puis exé-
cutant un mouvement de rotation, il amène le bou-
quin à la hauteur de vos lèvres. C'est le moment
solennel. De tous les points de la salle, la fumée
s'élève. L'atmosphère s'épaissit ; on ne s'aperçoit
plus qu'à travers un nuage. Une vapeur âcre et
suffocante vous pénètre et vous fatigue ; mais l'action narcotique se fait sentir et l'on est peu à
peu envahi par une molle langueur ; l'organisme
s'apaise et le cerveau subjugué s'abandonne au
rêve. C'est le suprême bonheur des Orientaux.

Il y a quelque chose de patriarcal et de grand
dans cette hospitalité. Malgré ses travers et ses vices,
on se sent entraîné vers l'enfant d'Ismaël. D'ailleurs, les Juifs sont là, comme repoussoir, et font
ressortir les qualités des fils de la servante. Quand
on considère ces hommes au visage flétri, à la tenue
servile, aux longs cheveux malpropres couverts
d'un ridicule bonnet à poils, qui semblent toujours
méditer un parjure ou un vol pour lequel ils demandent grâce d'avance, et dont l'insatiable avidité se
cache sous une misère affectée, le cœur se serre sous
un sentiment de dégoût et l'on éprouve un véritable
soulagement à reporter sa pensée sur le fier enfant
du désert. Son énergie et son indépendance charment et attirent ; et l'on ne peut se défendre d'aimer
pour lui cette ignorance du besoin qui le fait libre
dans une vie facile et errante. Il a vécu aujourd'hui,

il s'endort insouciant. Demandez-lui comment il vivra demain, il vous répondra : Dieu est grand ! Les
peuples ont passé et repassé mille fois sur son territoire, se disputant les empires : il ne s'est point
ému de ces grandes luttes humaines. D'un œil indifférent, il a vu couler le flot des révolutions, entraî-
nant après elles les débris des trônes, les sceptres et
les couronnes. Il a vu successivement tomber les
puissantes monarchies, et il ne s'est point troublé.
Lui seul est resté dans son indépendance. Aujour-
d'hui comme hier il plante indifféremment sa tente
sur un sol inculte, ou sur les ruines d'un palais.

Toutefois, mon admiration tombe devant les mille
vexations dont les vices du Bédouin rendent tribu-
taires les voyageurs. Partout et à tout propos, le
mensonge, la paresse et le vol. Un marché est convenu avec eux. Ils reçoivent votre argent sans dire
mot. La somme est-elle comptée, ils éclatent en
mille plaintes et vous prouvent que vous leur devez
un supplément. Parfois ils feignent de ne rien accepter et se parent d'un superbe dédain. Ils méprisent
l'homme qui se respecte assez peu pour ne pas leur
donner le double du prix convenu. Trop souvent,
de guerre lasse, on est obligé d'en passer par ce
qu'ils demandent.

Je me rappellerai toujours la première discussion
de ce genre à laquelle j'assistai. C'était à Beyrouth,
entre nos pères et un gros et énorme commission-
naire du nom de Semân ou Simon. Les pères
l'avaient chargé de retenir un batelier pour Saïda,

dans le cas ou le temps permettrait d'y aller par
mer. Au jour fixé, le temps était affreux. Les pères
refusent de partir. Et Semân de vouloir les y contraindre pour gagner quelque chose. Dire les cris,
les gestes, les instances de ce gros homme serait le
travail des Mille et une Nuits. Pour en finir, les pères
lui offrent cinq francs. Cinq francs ! Et pour qui
prenez-vous Semân ? Il en veut dix. La malheureuse
pièce de cent sous passa vingt fois de la poche du
gros homme sur la table, et de la table dans sa poche.
Enfin, las de crier, il déclara qu'il ne voulait rien,
et partit en colère. N'oubliez pas que les cent sous
restaient dans sa poche.

Une autre fois nous revenions de Bethléem. Nous
avions loué des chevaux pour toute la journée, et
voyant le soleil encore bien haut sur l'horizon, nous
tournâmes bride dans la vallée de Gehennon pour
je ne sais quelle exploration. Mais le propriétaire
des chevaux nous avait aperçus. Nul doute ! il nous
cherchera chicane, et tâchera de nous faire payer
deux journées au lieu d'une. J'étais alors novice
dans la manière de soutenir de tels assauts. Mais
Bouna Philippos, intrépide missionnaire de la Fran-
che-Comté et procureur de notre maison de Beyrouth, était avec moi pour mon bonheur. Laissez-
moi faire, dit-il, et je vous tirerai de ce mauvais
pas. En effet, au retour, en enfilant la rue qui mène
à la Casa Nova, nous apercevons notre homme
debout, fier, le front soucieux, et prêt à nous débiter
ses doléances. Le père ne lui laissa pas le temps

d'ouvrir la bouche, et prenant l'offensive : Malheureux, s'écria-t-il, tu nous as donné un guide qui ne connaît pas les chemins. J'ai dû tout le long de la route m'en informer moi-même. Deux fois il nous a égarés. Nous ne te payerons pas. — Le muletier sentit qn'il avait trouvé son maître. Déconcerté, il changea d'allure, et dit timidement : J'ai eu tort. Mais toi, tu as fait deux courses en un jour. Mes chevaux n'en peuvent plus. Cependant je ne veux rien dire pour cette fois. Le marché est fait. Je n'ai qu'une parole. Nous sommes quittes. — Quelle bonne fortune pour nous d'avoir été égarés deux fois, nous évitions un petit procès.

On le voit ; c'est tout un art de négocier avec l'Arabe. Il faut connaître ses subterfuges, sa duplicité, ses ruses pour ne pas être indignement volé. Un homme un peu au fait, sachant se débattre avec fermeté, peut voyager à très bon compte en Orient, où la main d'œuvre et les moyens de transport sont à rien. Sinon, il paye fort cher pour être mal servi.

Comment ai-je pu m'éloigner si longtemps de nos Bédouins de Jéricho ? Ils dansent encore et ne seraient pas fâchés de finir. Il y a un moyen, cessons de jeter des piastres sur leur manteau. En effet, tant que l'argent tombait, on avait mis de nouvelles broussailles au feu, le pasquin avait continué ses simagrées, les autres avaient chanté ou plutôt grogné leur chanson. Une fois les générosités épuisées, les voix baissèrent, la pantomime devint fade, et dans le foyer presque éteint, la fumée succéda à la flamme. L'argent, tou-

jours l'argent, c'est le mobile du Bédouin. N'y cherchez ni cœur, ni dévouement ! Vous vous noyez, vous
l'appelez au secours ; il tend sa main, la paume renversée en l'air comme pour recevoir, et vous dit : Bac-
chich, c'est-à-dire bonne main, étrenne, récompense.
Si vous avez le temps de lui crier : Oui, avant de disparaître sous les flots, peut-être il vous sauvera. S'il
doute, vous êtes perdu.

XIX

Le Mont de la Quarantaine.

Tout près de nous, en face du mont Abarim, et regardant le désert, s'élève une montagne calcaire, haute et difficile à gravir. De son sommet aride et nu, la vue s'étend au loin et rencontre un panorama splendide. Vers l'est, l'ancienne région des Amorrhéens ; au nord, Galaad et Bazan, le vaste héritage des tribus de Ruben, de Gad et de Manassé ; au sud et à l'ouest, les plaines et les montagnes possédées autrefois par les neuf autres tribus, jusqu'aux frontières de l'Idumée.

Procope regarde cette montagne comme l'une des plus hautes de la Judée. On m'assure que sa hauteur est de treize à quatorze cents pieds. De la fontaine d'Élysée où je la considère, elle me présente un flanc comme taillé à pic, à travers lequel des ouvertures laissent deviner l'existence de plusieurs cavernes.

Notre Seigneur avait trente ans. Le temps était venu pour lui de prêcher l'Évangile au peuple d'Israël. Il avait dit adieu à sa divine mère, s'était éloigné de Nazareth, et avait marché dans la direction du midi jusqu'au delà de Jérusalem. Sa dernière étape avait été chez Lazare, dit une pieuse révélation. Il s'y était reposé dans la compagnie de cet ami de famille, et un soir, il avait quitté Béthanie, et il était parti nu-pieds, descendant vers le Jourdain. Parvenu à la chaîne de montagnes qui court de Jéricho, entre le levant et le midi, au delà du Jourdain, dans la direction de Madian, il gravit ce pic élevé, et, traversant une grotte spacieuse, un peu avant d'arriver au sommet, il s'y arrêta. Quatre siècles auparavant, la même grotte avait été habitée par un prophète. Élie s'y était caché aussi, et lorsqu'il en sortit pour prophétiser, personne ne put soupçonner d'où il venait. Cent cinquante ans avant Jésus-Christ, des Esséniens, au nombre d'environ vingt-cinq, y avaient aussi fait leur demeure.

Quitterons-nous Jéricho sans gravir la montagne sacrée ! Allons et voyons !

Hélas ! plus de traces du christianisme. Nous ne retrouverons rien que des souvenirs. Sainte Hélène avait fait embellir la caverne témoin de la pénitence du Sauveur. Elle l'avait convertie en une chapelle très pieuse. Mais la méchanceté des Arabes a tout détruit. Des longtemps ils ont même brisé le sentier par lequel on y montait, « en sorte que, dit Sarcus dans son vieux français, il y a des endroits fort raides qu'on grimpe comme des chats, à cause qu'il n'y a d'autre voie que quelques trous dans le roc, qui servent de marches, ce qui fait hérisser les cheveux aux plus hardis. » En vain essaya-t-on plus tard de tendre au moins des cordes fixées à des crocs en fer pour aider l'ascension des pèlerins; les Arabes volèrent cordes et crampons. Rien n'est possible avec ces bandits. Ils est souvent arrivé des accidents terribles. Des pèlerins ont glissé et se sont brisés dans une chute affreuse de rochers en rochers. Nos jeunes gens ne craignent rien ; ils s'élancent, et je ne suis pas sans quelque inquiétude en les voyant affronter le péril en riant. Une fois engagés, quelques hommes se repentent d'avoir trop présumé de leurs forces. On avance cependant. La bonne Providence veille sur les siens; et nous n'avons aucun malheur à déplorer.

« En ce temps-là, Jésus fut conduit par l'Esprit dans le désert pour y être tenté par le diable. Et quand il eut jeûné quarante jours et quarante nuits, il eut faim. »

Sans y attacher une trop grande importance, ne serait-il pas permis de faire ici une remarque sur le nombre des quarante jours employés par Notre

Seigneur à faire pénitence ? Pourquoi quarante ? D'après certains auteurs, ce chiffre aurait une signification mystérieuse. Moïse sur le Sinaï, Élie sur le mont Horeb, firent une retraite et un jeûne de quarante jours. Le déluge dura quarante jours ; Joseph, en Égypte, pleura quarante jours la mort de son père. Goliath, avant d'être terrassé par David, défia, quarante jours durant, le peuple d'Israël. Quarante jours furent acordés à Ninive pour se convertir ; la puissance des juges dura quarante ans dans l'âge héroïque du peuple d'Israël. Les Hébreux s'étaient préparés quarante ans, dans le désert, à entrer dans la Terre promise; l'humanité tout entière attendit quarante siècles la venue du Messie. Le Christ fut présenté au temple quarante jours après sa naissance, et il monta glorieusement au ciel quarante jours après sa résurrection. Que signifie le choix de ce chiffre pour marquer des époques aussi solennelles ? Je l'ignore, mais il paraît évidemment allégorique et nous aide à comprendre pourquoi l'Eglise a fixé à quarante les jours du carême.

Me demandera-t-on actuellement pourquoi cette attention de l'évangéliste à préciser aussi exactement le temps de ce jeûne, en indiquant non-seulement quarante jours, mais encore quarante nuits ? Ceci tient à l'Orient, où un jeûne de quarante jours n'exclut pas les festins de nuit. J'en donnerai pour exemple le ramadan des Turcs. L'époque fixée par le prophète est-elle venue, le

canon se fait entendre le dernier jour de la lune à
trois heures après midi. C'est l'annonce du grand
jeûne.

Aussitôt le peuple, grands et petits, **de se** rejeter
sur des mets de toute sorte préparés à l'avance
et de se livrer à la joie d'un festin somptueux.
La nuit s'écoule de la sorte; et le lendemain matin,
dès qu'on peut distinguer un fil noir d'avec un fil
blanc, il n'est plus permis de boire, **ni de manger,**
ni même de fumer jusqu'au soleil couché. Ainsi en
sera-t-il pendant quarante jours. Mais, chaque soir,
les derniers rayons de lumière une fois éteints sur
l'horizon, les muezzins poussent de grands cris au
haut des minarets; et on reprend les pipes, et on
se hâte de manger. On forme des groupes, on il-
lumine les maisons, on se promène dans les rues,
on crie, on chante, on se livre à tous les excès de
la première nuit. Jamais on ne fait meilleure chère
qu'alors, et si on demande à un Turc pourquoi cette
prodigalité, ce luxe, ces festins, il vous répond gravement : C'est que je jeûne pour obéir à Mahomet. — A ce compte-là, je connais bien des
hommes du monde en Europe qui jeûnent toute
l'année.

Cette époque est un temps de paresse. On passe
ses journées à dormir étendu sur des divans, entre
deux repas. C'est aussi le moment favorable pour
le crime, car le jeune est une excuse à tout. Avez-
vous été maltraité par un de ces jeûneurs prétendus, et l'avez-vous cité à comparaître devant le tri-

bunal, le cadi vous répond : Il t'a maltraité, je le
veux bien, mais que puis-je faire ? Il jeûne le pauvre
homme. Vois comme il est exténué. Pourrai-je le
faire frapper ? Il expirerait sous les coups. Va en
paix. Il est bien assez puni par son jeûne. —
Or, un jour, un chrétien ne s'étant pas contenté
de cette raison, le juge, en habile coquin, le
laissa pérorer quelque temps avec force, tandis que
le musulman gardait un silence majestueux, et
puis l'interrompant tout à coup : Tu as, lui dit-
il, la poitrine bien forte pour parler ainsi. Tu
ne jeûnes donc pas comme nous ? — Et il le fit
battre de verges pour n'avoir pas obéi à la loi de
Mahomet.

Ainsi jeûnent les Turcs. Il était donc nécessaire
pour les Orientaux que l'évangéliste précisât les quarante jours et les quarante nuits.

Mais que fit Notre Seigneur pendant cette quarantaine célèbre ? L'Évangile n'en dit rien, et nous
devons recourir à la tradition, aux commentaires des
docteurs et à de pieuses révélations.

Il paraît évident que les tourments de la faim et
de la soif furent, au désert, les moindres épreuves
du fils de Dieu. Son humanité sainte y vit plus
clairement toutes les peines et toutes les douleurs de son apostolat, de son agonie et de sa
mort. Elle y fut dans un état perpétuel d'angoisse
et de lutte, entre la résignation et l'horreur des souffrances.

Une sainte âme le vit, un jour, prosterné dans

sa grotte. Les anges s'approchèrent de lui, s'inclinèrent, lui demandèrent avec respect si son intention était toujours de souffrir pour les hommes, et
attendirent sa réponse affirmative. Alors il lui présentèrent une grande croix. Ils étaient environ
vingt-cinq. Cinq portaient la partie inférieure de
la croix, trois la partie supérieure, trois le bras
gauche, trois le bras droit, trois le morceau de
bois où devaient reposer les pieds. Trois anges
encore portaient une échelle, un autre une corbeille avec des cordes et des outils, d'autres une
lance, un roseau, des verges, des fouets, une couronne d'épines, des clous et aussi les habits dont
Jésus-Christ devait être revêtu par dérision ; enfin tous les instruments de torture de la passion.

Notre Seigneur vit alors se présenter à ses yeux
les péchés du monde entier depuis la chute ori-
ginelle. Il vit tout ce qu'il aurait à souffrir pour
cela : et son âme fut désolée. En considérant la
méchanceté des hommes et la volonté très arrêtée de ceux qui ne voudraient pas profiter de sa
passion, il était tenté de découragement et se
disait : Ce peuple est trop pervers ; dois-je tant
souffrir pour de tels hommes ? Mais sa charité
et sa miséricorde infinies lui firent vaincre cette tentation.

« Je vis en ce moment, que Jésus conquit pour
nous dans le désert tout ce qui nous est donné de
consolation, d'encouragements, de secours, de vic-

toires dans les luttes que nous avons à soutenir;
qu'il acheta tout ce qui peut rendre méritoires nos
combats et nos triomphes; qu'il prépara d'avance
tout ce qui fait la valeur de nos mortifications
et de nos jeûnes; qu'enfin il offrit à Dieu le père
tous les travaux et toutes les souffrances qui
l'attendaient, pour donner du prix aux travaux
futurs, aux luttes spirituelles, aux efforts faits dans
la prière par tous ceux qui croiraient en lui. Je vis
aussi le trésor que Jésus amassait de la sorte pour
l'Église, trésor qu'elle ouvre dans le temps du carême.

« Lorsque les quarante jours furent expirés, le
démon vint assaillir Notre Seigneur par les trois tentations célèbres énumérées dans l'Évangile. »

D'abord il essaya de la plus grossière. Comme
la faim et la soif tourmentaient douloureuse-
ment le Sauveur, Satan se transfigura en monta-
gnard, grand et robuste, il gravit la montagne, et
présenta deux pierres qui avaient la forme de deux
pains et il dit : Si vous êtes le fils de Dieu, cessez
de souffrir; changez ces pierres en pain et man-
gez.

On trouve encore dans l'Arabie Pétrée, et particulièrement sur le mont de la Quarantaine, des
pierres rondes ressemblant à des pains; sans doute
le démon employa-t-il l'une de celles-là pour tenter
Jésus-Christ.

Mais le Christ dédaigna d'exercer sa toute-puis-
sance pour un objet aussi matériel: et il repoussa

le tentateur par ces mots : « L'homme ne vit pas seulement de pain, mais de toute parole qui sort de la bouche de Dieu. »

Satan se retira vaincu, mais non découragé. Il n'avait pas encore parcouru le cercle des faiblesses humaines. Il revint donc bientôt à la charge. Au côté septentrional du temple, sur la pointe escarpée de la montagne où il était bâti, s'élevaient à une grande hauteur les créneaux de la tour Antonia. Assise sur la terrasse d'où l'on descend dans la vallée de Tyropéon, qui s'étend entre les monts Sion, Moriah et Acra, elle se dressait si fièrement dans les airs, que rien d'un côté ne pouvait arrêter la vue, et qu'on pouvait apercevoir au midi jusqu'à Hébron. C'était de là qu'on gardait le temple ; c'était là qu'on conservait les vêtements du grand-prêtre pour le jour anniversaire de la fête des expiations ; c'était un ouvrage merveilleux, nous dit Josèphe, et qui n'avait point son égal sous le soleil ; car la vallée était si profonde, qu'on ne pouvait regarder en bas sans être pris de vertige. Mais Hérode sut encore trouver le moyen d'y bâtir un portique d'une telle hardiesse, que celui qui montait sur les créneaux pour embrasser d'un seul coup d'œil les deux sommets, voyait tous les objets tourner autour de lui, avant d'avoir pu plonger ses regards au fond de la vallée. C'est de là que, plus tard, les Juifs, animés d'une rage satanique, précipitèrent l'apôtre saint Jacques. Le démon transporta Notre-Seigneur au point le plus élevé de cette tour, et il l'engagea a se précipiter. Mais Jésus détourna les yeux et dit : « Tu ne tenteras pas le Seigneur ton Dieu. »

Alors l'esprit de ténèbres plaça Notre-Seigneur sur le sommet d'une haute montagne, et le laissa quelques instants contempler les magnificences de la nature. Et puis, comme s'il lui eût présenté un miroir magique, il lui montra tous les royaumes du monde et toutes les richesses de la terre, d'immenses pays avec les mers qui les baignent, leurs villes, leurs monarques dans tout l'éclat d'une pompe triomphale, entourés de brillants cortèges ou suivis d'armées innombrables; les peuples se succédant avec leur caractère et leurs richesses distinctifs, leurs mœurs et leurs usages particuliers. Tout cela défilait et fascinait le regard. Lorsque Satan crut avoir suffisamment excité l'ambition du Fils de l'homme, il lui dit : Je te donnerai tout cela, si tu veux m'adorer en bas, lui assurant que protégé d'en haut, il ne se ferait aucun mal. D'ailleurs les anges n'avaient-ils pas reçu du Très-Haut l'ordre de le soutenir de leurs mains, de peur que son pied ne heurtât contre une pierre ? — Mais Jésus détourna la tête en disant : Retire-toi, Satan, car il est écrit : Tu adoreras le Seigneur ton Dieu, et tu ne serviras que lui seul.

Ces tentations sont remarquables par leur choix. L'astuce judicieuse du démon y bat en brèche l'être sensible, l'être moral, l'être spirituel, l'homme tout entier. C'est la quintessence des ruses diaboliques.

pour la perte des hommes. Les tentations charnelles
sont le premier degré; vient ensuite la présomp-
tion; enfin l'orgueil, qui s'adresse à la région
élevée de l'âme et la mine infailliblement, comme
le ver précipite l'arbre immense dont il ronge la
racine.

« Lorsque Satan se fut retiré définitivement sous
le poids de sa honte et de sa triple défaite, je vis,
dit la vision, une troupe d'anges s'approcher de
Jésus et s'incliner devant lui. Ils le portèrent je ne
sais de quelle manière comme sur leurs mains, et
planant doucement avec lui près du rocher, ils le
ramenèrent dans la grotte où il avait commencé
son jeûne de quarante jours. Il y avait douze anges
principaux, avec d'autres troupes d'assistants qui
formaient aussi un nombre déterminé : je ne sais
plus bien s'ils étaient soixante-douze, mais je suis
portée à le croire : car il y eut dans toute cette
vision quelque chose qui me rappela les apôtres et
les disciples. Il y eut alors dans la grotte comme
une fête d'actions de grâces pour une victoire, et
comme un festin solennel. Je vis la grotte tapissée
intérieurement de feuilles de vigne par les anges :
elle était ouverte, et une couronne triomphale en
ornait la voûte.

« Les anges apportèrent aussi une table couverte
d'aliments célestes. Cette table, petite au commencement, s'accrut et grandit rapidement. Les mets
et les vases étaient semblables à ceux que je vois
toujours sur les tables du ciel ! Je vis Jésus, les douze

anges principaux, et les autres aussi en prendre
leur part. On ne portait point les aliments à sa
bouche, et pourtant on se les assimilait : l'essence
des fruits passait dans ceux qui les prenaient, et il
y avait réfection et participation. C'est quelque
chose qu'il est impossible d'exprimer.

« A l'extrémité de la table se trouvait seul un
grand calice lumineux, entouré de petites coupes :
il était de la même force que celui qui figura l'institution de la sainte cène, seulement il était plus
grand et avait quelque chose de plus immatériel. Il
y avait aussi une assiette avec de petits pains ronds
très minces. Je vis Jésus verser quelque chose du
calice dans les coupes et y tremper des morceaux
de pain : après quoi les anges les prirent et les
emportèrent. Dans ce moment, le tableau disparut
et Jésus quitta la grotte et descendit vers le Jourdain. »

On comprend, à la vue de ces lieux, la dévotion
des chrétiens qui se retiraient sur le mont de la
Quarantaine pour vivre dans la solitude : où le
silence, la mortification, le jeûne, la prière seraient-
ils mieux inspirés? Écoutons Jacques de Vitry raconter, après la première croisade, l'élan des âmes
pieuses vers cette solitude bénie :

« Dès ce moment, l'Eglise d'Orient commença à
reverdir et à fleurir; on voyait s'accomplir en elle
ce qui est écrit au Cantique des cantiques : « L'hiver est passé, les pluies ont cessé, les fleurs paraissent sur notre terre, le temps de travailler les arbres

est venu. » Des diverses parties du monde, de toute
les tribus de Dieu, des hommes religieux, attirés
par le parfum des lieux saints, accouraient en masse
dans la Palestine. Les églises antiques étaient res-
taurées ; on en construisit de nouvelles ; des couvents de religieux réguliers s'élevaient sur des
emplacements bien choisis, fondés par les libéralités
des princes et la charité des fidèles ; nulle part les
ministres ne manquaient aux autels ; des hommes
saints, renonçant au siècle, choisissaient à leur gré
les lieux les plus convenables pour leur vie de dévotion ; les uns, à l'exemple du Seigneur, préfé-
raient ce désert, où Jésus après son baptême,
jeûna pendant quarante jours ; d'autres, en imita-
tion du prophète Élie, vivaient solitaires sur le mont
Carmel ; habitant de petites cellules au milieu des
rochers, et, véritables abeilles du Seigneur, ils lui
offraient dans leur sainte vie un miel d'une douceur toute spirituelle : *dulcedinem spiritualem mel-
lificantes.* »

Avant cette époque, la sainte montagne était
déjà l'asile de nombreux solitaires. Évagre les
visita en 440, et en raconte des choses merveilleuses. Leur vie se passait dans les veilles, le
jeûne, la prière et le travail manuel. Quelques-
uns s'enfermaient dans de petites cavernes, trop
basses pour s'y tenir debout et trop courtes pour
s'y étendre ; et ce martyre se prolongeait jusqu'à
la mort.

Une tradition touchante rattache à la grotte de la

Quarantaine la réalisation de la parabole des dix vierges de l'Évangile.

D'après un usage très ancien chez eux, les Juifs, les Perses, les Grecs et les Romains conduisaient les jeunes fiancées à la maison de leur époux au milieu d'un chœur de jeunes filles portant des flambeaux allumés, symbole de la pureté virginale. Jésus tira un jour de cette coutume un grand enseignement. Il instruisait les Juifs et leur disait : « Prenez garde d'être surpris par la mort au milieu d'une vie coupable. La mort fond sur les hommes comme le filet de l'oiseleur, qui s'abat tout à coup sur l'oiseau sans défiance. Veillez donc, et priez, de peur que vos cœurs ne s'appesantissent par l'excès des viandes et du vin, ou par les soucis de cette vie ; car malheur à celui qui sera trouvé endormi le jour où la mort viendra le surprendre à la façon des voleurs, » c'est-à-dire à l'improviste. Et comme toujours, pour rendre sa pensée plus claire, il ajouta une parabole.

« L'entrée du royaume du ciel, dit-il, est difficile comme celle de ces dix vierges qui prirent un jour leur lampe pour aller au-devant de l'époux et de l'épouse et participer au festin des noces.

« Cinq d'entre elles étaient folles et cinq étaient sages.

« Les cinq folles, prenant leur lampe, n'emportèrent pas d'huile. Mais les sages avaient pris de l'huile dans un vase avec leur lampe.

« Et comme l'époux tardait à venir, elles sommeillèrent toutes et s'assoupirent.

« Or, vers minuit, un cri se fit entendre : Voici l'époux, sortez au-devant de lui.

« Alors toutes les vierges se levèrent et apprêtèrent leurs lampes. Et les folles dirent aux sages : Donnez-nous de votre huile, car nos lampes s'éteignent. — Mais les sages répondirent : De peur que nous n'en ayons pas assez pour vous et pour nous, allez plutôt à ceux qui en vendent, et achetez-en pour vous.

« Et pendant que les vierges folles allaient en acheter, voilà que l'époux arriva. Et celles qui étaient prêtes entrèrent avec lui dans la salle des noces, et la porte fut fermée.

« Or, à la fin, vinrent les autres vierges, disant : Seigneur, Seigneur, ouvrez-nous ! Mais l'époux répondit : Je vous le dis en vérité : je ne vous connais point.

« Puisque vous ne connaissez point l'heure de votre mort, ajouta le Sauveur, veillez et priez, de peur d'être surpris comme les vierges folles par l'ange des justices éternelles. »

Or, ce qui n'était dans la bouche du Christ qu'une allusion, dix jeunes chrétiennes voulurent le réaliser. Elles s'acheminèrent un jour vers le mont de la Quarantaine et s'enfermèrent chacune dans une caverne, veillant et priant comme des lampes sans cesse allumées devant l'Éternel. Quand l'une d'elles mourait, on murait la caverne qui devenait son tombeau, et une autre vierge venait s'établir dans une caverne voisine pour compléter le nombre des dix.

En face de cette montagne, on médite volontiers sur la mortification. Il semble qu'on la comprenne mieux.

Que le matérialisme, après un festin de roi, s'estime heureux de s'être assis à une bonne table, et que les pieds sur les chenets, dans un fauteuil voluptueux, il suppute les moments qui le séparent encore d'une autre orgie ; que l'ambitieux s'écrie : Périsse le monde, pourvu que je règne ; que l'orgueilleux travaille à l'abaissement de tous, pour s'élever un piédestal sur les cadavres de ses rivaux ; François de Borgia, duc de Candie, vice-roi de Catalogne, et ami de Charles-Quint, Louis de Gonzague, prince de Mantoue, marquis de Châtillon, allié aux empereurs d'Allemagne, leur jettent ce défi sublime : *Ad majora natus !* Dieu ne nous a pas faits princes pour une fin si méprisable. Nous sommes nés pour de plus hautes destinées ! Et, brisant leur couronne, ils mortifient leur chair, et chantent avec l'Église : « Il est juste et vraiment convenable que nous vous rendions d'éternelles actions de grâces, à vous, Seigneur, qui par le jeûne imposé à notre corps, élevez notre esprit, réprimez nos vices, et nous donnez les vertus qui obtiennent une récompense infinie. » Or, à la dernière heure, les anges viennent et portent au ciel l'âme du prince devenu pauvre. Sardanapale, au contraire, fait régner le vice sur son trône. Au milieu d'une orgie, il meurt englouti par la chute de son palais. « Et le riche mourut ; et il fut enseveli dans l'enfer. »

XX

Le chemin de Jéricho.

Pour venir de Jérusalem ici, nous avons fait un
grand détour, et des accidents de terrain multipliés
nous ont empêché de songer à quelle profondeur
nous descendions. Aujourd'hui que nous revenons
par le chemin direct, la raideur de la pente nous
cause une vraie stupéfaction. Le chemin monte rapide
et dangereux. Après une heure, nous nous retournons étonnés d'être déjà si haut. Le coup d'œil est
splendide, et le constraste frappant. Autour de nous
l'aridité, des rocs à pic, des précipices, des abîmes
hideux, mais un peu plus loin, la plaine verdoyante
et une végétation luxuriante, assez semblable à celle
qui séduisit le neveu d'Abraham et lui fit choisir ce
lieu pour sa résidence.

Vraiment la Judée n'a point dégénéré, et les moin-

dres efforts la rendraient encore digne du nom de
Terre promise. Sa fertilité est prodigieuse, et si l'Occident lui envoyait ses colons et ses industries, il en
retirerait des trésors. Les auteurs anciens ne taris-
sent pas d'éloges sur cette contrée de prédilection.

« Les hommes y sont sains et supportent de grandes fatigues, dit Tacite ; les pluies y sont rares et le
sol fécond ; les productions semblables aux nôtres y
abondent ; on y trouve de plus le baumier et le palmier. » Pline, à son tour, déclare les fruits de la Judée
d'une qualité supérieure. Si de nombreuses erreurs
n'avaient pas affaibli l'autorité de Strabon, nous
pourrions rappeler les louanges qu'il donne au Liban,
à la mer de Galilée, et aux bords enchanteurs du
Jourdain. Virgile a chanté les palmiers de l'Idumée.
Auguste faisait ses délices d'une espèce de dattes
que lui offrait tous les ans son poète Nicolas de
Damas, et que sa gracieuse reconnaisance avait
surnommées les Nicolaï. Galien, voyageant pour former sa jeunesse, crut devoir parcourir la Judée,
comme un pays exceptionnellement favorisé. Pausa-
nias parcourut la Palestine et admira les richesses de
son territoire. Si nous en croyons Suidas et Étienne de
Byzance, il fit pour la Phénicie et la Syrie ce qu'il
avait fait pour la Grèce. Le géographe Solin, dans
son Polyhistor, a vanté les produits de la Judée ; et
pour terminer cette énumération des autorités païennes, nous citerons l'historien Ammien Marcellin, qui
indique positivement la Judée parmi les contrées fertiles. Lors donc que l'ignorance de nos impies moder-

nes a voulu nous la représenter comme un éternel
amas de rocsstériles, leur désir de conspuer les livres
saints les a fait mentir à l'histoire. Ils n'ont pas
voulu comprendre que, si nous ne retrouvons pas
aujourd'hui l'abondance et la vie dans les pâturages
de Juda, la cause n'en est pas à la contrée elle-même,
mais bien à l'ingratitude du peuple qui, à force d'a-
buser des bienfaits de Dieu, s'est fait éternellement
maudire.

Chassez les Turcs, rendez aux chrétiens la liberté
d'ensemencer les terres et d'y faire leurs récoltes,
et vous verrez le sol se couvrir de moissons, de
froment, d'orge et de riz, et produire, comme autrefois, le raisin, la figue, l'olive, l'amande, la grenade et le citron. On y recueillera encore le chanvre,
le coton, le lin et le byssus; et des pâturages abondants continueront à y nourrir de nombreux troupeaux. Je crois, à la vérité, que les environs de
Jérusalem ont dû toujours être pierreux, mais lorsqu'on voit aujourd'hui les habitants du Liban, au
moyen de leurs petits murs en terrasse, soutenir la
terre et couvrir de fleurs, de verdure et de fruits
leurs montagnes osseuses, lorsqu'on pense à l'immense quantité d'eau qu'y amenaient les aqueducs
de Salomon, on se fait aisément l'idée des mille
agréments qui devaient embellir alors ces montagnes
aujourd'hui dénudées.

Notre chemin, taillé en corniche et perpétuelle-
ment suspendu sur l'abîme, est loin d'être sûr. Nous
sommes trop nombreux pour y courir un danger

grave; mais tous les voyages ne se font pas en aussi grande compagnie; et ces défilés nombreux, et cette solitude inexorable, et ces gorges profondes livrent les petites caravanes à la merci des brigands. De tout temps il en fut de même; et les traditions anciennes et les légendes modernes sont l'histoire non interrompue de crimes abominables. Cette ruine, appelée Kalaat-el-Domm ou Kalaat-el-Ram-Hadrur, fut construite par les Croisés, pour protéger la route contre les Bédouins. Avant les Croisés, les gouverneurs romains avaient aussi élevé un fort en cet endroit, et y entretenaient une garnison pour veiller à la sécurité des voyageurs. Saint Jérôme parle de la montée qui menait à ce fort et la nomme *Malaleh-Adummin* d'après l'Écriture (Jos., xv, 7), c'est-à-dire « montée de sang, parce qu'il y est versé beaucoup de sang par les voleurs. » La relation d'un voyage de Metz à Jérusalem, écrite au xive siècle, contient ce passage : « Nous allâmes, la première journée, coucher à onze lieues, en une ville où il y a un bon logis pour héberger les étrangers; elle est proche d'une montagne sur laquelle il y a un château qui porte le nom de Tour-Rouge. » Les témoignages sont unanimes, à travers les siècles, pour constater les dangers qui hérissent cette route. Les noms de Tour-Rouge (Adummin, rouge comme du sang), Kalaat-el-Domm (château rouge de sang), évoquent de funèbres souvenirs et tiennent l'attention en éveil.

Le Sauveur choisit donc bien l'endroit, lorsqu'il

plaça en ce lieu la parabole du Samaritain, magnifique leçon de charité donnée à tous les hommes.

« Sur ces entrefaites, un docteur de la loi voulut
éprouver Jésus, et lui dit : Maître, que ferai-je pour
posséder la vie éternelle?

« Qu'est-ce qui est écrit dans la loi? répondit
Jésus.

« Il répliqua : Tu aimeras le Seigneur ton Dieu,
de tout ton cœur et de toute ton âme, de tout ton
esprit, de toutes tes forces, et tu aimeras ton prochain comme toi-même.

« Jésus répondit : Vous avez bien répondu : faites
cela et vous vivrez.

« Mais lui, voulant se faire paraître juste, dit à
Jésus : Et qui est mon prochain?

« Jésus repartit :

« Un homme descendait de Jérusalem à Jéricho.
il rencontra des voleurs qui le dépouillèrent, le bles-
sèrent et s'enfuirent le laissant à demi mort. Or,
il arriva qu'un prêtre descendait par le même chemin ; il vit le blessé et passa outre. Un lévite, étant
venu là, le vit aussi et passa de même. Mais un
Samaritain, qui était en voyage, vint près de lui, et
le voyant, fut touché de compassion. Et, s'appro-
chant, il banda les plaies du blessé, y versa de
l'huile et du vin, et, le mettant sur son cheval, il le
conduisit dans une hôtellerie et prit soin de lui. Le
lendemain il donna deux deniers à l'hôte en disant :
Ayez soin de cet homme, et tout ce que vous dépen-
serez de plus, je vous le rendrai à mon retour. De

ces trois, lequel vous semble avoir été le prochain de celui qui était tombé sous les coups des voleurs?

« Le docteur répondit : Celui qui a été compatissant.

« Jésus répliqua : Allez et faites de même. »

On a voulu trouver dans cet écrit plus qu'une simple parabole. Le fait, dit-on, serait vrai, et le blessé, frappé sur la route d'Adammin, aurait été transporté par le Samaritain dans l'hôtellerie de *Ran-Hadrur*. Cette opinion est très plausible, et l'histoire, sinon vraie, au moins fort vraisemblable. Le Talmud nous dit en effet que douze mille prêtres, lévites et autres serviteurs du temple demeuraient à Jéricho, la seconde ville de la Judée, et que douze autres mille résidaient à Jérusalem et dans les environs. Il y avait donc sur la route de Jéricho beaucoup de prêtres et de lévites qui allaient à Jérusalem pour y servir à leur tour, ou qui en revenaient. Mais histoire ou fiction, que nous importe ? Elle est restée comme un magnifique enseignement de la plus belle des vertus, admirablement placé dans des lieux voués par la barbarie au meurtre et au pillage.

Nous franchîmes ces passages dangereux, et à vrai dire, nos appréhensions n'étaient pas grandes relativement à une attaque, nous étions assez nombreux pour résister avec succès, et le nombre est un argument victorieux pour les Arabes pillards. Nous ne craignions sérieusement que les catastrophes dont les occasions se multipliaient à chaque instant sous nos pieds. Le gouffre nous suivait et semblait

nous attirer. Un seul faux pas du cheval et le cavalier roulait avec sa monture au fond de l'abîme. La
Providence, qui veillait sur nous, écarta le danger et
nous sortîmes heureusement de ces gorges affreuses.
Après quatre heures de marche, nous arrivâmes
auprès de la fontaine des Apôtres, et le guide nous
arrêta pour le déjeuner.

Quel souvenir se rattache à cette fontaine, je
l'ignore : personne n'a jamais su me le dire. Sans
doute, pendant leurs nombreuses tournées à la
suite du Seigneur, les apôtres durent s'y arrêter avec
lui, pour s'y désaltérer et s'y reposer; et la tradition lui aura conservé un nom légué par la piété des
premiers fidèles.

Elle est située dans un espace étroit, entre deux
montagnes qui, à force de se rapprocher, semblent
vouloir se confondre. L'air n'y arrive pas, et les
torrents de chaleur qu'y verse le soleil, implacable
comme toujours, en font un lieu de supplice. Le
choix de la halte était étrange, mais, en voyage, il
faut savoir accepter les caprices de son guide. Les
œufs durs, les volailles, le fromage, tout fut con-
sommé avec une rapidité fébrile ; nous bûmes un
peu d'eau de la fontaine et nous remontâmes à cheval pour sortir de cette fournaise ardente. Nous
n'avions plus qu'une heure de route pour arriver à
Jérusalem.

XXI

Béthanie.

Le paysage est devenu plus riant ; un peu de verdure repose la vue et rafraîchit le ton jusqu'ici brûlé
du tableau. Nous gravissions avec plaisir le versant
oriental de la montagne des Oliviers.

Tout à coup, du sein d'un bouquet de chênes
verts, surgit un village caché jusque-là pour nous.
Nous nous informons de son nom ; un Turc répond :
El-Azarieh ! Plus de doute, c'est Béthanie, le séjour
des amis de Jésus, l'hôtellerie sacrée où le bon
Maître accepta l'hospitalité de Lazare. Arrêtons-nous !
Une multitude d'enfants, à demi nus, se précipitent
à la tête de nos montures dans l'espoir du bachich
favori des Arabes ; abandonnons-leur nos chevaux.
Visitons les ruines du château de l'ami du Sauveur.

La vue de ces lieux si souvent fréquentés par Jésus, ces ruines, ce tombeau, l'aspect lointain de Jéricho, et les noms plusieurs fois répétés de Marthe, de Marie et de Lazare parlent à nos âmes. Les sublimes récits de l'Évangile achevèrent de produire en nous l'émotion.

Porro unum necessarium! Une seule chose est nécessaire! Cette parole fut prononcée ici. Pour recevoir Jésus dignement, Marthe bouleversait sa maison et préparait un festin. Sa sœur Marie, assise aux pieds du Maître, écoutait sa parole. Mais Marthe aurait voulu être aidée; elle se plaint au Seigneur, et Jésus lui répond : Marthe, vous perdez votre temps : pourquoi un festin? Un seul plat n'est-il pas suffisant au soutien de ce pauvre corps? Pas tant de soins aux affaires de ce monde. Une seule chose est nécessaire, je vous le répète, le salut de son âme. Votre sœur Marie a donc bien choisi; nous ne saurions la priver d'un bien légitime.

Ici même, six jours avant la dernière pâque, Simon le lépreux eut l'honneur de recevoir Jésus-Christ à sa table. Lazare était du nombre des convives; Marthe servait; et Madeleine répandit sur les pieds du Sauveur un parfum dont toute la maison fut embaumée.

C'est de Béthanie que le divin Maître partit pour aller à Jérusalem lorsqu'il entra, le dimanche des Rameaux, aux acclamations du peuple, dans la cité de David. C'est à Béthanie qu'il passa les nuits de la dernière semaine de sa vie mortelle, allant le matin à la ville enthousiaste et bientôt ingrate, en revenant le soir, et durant le trajet instruisant ses disciples par de sublimes et touchants entretiens.

Et nous étions à Béthanie ! Tous ces souvenirs se dressaient devant nous, et nous nous sentions pénétrés par la douce affection qui entourait Jésus chez ses amis.

Lazare était riche. Il avait un grand état de maison, beaucoup de serviteurs et des propriétés considérables. Ses deux sœurs, Marthe et Marie-Magdeleine, jouissaient aussi d'une grande aisance ; la première habitait Béthanie, Magdeleine vivait à Magdalum dans la licence et dans le scandale.

Lazare avait dix ans de plus que Jésus et connaissait depuis longtemps la sainte famille. Souvent il s'était joint à Joseph et à Marie pour les aider dans leurs aumônes ; il fit plus tard de grandes dépenses pour la communauté chrétienne. C'est lui qui remplissait la bourse que tenait Judas pour le service de tous.

Lui, ses sœurs et ses amis ignoraient la divinité de Jésus. Ravis de ses vertus et de sa doctrine, ils comprenaient l'immensité du bien qu'il faisait à son pays et se dévouaient avec bonheur à un tel homme.

La sœur Catherine Emmerich raconte ainsi, dans ses révélations, la première visite du Sauveur à Béthanie.

« Jésus arriva dans la nuit. Lazare avait été, quel
ques jours auparavant, dans sa propriété de Jérusalem, située sur le penchant du Calvaire, près du
côté occidental de la montagne de Sion ; mais
il était de retour, car il avait su que Jésus allait
arriver.

« Le château de Béthanie était la propriété
personnelle de Marthe. Lazare y résidait volontiers, et alors le frère et la sœur y faisaient ménage
ensemble.

« Ce jour-là donc, ils attendaient Jésus, et un
repas était préparé. Marthe habitait un bâtiment
situé sur l'un des côtés de la cour. Il y avait des
hôtes dans la maison. Chez Marthe se trouvaient
Séraphia (Véronique), Marie, mère de Marc, et une
femme âgée, de Jérusalem. Elle avait quitté le temple lorsque Marie y était entrée ; elle y serait restée
volontiers, mais elle s'était mariée par suite d'une
indication d'en haut. Chez Lazare s'étaient réunis
Nicodème, Jean-Marie, un des fils de Siméon, et
un vieillard nommé Obed, frère ou neveu de la
prophétesse Anne. Tous étaient secrètement les
amis de Jésus, qu'ils connaissaient, soit par Jean-
Baptiste, soit par des relations avec sa famille, soit
par les prophéties de Siméon et d'Anne dans le
temple.

« Nicodème était un homme réfléchi, observa-
teur, très curieux, et qui fondait des espérances
sur Jésus. Tous avaient reçu le baptême de Jean. Ils
étaient venus sur l'invitation de Lazare. Nicodème,

par la suite, servit Jésus et son œuvre, mais toujours en secret.

« Lazare avait envoyé des serviteurs sur la route
au-devant de Jésus. A une demi-lieue environ de
Béthanie, le vieux et fidèle domestique se prosterna
à ses pieds, et lui dit : Je suis le serviteur de Lazare,
si je trouve grâce devant vous, mon Seigneur, suivez-moi jusque chez lui. Jésus lui dit de se relever
et le suivit. Il se montra très amical pour cet
homme, sans toutefois rien faire qui ne fût conforme à sa dignité. Cela même avait un charme irrésistible. On aimait l'homme et on sentait le Dieu. Le
serviteur le conduisit dans un vestibule à l'entrée du
château, près d'une fontaine. Tout était préparé
pour le recevoir : on lui lava les pieds et on lui mit
d'autres sandales épaisses', rembourrées et doublées de vert. Il les laissa ici, et le jour du départ, il
mit une paire de fortes chaussures avec des courroies de cuir, qu'il continua à porter. Le serviteur
exposa ensuite ses habits à l'air et les épousseta.
Quand Jésus se fut lavé les pieds, Lazare vint
avec ses amis, lui apportant des sorbets et quelques aliments. Il embrassa Lazare et salua les
autres en leur donnant la main. Tous le servirent avec
empressement et l'accompagnèrent à la maison :
mais Lazare le mena d'abord à l'habitation de Marthe
Les femmes qui étaient là se prosternèrent, couvertes de leurs voiles : Jésus les releva et dit à Marthe,
que sa mère viendrait ici pour l'attendre à son retour
du baptême.

« Ils se rendirent ensuite à la maison de Lazare, où ils prirent un repas. Il y avait un mouton rôti et des colombes, du miel, des petits pains, des fruits et des légumes verts. Les convives étaient placés à table deux à deux sur des bancs à dossiers, les femmes mangeaient dans une salle antérieure. Jésus pria avant le repas et bénit tous les mets, il était très sérieux, et même triste. Il dit pendant le repas que des temps difficiles approchaient, qu'il allait entrer dans une voie laborieuse dont le terme serait douloureux. Il exhorta les convives à la persévérance puisqu'ils étaient ses amis, car ils devaient avoir beaucoup de souffrances à partager avec lui. Il parla d'une façon si touchante qu'ils en furent émus jusqu'aux larmes; mais ils ne comprirent pas parfaitement, puisqu'ils ne savaient pas qu'il était Dieu.

« Après le repas, ils passèrent dans un oratoire, et Jésus fit une prière où il rendit grâce de ce que son temps était venu et de ce que sa mission commençait. Cette prière fut très touchante, et tous versèrent des larmes. Les femmes étaient présentes, mais se tenaient en arrière. Jésus les bénit, et Lazare le conduisit au lieu où il devait prendre son repos. C'était une grande pièce où tous les hommes couchaient et avaient des compartiments séparés ; tout y était mieux disposé que dans les maisons ordinaires. Le lit n'était pas roulé comme ailleurs ; il avait plus de hauteur que les lits habituels, il était fixe, et il y avait au-devant une balustrade décorée, avec des couvertures et des franges. Au mur auquel s'ap-

puyait le lit, était suspendue une belle natte roulée,
qu'on pouvait relever ou abaisser devant le lit et qui
formait comme un toit oblique quand on voulait
abriter la couche vide. Près du lit était une petite
table servant d'escabeau, et il y avait dans le creux
du mur un bassin avec un grand vase plein d'eau,
et un autre vase plus petit pour puiser et verser.
Une lampe était fixée en avant du mur, et un linge
à essuyer y était suspendu. Lazare alluma la lampe,
se prosterna devant Jésus qui le bénit encore, et ils
se séparèrent.

« Le lendemain, Jésus n'alla pas dans la ville, mais il
se promena dans les cours et les jardins du château.
Il parlait et enseignait, tout en marchant d'une façon
très grave et très touchante. Quelque affectueux
qu'il fût, il restait toujours plein de dignité, et ne
proférait pas une parole inutile. Tous l'aimaient et
le suivaient, et cependant tous se sentaient intimi-
dés. C'était Lazare qui en usait le plus familière-
ment avec lui : les autres étaient plus dominés
par l'admiration, et se tenaient davantage sur la
réserve.

« Vers une heure et demie, la sainte Vierge arriva,
avec Jeanne Chusa, Léa, Marie Salomé et Marie de
Cléophas. Un homme, qui allait en avant, annonça
leur arrivée ; alors Marthe, Séraphia, Marie, mère
de Marc, et Suzanne allèrent, avec tout ce qui
est nécessaire, les recevoir dans la salle située
à l'entrée du château, où Jésus avait été accueilli
la veille par Lazare Elles se souhaitèrent la

bienvenue; et on lava les pieds aux arrivantes; les saintes femmes mirent aussi d'autres habits et d'autres voiles. Elles étaient toutes vêtues de laine sans teinture, blanche, jaunâtre ou brune. Elles prirent une petite réfection et se rendirent à l'habitation de Marthe. Jésus et les hommes vinrent les saluer; Jésus alla à l'écart avec la sainte Vierge et s'entretint avec elle. Il lui dit d'un ton très affectueux et très grave que sa carrière publique allait commencer, qu'il se rendait au baptême de Jean, d'où il reviendrait la visiter; qu'il passerait encore quelque temps avec elle, mais qu'ensuite il irait au désert et y resterait quarante jours. Lorsque Marie l'entendit parler du désert, elle fut très attristée et le pria instamment de ne pas aller dans cet affreux séjour pour y mourir d'inanition. Jésus lui répondit que dorénavant elle ne devait pas l'arrêter; qu'il ferait ce qu'il avait à faire; qu'il entrait dans une voie laborieuse; que ceux qui étaient avec lui devaient partager ses souffrances; que, pour lui, il allait maintenant où sa mission l'appelait et qu'elle devait faire le sacrifice de tous ses sentiments personnels; qu'il l'aimerait comme auparavant, mais qu'il appartenait maintenant à tous les hommes; qu'elle devait faire ce qu'il lui dirait, et que son Père céleste la récompenserait, car il fallait maintenant que la prédiction que Siméon lui avait faite, reçût son accomplissement et qu'un glaive traversât son âme... — La sainte Vierge était très sérieuse et très attristée, mais elle était en même temps pleine de force et de résignation à la volonté de Dieu, car son fils était très saint et très affectueux.

« Le soir, il y eut encore un grand repas dans la maison de Lazare ; Simon le Pharisien et quelques autres Pharisiens avaient été invités. Les femmes mangèrent dans une pièce attenante, séparées seulement par un grillage, en sorte qu'elles pouvaient entendre l'enseignement de Jésus.

« Jésus parla de la foi, de l'espérance, de la charité et de l'obéissance ; ceux qui voulaient le suivre, disait-il, ne devaient pas regarder derrière eux, mais faire ce qu'il enseignait, et supporter les souffrances qui viendraient les assaillir ; quant à lui, il ne les abandonnerait pas. Il parla de nouveau de la voie pénible dans laquelle il entrait, dit comment il serait maltraité et persécuté et combien tous ses amis souffriraient avec lui. Tous l'écoutèrent avec surprise et émotion, mais ils ne comprirent pas ce qu'il disait des grandes souffrances à endurer ; leur foi manquait de simplicité ; ils s'imaginaient que c'était une façon de parler prophétique, qu'il ne fallait pas prendre à la lettre. Ses discours ne choquèrent pas les Pharisiens, quoiqu'ils fussent plus prévenus que les autres ; mais cette fois il ne parla qu'avec une certaine réserve.

« Après le repas, Jésus prit un peu de repos ; puis il partit seul avec Lazare, dans la direction de Jéricho, pour aller au baptême. Au commencement, un serviteur de Lazare les accompagna avec une lanterne, car il faisait nuit. »

Nous ne suivrons pas Notre-Seigneur dans ce voyage, nous savons comment il voulut commencer sa vie publique en recevant le baptême des mains de Jean-Baptiste. Nous terminerons ce récit par les réflexions de la sœur Emmérich au sujet de l'impression qu'il produisit sur les témoins de cette visite.

Les amis de Lazare, Nicodème, le fils de Siméon, Jean-Marc, ne s'étaient guère entretenus avec Jésus pendant la journée d'hier, mais ils ne cessaient de parler entre eux de l'admiration que leur inspirait toute sa personne, sa sagesse, les qualités qui le distinguaient comme homme et même son extérieur ; quand il n'était pas là, ou qu'ils marchaient derrière lui, ils se disaient les uns aux autres : « Quel homme ! on n'en a jamais vu, on n'en verra jamais de semblable ; quelle gravité, quelle douceur, quelle sagesse, quelle pénétration, quelle simplicité ! Je ne comprends pas entièrement ce qu'il dit et je ne puis pourtant m'empêcher de le croire parce qu'il le dit. On ne peut pas le regarder en face, il semble qu'il lit dans la pensée de chacun. Quelle taille ! quel port majestueux ! sans qu'il ait pourtant rien de précipité ! Quel homme il est devenu ! » Puis ils parlaient de son enfance, de son enseignement dans le temple... Ils répétaient aussi ce qu'ils avaient entendu dire des dangers qu'il avait courus sur la mer Morte, lors de son premier voyage, et de la manière dont il avait secouru les mariniers : aucun d'eux ne soupçonnait que celui dont ils parlaient était le fils de Dieu ; ils le trouvaient supérieur à tous les autres hommes, ils l'honoraient ; et Jésus leur inspirait une crainte respectueuse, mais il n'était à leurs yeux qu'un homme merveilleux.

« Lorsqu'ils surent par le retour de Lazare que Notre Seigneur ne reviendrait pas de quelque temps, ils retournèrent à Jérusalem. »

S'il est permis de croire à ces révélations, ce serait encore à Béthanie que se forma, parmi les saintes femmes, l'aimable complot qui fera dans la suite des siècles, l'éternel honneur de leur sexe.

« Ces pieuses femmes avaient appris avec peine combien Jésus et ses compagnons avaient à supporter de privations en voyage, et comment, dans sa dernière excursion vers Tyr, il lui avait fallu tremper dans l'eau, pour pouvoir les manger, les croûtes de pain desséchées que Saturnin avait recueillies pour lui, en demandant l'aumône. C'est pourquoi elles s'étaient offertes pour lui préparer des logements fournis de toutes les choses nécessaires, et Jésus avait accepté. Or, il était venu à Béthanie pour s'entendre avec elles sur ce qu'il y aurait à faire.

« On le pria donc d'indiquer les principaux points où il devait s'arrêter pendant ses voyages de prédication, et le nombre de disciples qu'il aurait avec lui afin de calculer les gîtes et les provisions en conséquence. Jésus leur fit connaître alors la direction et les temps d'arrêt de ses voyages, et approximative-

ment le nombre de ses disciples. On résolut de
préparer une quinzaine d'hôtelleries, dont la direction serait livrée à des personnes de confiance,
quelquefois à des parents, et cela dans tout le pays
d'abord, puis en dehors de la Galilée, dans le Rhabul,
en se dirigeant vers Tyr et au midi.

« Les saintes femmes examinèrent ensemble, de
quel district et de quelle espèce de soins chacune
d'elles aurait à se charger. Ainsi elles se partagèrent
le choix des hommes de confiance, la fourniture des
objets nécessaires, comme couvertures, vêtements,
chaussures, leur nettoyage et leur réparation et le
soin du pain et des autres provisions de bouche ; tout
cela se fit avant et pendant le repas : Marthe était bien
là à sa place.

« Après le repas, on devait tirer au sort la répar-
tition des frais entre les pieuses femmes. Quand on
fut sorti de table, Jésus, Lazare, les amis du Seigneur
et les saintes femmes se réunirent en particulier dans
une grande pièce voûtée. Jésus était assis d'un côté
de la salle sur un siège élevé, les hommes se tenaient
debout ou assis autour de lui : les femmes étaient
assises à l'autre bout, sur une terrasse avec des degrés,
recouverte de tapis et de coussins. Jésus enseigna
sur la miséricorde de Dieu envers son peuple, dit
comment il avait envoyé les prophètes l'un après l'autre, comment ce peuple rejetait aussi le dernier temps
de grâce, et ce qui adviendrait de lui. Après qu'il
eut longtemps parlé sur ce sujet, quelques-uns lui
dirent : « Seigneur, racontez-nous cela dans une

belle parabole. » Alors Jésus raconta de nouveau la parabole du roi qui envoya son fils à sa vigne , après que tous ses serviteurs eurent été mis à mort par les vignerons infidèles , et comment ils firent aussi mourir le fils.

« A la fin de cette prédication, quelques-uns des hommes sortirent et Jésus se promena de long en large dans la salle avec les autres : Marthe, qui allait et venait, s'approcha de lui et lui parla avec beaucoup d'anxiété de sa sœur Madeleine, d'après ce que Véronique lui avait rapporté d'elle.

« Pendant qu'il s'entretenait avec les hommes, les femmes assises jouaient à une sorte de loterie, avec des perles et des pierres précieuses, au profit de la bonne œuvre projetée en faveur de Jésus et de ses apôtres.

« Pendant le jeu, une perle de grand prix était tombée et s'était perdue. Les femmes la cherchèrent partout avec beaucoup de soin, et la retrouvèrent enfin à leur grand contentement. Alors Jésus vint à elles et leur raconta la parabole de la drachme perdue et retrouvée avec tant de joie ; puis de leur perle égarée, il tira une nouvelle comparaison appliquée à Madeleine. Il l'appela une perle plus précieuse que bien d'autres, qui était tombée sur la terre et s'était perdue. Avec quelle joie, dit-il, vous retrouverez cette perle précieuse ! Alors les femmes profondément émues, lui répondirent : Ah! Seigneur, cette perle se retrouvera-t-elle ? Et Jésus leur dit : Il faut y mettre encore plus de diligence que la femme de la parabole. Sur ce discours, toutes, vivement touchées, promirent de chercher Madeleine, mieux qu'elles n'avaient fait pour leur perle et de se réjouir bien davantage si elle se retrouvait. »

Ainsi se passaient les soirées de Béthanie, modèle des nombreuses assemblées de charité que nous trouvons, à travers les siècles, dans le monde chrétien.

Les traces de la piété des premiers fidèles sont ici fort rares. Et cependant comme ils durent affectionner ces lieux, les plus aimables de tous après Nazareth et Bethléem ! Nous retrouverons à peine les restes d'un ancien édifice et les ruines d'une vieille tour. Autrefois, avant même les croisades, trois églises s'élevaient sur les emplacements des maisons de Marthe et de Marie, de Simon le lépreux, et du tombeau de Lazare. Cette dernière était due à sainte Hélène. Plus tard la reine Mélisende y érigea une abbaye de Bénédictines dont sa sœur Yvette devint abbesse. Ce monastère, entouré de murs et de fossés, fut richement doté ; on lui donna le territoire de Jéricho et ses dépendances ; enfin, on lui bâtit une succursale à Jérusalem, pour servir de refuge aux religieuses en temps de guerre.

Lazare de Béthanie devint le patron d'un ordre chevaleresque établi, disent plusieurs critiques, pendant le siège de Saint-Jean d'Acre. Cet ordre était à la fois religieux et militaire. Tandisqu'une partie des chevaliers devaient repousser les infidèles par les armes, d'autres étaient chargés du service des léproseries, et une troisième classe, celle des prêtres, portait les secours spirituels aux malades.

Mais le fait immense, culminant, qui surpasse tous les autres à Béthanie, fut la résurrection de Lazare. Nous la raconterons au chapitre suivant.

XXII

La résurrection de Lazare. — Retour à Jérusalem.

Jésus s'était retiré vers le Jourdain, pour se soustraire aux recherches des Juifs. Or, Lazare, de Béthanie, frère de Marie et de Marthe, était malade.

« Ses sœurs envoyèrent dire à Jésus : Seigneur, voilà que celui que vous aimez est malade. — Jésus, en effet, aimait beaucoup Marthe, Marie, sa sœur, et Lazare. Quand il apprit la maladie de celui-ci, il dit : « Cette maladie ne va point à la mort ; mais elle n'a été permise que pour la gloire de Dieu et afin que le Fils de Dieu fût glorifié. »

« Il demeura encore deux jours au lieu où il était (Bethabara) ; puis il dit à ses disciples : « Retournons en Judée. » Les disciples répondirent : « Maître, il n'y a qu'un moment les Juifs voulaient vous lapider et vous retournez là ? « Jésus reprit : « Le jour n'a-t-il pas douze heures ? »

« Il entendait par là que sa tâche n'était point à son terme, que la douzième heure du jour n'avait point sonné pour lui, et que son heure dernière n'étant pas venue, il n'avait rien à craindre des fureurs des Juifs.

« Il ajouta : « Notre ami Lazare dort ; mais je vais le réveiller. « Ses disciples n'entendant point le vrai sens de ces paroles s'en firent un argument contre la pensée qui rappelait leur maître en deçà du Jourdain. « S'il dort, reprirent-ils, c'est bon signe ; il guérira. » Alors Jésus leur dit clairement : « Lazare est mort ; mais allons à lui. » Sur quoi Thomas, surnommé Didyme, persuadé que Jésus, en retournant en Judée, marchait à une mort certaine, dit aux autres disciples : « Et nous aussi, allons et mourons avec lui. »

« Jésus ajouta : Je me réjouis à cause de vous de ne m'être point trouvé là, quand Lazare est mort, car ce vous sera une raison de plus de croire en moi. »

« Jésus vint donc à Béthanie, distante de Jérusalem d'environ quinze stades ; il trouva que Lazare était depuis quatre jours dans le sépulcre.

« Beaucoup de Juifs étaient venus près de Marthe et de Marie pour les consoler de la mort de leur frère.

« Marthe ayant appris que Jésus venait, alla au-devant de lui (Marie, sa sœur, était assise dans l'intérieur de la maison). Marthe dit à Jésus : « Seigneur, si vous eussiez été ici, mon frère ne serait pas mort. Toutefois, maintenant même, je sais que tout ce que vous demanderez à Dieu, Dieu vous le donnera. » — « Votre frère ressuscitera, » lui dit Jésus. « Je sais, répondit Marthe, qu'il ressuscitera au dernier jour. « Jésus reprit : « Je suis la résurrection et la vie; qui croit en moi, fût-il mort, vivra; et quiconque vit et croit en moi ne mourra point pour l'éternité. Le croyez-vous ? » — « Oui, Seigneur, lui dit-elle, je crois que vous êtes le Christ, le Fils du Dieu vivant, qui êtes en ce monde.

« Puis elle s'en alla, appela Marie en secret et lui dit : « Le maître est là qui te demande. » Marie se leva en toute hâte et vint à Jésus, qui n'était point encore entré dans Béthanie, s'étant arrêté au lieu où Marthe l'avait rencontré. Les Juifs qui étaient dans la maison avec Marie pour la consoler, l'ayant vue se lever en hâte et sortir, la suivirent en disant : « Elle va au sépulcre pour y pleurer. »

« Marie, étant arrivée où était Jésus, tomba à ses pieds dès qu'elle l'aperçut et lui dit : « Seigneur, si vous aviez été ici, mon frère ne serait pas mort. » Jésus, lorsqu'il vit pleurer Marie et les Juifs qui étaient avec elle, frémit en son esprit,

se troubla lui-même et dit : « Où l'avez-vous
mis ? » — « Seigneur, répondirent-ils, venez et
voyez. » Et Jésus pleura. Les Juifs dirent : « Voyéz
comme il l'aimait ! » Mais quelques-uns disaient :
« Lui qui a ouvert les yeux de l'aveugle-né,
ne pouvait-il pas faire que Lazare ne mourût
point ? »

« Jésus, frémissant de nouveau en lui-même, vint
au sépulcre ; c'était une grotte, et l'on avait posé
une pierre par-dessus. Jésus dit : « Otez la pierre. »
Marthe lui dit : « Seigneur, il sent déjà, car il y a
quatre jours qu'il est là. » Jésus reprit : « Ne vous
ai-je pas dit que, si vous croyiez, vous verriez la
gloire de Dieu ? »

« On enleva donc la pierre. Alors Jésus levant les
yeux au ciel, dit ces paroles : « O Père, je vous
rends grâce de ce que vous m'avez exaucé. Pour
moi, je savais que vous m'exaucez toujours, mais
j'ai dit ceci pour ce peuple qui m'environne, afin
qu'il croie que vous m'avez envoyé. » Ayant dit
cela, il cria d'une voix forte : « Lazare, sortez. »
Et aussitôt le mort sortit, les mains et les pieds
liés de bandelettes, et la face enveloppée d'un
suaire. Jésus leur dit : « Déliez-le et laissez le
aller... »

« Beaucoup d'entre les Juifs, témoins de ces
miracles, crurent en lui. Mais plusieurs allèrent
trouver les Pharisiens et leur dirent ce qu'avait fait
Jésus... »

Nous voulûmes descendre dans le sépulcre de Lazare. On nous amena le Bédouin qui en a la clef. Il portait d'une main une petite bougie peinte de toutes les couleurs, et toute allumée ; il avait la clef dans l'autre main ; mais il n'ouvrait pas. — Ouvre donc, lui dit-on enfin. — Combien me donnerez-vous ? répondit-il avec un sang-froid parfait. — Ouvre ; **et tu seras content de nous.** — Et il n'ouvrait pas davantage. Il voulait vingt piastres. Nous luttâmes. Il modéra ses prétentions et nous pûmes enfin descendre les vingt-quatre marches qui conduisent à la première chambre. L'escalier est raide et glissant, le caveau petit et mal tenu, une table pratiquée dans le roc vif est probablement celle où reposait Lazare. Deux fois par an, les Franciscains y dressent un autel et célèbrent les saints mystères sous la voûte où la mort fut vaincue. Nous interrogeâmes notre Bédouin sur la tradition du pays relativement à ce tombeau. Il nous raconta que Lazare était mort depuis quarante ans, que sa sœur habitait une des chambres du caveau, qu'un jour elle pria l'envoyé du Très-Haut pour son frère dont la perte déjà ancienne la rendait inconsolable, et que le grand prophète Jésus-Christ vint le ressusciter. — Nous payâmes grassement cette petite histoire, et nous remontâmes vers le chemin.

Avant de quitter Béthanie pour toujours, ne suivrons-nous pas les saints amis de Jésus dans leur carrière ? Ne nous demanderons-nous pas ce qu'ils

devinrent apres la passion de Notre-Seigneur, **et**
pour quelles destinées le Maître rendit la vie à
Lazare? Voici le résumé des traditions à leur
égard.

Le Sauveur Jésus, avant de remonter à la droite
de son Père, voulut voir une dernière fois ceux
qu'il laissait dans ce monde, et se faire voir à eux.
Il leur apparut à Jérusalem, tandis qu'ils prenaient
leur repas ensemble, et mangea avec eux, voulant,
par cet acte de condescendance, leur manifester la
vérité de sa chair. Marthe, Marie et Lazare se trouvèrent à cette réunion, la plus solennelle qui fût
jamais; car elle était présidée par le Fils de Dieu,
Dieu lui-même, et l'on voyait près de lui son auguste mère, la vierge Marie, les saints Apôtres dont
il avait fait les colonnes de son Église, les saintes
femmes et ses autres parents, devenus les premiers
citoyens de son royaume sur la terre. Je laisse à
penser quelles furent, durant cette dernière apparition du Sauveur, les sentiments de Lazare et de
ses sœurs, comme ils devaient suivre Jésus-Christ
de leurs regards, comme ils devaient recueillir
toutes ses paroles, avec quelle sainte avidité ils
devaient se presser **sur ses pas** ; quand il conduisait
cette sainte troupe sur le chemin de Béthanie, proche du lieu témoin de son agonie ; quelles furent
enfin leur joie et leur tristesse, quand ils le virent
monter dans sa gloire, et se dérober sous un nuage
éclatant !..... Rentrés à Jérusalem, ils se retirèrent

au cénacle, où ils persévérèrent dans la prière avec
Marie et les autres disciples, jusqu'à la venue du
Saint-Esprit. Quand la parole de Pierre, prince des
Apôtres, eut fait entrer dans le bercail de Jésus-
Christ une multitude de Juifs et d'infidèles, ils forti-
fiaient, encourageaient ces nouveaux convertis dans
la pratique des conseils évangéliques. Ils vendi-
rent les grandes possessions qu'ils avaient à Béthanie de Judée, à Magdalum et à Béthanie de
Galilée, et en déposèrent le prix aux pieds des
apôtres. Ainsi ils furent des premiers qui s'enrô-
lèrent sous l'étendard de la pauvreté, qui compta
bientôt autant d'engagés volontaires que l'Église eut
d'enfants.

Ils firent plus que de donner leurs biens : ils se
donnèrent eux-mêmes. Marie devint la suivante
dévouée de la sainte Vierge, en qui elle retrouvait
l'image de Celui qui l'avait tant aimée ; elle l'accompagnait partout et la servait avec une indicible
affection. Mais Jésus-Christ, qui avait marqué sa
place dans la solitude, et qui l'appelait à être dans
le Christianisme le premier et le plus illustre exemple
de la vie cachée en Dieu, l'arracha aux doux entretiens de sa sainte mère. Elle se fit recluse à Béthanie
même, dans le vestibule du tombeau de Lazare,
On croit qu'elle vécut là sept ans environ, ne s'oc-
cupant que de son divin époux, dont l'image ne la
quittait jamais, repassant dans sa mémoire les
traits les plus touchants de sa miséricorde pour
elle, la scène du pardon, celle des parfums ver-

sés, le repos qu'elle goûta à ses pieds, le Calvaire et la Croix, la vision près du Sépulcre, et charmant par l'illusion de ces souvenirs la réalité de son veuvage.

Marthe lui apportait tous les jours, sans lui parler, le pain et l'eau qui devaient la nourrir ; car Marthe avait repris aussi sa vocation première. Elle se consumait pour les autres. Comme elle ne pouvait plus servir le divin Maître dans son Humanité sainte, elle le servait dans tous les chrétiens, se ressouvenant de cette parole consolante : « Ce que vous avez fait au plus petit des miens, c'est à moi-même que vous l'avez fait. »

Les chrétiens, de leur côté, avaient pour elle et pour sa sœur une vénération singulière, en mémoire de l'amour de prédilection dont le Fils de Dieu les avait honorées. Pour augmenter ce sentiment de respect, les apôtres remirent Marie-Madeleine aux soins de saint Maximin, l'un des soixante-douze disciples ; ils confièrent Marthe, sa sœur, à saint Parménas, l'un des sept diacres. Ils voulurent de plus que la maison habitée par elles devînt un sanctuaire où l'on venait célébrer les saints mystères. En sorte que le Fils de Dieu venait encore, du sein de sa gloire, visiter cette demeure où il avait trouvé tant de fois l'hospitalité, tandis qu'il était voyageur sur la terre et pauvre comme nous.

Le nouveau temple ne manquait pas d'adorateurs. Lazare s'était fait l'apôtre de sa patrie.

Cet homme que la tradition nous représente comme un parfait imitateur du cœur de Jésus, car il était doux et humble comme son maître, avait par l'onction de sa parole et de sa sainteté, converti à la foi beaucoup de Juifs de Béthanie. Le troupeau formé, il en devint le pasteur; il reçut la consécration épiscopale des mains des apôtres, dans la nouvelle basilique, qui avait été sa demeure.

Tout à coup la persécution s'éleva contre l'Église de Dieu; on voulait l'étouffer dans ses commencements. Mais Dieu se servit de cette épreuve pour la propager, comme il se sert de la tempête pour secouer les grands arbres et jeter au loin leur semence. Lazare s'enfuit, emportant dans son cœur la parole de vie, et cherchant d'autres terres pour l'y faire fructifier. Il vint en Chypre où il fonda une chrétienté nouvelle. On ne sait combien de temps il la gouverna, ni à quelle époque il revint dans sa patrie.

Ce qu'il y a de certain, c'est qu'il n'y fit pas un long séjour; l'orage, un instant apaisé, recommença avec plus de fureur. Jacques, frère de Jean, périt par le glaive; saint Pierre fut jeté en prison; les chrétiens furent traqués partout comme des bêtes fauves. Les uns se cachaient, les autres fuyaient; ces derniers se réunissaient en certain nombre pour ne pas se priver, dans les douleurs et les misères de l'exil, des joies de la charité fraternelle. Or, il arriva qu'une de ces troupes héroï-

ques fut prise par les persécuteurs et conduite vers
la mer. Elle avait à sa tête Lazare, l'ami du Sauveur,
Maximin et Parménas, dont nous avons parlé plus
haut. Marie-Madeleine n'avait pas voulu se séparer
de Maximin; Marthe, de son côté, avait voulu suivre
Parménas. Quand on fut au rivage, les Juifs jetèrent
les confesseurs de Jésus-Christ dans une barque qui
n'avait ni voiles, ni rames, et ils les livrèrent à la
merci des flots. Ils étaient assurés de les envoyer
ainsi à une mort certaine. Mais ne craignons rien;
Dieu qui a soutenu l'arche sur les eaux et parmi
les débris du déluge, veille sur eux et guide leur
course. Où s'arrêtera leur voyage? quelle contrée donnera asile à ces martyrs généreux qui
perdent leur patrie pour l'amour du Christ? C'est
toi, heureuse Provence; les voilà près de tes bords.
Accueille avec bonheur ces envoyés de Dieu, qui
t'apportent dans leur pauvreté le plus précieux des
trésors, la connaissance du Christ et le royaume du
ciel (1).

Nos saints voyageurs abordèrent à l'endroit où le
Rhône se jette dans la mer. Après avoir invoqué
Dieu, qui est le Maître souverain de la terre, ils se
partagèrent le pays qu'il venait de leur donner.
Marseille et tout ce qui l'entoure échut à Lazare;

(1) L'auteur de la présente notice a suivi en cet endroit la
tradition consignée dans le Bréviaire romain, un peu différente
de celle que M. l'abbé Faillon regarde comme la plus probable
et qui avait été adoptée par l'auteur sur la notice de sainte
Madeleine. (Vol. I, *Voyage au Sinaï*.)

saint Maximin s'en vint à Aix avec Marie-Madeleine ;
Marthe accompagna saint Parménas à Avignon. Elle
emmenait avec elle sainte Marcelle, sa servante,
femme d'une grande foi, la même qui s'écria un
jour devant la foule réunie autour de Jésus-Christ :
« Heureuses les entrailles qui vous ont porté et le
sein qui vous a allaité ! »

A Aix, tandis que saint Maximin prêchait, Marie
priait. Car ayant un jour choisi la meilleure part et
l'ayant conquise aux pieds du Sauveur, il lui fut
promis qu'elle ne lui serait jamais ôtée. Elle vivait
retirée dans une caverne profonde. De quelles merveilles cette sombre retraite fut témoin ! Tous les
jours, les Anges y descendaient ; ils conversaient
avec la servante de Dieu, et, l'arrachant à ce monde,
ils la conduisaient proche du ciel, tout près des
chœurs célestes, dont elle pouvait suivre les ravis-
sants cantiques. Ces révélations merveilleuses et cet
avant-goût du ciel, au lieu d'apaiser son amour, ne
faisaient que l'irriter. Elle était pressée du désir continuel de s'unir à Jésus-Christ ; elle versait tant de
larmes à son souvenir, qu'elles avaient fini par creuser sur son visage d'ineffaçables sillons. Quelquefois le feu de la charité remplissait tellement son âme
qu'elle sortait pour la communiquer au dehors.
Les peuples accouraient autour d'elle ; ils ne pouvaient se lasser de contempler cette illustre pénitente, qui avait vu de si près le Rédempteur des
hommes, qui avait baisé ses pieds, qui l'avait revu
dans la gloire de sa résurrection. Quand elle ra-

contait, pour la gloire de son divin Maître, les miséricordes dont elle avait été l'objet, sa vue, ses pleurs, son éloquence brisaient les cœurs des plus durs.

Sainte Marthe, de son côté, prêchait l'Évangile aux peuples d'Arles et d'Avignon avec la même ferveur et le même succès : car le témoignage qu'elle rendait à Jésus-Christ par ses paroles, elle le confirmait par ses miracles. Au moyen de la prière et du signe de la croix, elle guérissait les aveugles, les lépreux, les paralytiques; elle ressuscitait les morts. Il n'était guère de maladie ou de fléau qui fût rebelle à sa puissance. Qui ne connaît le célèbre miracle de la Tarasque? C'était un dragon d'une longueur incroyable et d'une extraordinaire grosseur, qui désolait toute la contrée. Un jour, une multitude nombreuse étant venue vers la sainte et lui ayant promis de croire en Jésus-Christ si elle les délivrait, Marthe, sans autres armes que la foi, s'en alla droit au lieu où reposait le monstre. Par un signe de croix elle apaisa sa férocité; puis, détachant sa ceinture et la nouant au cou du serpent, elle le tira vers le peuple. Le peuple enhardi se rua sur lui et le mit en pièces, tandis qu'il restait immobile et patient comme un agneau, sous le frêle lien qui le tenait enchaîné. On tint parole et on crut en Jésus-Christ.

Le désert où fut bâti depuis Tarascon ayant été délivré de cet hôte terrible, Marthe s'y fit cons-

truire une demeure où elle pût se retirer désormais
et vaquer librement à la prière. Oh ! comme ce lieu
changea alors d'aspect ! Il devint comme un jardin
agréable et délicieux, où l'on vit fleurir les plus
belles vertus. La sainte y pratiqua les plus rudes
exercices de la vie pénitente. Elle allait toujours nu-
pieds ; sa tête était couverte d'une sorte de tiare,
garnie à l'intérieur de poils de chameau ; sous la
robe grossière dont elle était vêtue, elle portait un
cilice et une ceinture remplie de nœuds, qu'elle ser-
rait d'une manière si cruelle, qu'étant entrée dans
les chairs, elle y engendra la corruption et les vers.
Le soir, elle étendait une pauvre natte sur des sar-
ments et des branches d'arbres ; c'était là son lit ;
une grosse pierre lui servait d'oreiller. Encore le
sommeil qu'elle prenait était-il bien court : l'esprit tout possédé de Dieu, elle se perdait en lui
dans ses oraisons, et laissait passer sans s'en apercevoir le temps du repos. Que ne peut la charité dans
une âme qu'elle possède ? Ce genre de vie épouvante la nature, Marthe le continua l'espace de sept
ans.

Mais ce qu'il y avait d'admirable, c'est qu'étant
si dure pour elle, elle avait conservé toute sa bien-
veillance pour les autres. Il fallait voir la multitude
des visiteurs qui venaient tous les jours lui demander la guérison du cœur ou celle de l'âme. Jamais
personne ne fut rejeté par elle. Les pauvres
avaient toujours place à sa table, et ils n'y manquaient jamais. Tandis qu'elle se nourrissait de

fruits sauvages et de racines détrempées, elle
leur préparait avec une délicatesse exquise et leur
servait avec une foi joyeuse tout ce qu'elle avait
de meilleur. Or, comme Dieu aime celui qui donne
de bon cœur, il envoyait à Marthe, par la charité
des riches, de quoi satisfaire son penchant pour
ses pauvres bien-aimés qui lui rappelaient Jésus-
Christ.

Le miracle perpétuel de cette vie d'héroïsme
et de charité agissait encore plus puissamment
sur les âmes que les guérisons et les prodiges de
Marthe. De jeunes filles de noble naissance voulurent vivre avec elle et comme elle. Ce furent les
premières fleurs de virginité écloses sur cette terre
de Provence, où la douceur du climat et le voisinage
de la mer avaient fait affluer le luxe et les vices du
paganisme.

Cependant Dieu révéla à sa fidèle servante que la
fin de sa vie approchait. De quelle joie-son âme fut
inondée à cette nouvelle ! Elle fit saluer Marie-Madeleine, lui demandant avec instance de la visiter avant
sa mort. Marie le promit ; cependant elle devait elle-
même précéder sa sœur au ciel. Elle appelait depuis
longtemps le terme de son exil ; Dieu était touché de
ses soupirs. Quand vint le moment de la délivrance,
lorsqu'elle était près d'entrer en possession de son
bonheur, son céleste époux, le Fils de Dieu, le Sauveur et Rédempteur des hommes, lui apparut au
milieu d'un concert d'anges. Il s'approcha d'elle et
lui dit : « Venez, ma bien-aimée, je placerai mon trône

en vous ; car le roi a désiré votre beauté. » En entendant cette voix bien connue, l'âme de la sainte se
détacha de son corps, et elle suivit Jésus-Christ dans
les cieux. Au même instant, Marthe, occupée à
louer Dieu parmi ses souffrances, l'aperçut montant
au ciel, entourée des chœurs des anges : O ma très
heureuse sœur, s'écria-t-elle, que m'avez-vous fait ?
Voilà donc comme vous me visitez ! Jouirez-vous
sans moi des embrassements du Seigneur Jésus ?
Ah ! dans la gloire où vous allez, n'oubliez pas votre
sœur.

Dès lors Marthe appela avec plus de ferveur la dis-
solution de son corps. La nuit du septième jour
arriva. Les vierges restées près de la sainte s'étaient
endormies. Soudain, un tourbillon de vent, passant
avec violence, éteint le flambeau qui éclairait la cellule. La servante de Jésus-Christ fit le signe de la
croix pour s'armer contre les embûches de l'esprit de
ténèbres. Aussitôt, à la place de la lumière terrestre
qui venait de s'éteindre, apparut une lumière toute
céleste, et dans cette lumière la bienheureuse amante
du Sauveur, Marie-Madeleine. « Salut, sainte sœur,
dit-elle. — Salut, sœur bien-aimée, répondit Marthe.
— Eh bien ! vous voyez que je vous visite avant votre
mort. Voici venir votre Seigneur, qui vous rappellera
bientôt de cette vallée de larmes. » — Ayant dit
ces mots, elle courut au-devant du Seigneur, qui,
après être entré et s'être approché de la mourante,
lui dit avec un air doux : « Venez, sainte hôtesse
de mon exil, venez recevoir la couronne. » Marthe

voulut se lever, pensant que c'était là le dernier
appel ; mais Jésus-Christ disparut, et elle comprit
que c'était seulement l'annonce de son prochain départ.

Comme les heures lui parurent longues jusqu'au
matin ! Quand vint le jour, elle demanda à ses filles
de la porter hors de la cellule ; car elle savait que
tous les chrétiens étaient accourus pour assister à
sa mort. Rien de plus beau que cette dernière
heure de sa vie. Après avoir pris quelque repos,
regardant la multitude des fidèles, elle les supplia
de hâter par leurs prières le moment de son passage.
Et comme ils pleuraient, elle tourna ses regards
vers le ciel, et s'adressa elle-même à Jésus-Christ,
avec une naïve confiance et les plaintes les plus touchantes. « Mon Seigneur et mon Rédempteur, disait-
elle, vous qui avez voulu un jour recevoir mon hospitalité, pourquoi ces retards ? Quand viendrai-je
et quand apparaîtrai-je devant votre face ? Depuis
que vous m'avez parlé cette nuit, mon âme est en
défaillance par le désir de vous posséder ; mes
membres sont comme paralysés, mes os se sont
desséchés jusqu'à la moelle. Ne me confondez
pas dans mon espoir ! Mon Dieu, ne tardez pas ;
hâtez-vous, Seigneur. » Afin d'adoucir au moins
l'ennui de son attente, elle demanda à saint Parménas de lui faire le récit de la douloureuse
Passion. Il arriva ce qu'elle avait espéré. La vue
de tant de souffrances déchira son âme et elle se
mit à pleurer ; elle oublia son pèlerinage et fixa

toute son attention sur la suite du récit. Quand Parménas dit ces mots : « Il remit son âme entre les mains de son Père, puis il expira ; » Marthe poussa un profond soupir et s'endormit dans le Seigneur.

Ainsi moururent les deux sœurs, consumées par le feu de la charité. Un martyre plus violent était réservé à Lazare. Il nous reste peu de détails certains sur son séjour en Provence. Il semble que la tradition, aussi bien que l'Évangile, ait voulu respecter l'humilité du saint ami de Jésus-Christ. Cependant l'éloge dont elle fait précéder l'histoire de son martyre, vaut à lui seul un long récit.

« Lazare donc, très fidèle pasteur et vigilant gardien de son troupeau, affermissait chaque jour de plus en plus la foi par la prédication du saint Évangile, enseignant de paroles et d'exemples les plus belles vertus. Doux et humble, riche en pauvreté, radieux de pureté, embrasé de charité, il fortifiait le troupeau du Seigneur. Enfin l'empereur Domitien étant monté sur le trône, commença à sévir contre les membres du Christ. Faisant connaître à ce sujet ses volontés aux gouverneurs des villes, il envoya à Marseille des courriers apportant l'ordre de forcer les chrétiens à sacrifier aux faux dieux.

« On découvrit que Lazare était évêque de cette ville ; on le fit venir, et on l'exhorta à sacrifier aux idoles. Lazare répondit : « J'ai pour ami véritable le Christ, Fils de Dieu, par qui j'ai été ressuscité une fois des liens de la mort et des entraves du tombeau. Je ne puis donc désormais en aucune manière l'abandonner pour sacrifier aux idoles et au démon. Je confesse au contraire que Jésus-Christ seul est vrai Dieu et vrai homme, qui a créé toutes choses et nous a rachetés par sa mort. »

« Ayant prouvé par cette réponse combien il était inébranlable dans la foi et l'amour du Christ, il fut dépouillé et frappé de verges. On le traîna ensuite vers la prison. Mais Notre-Seigneur Jésus-Christ, son ami véritable, le visita, le fortifia dans ses combats, l'invita même à venir dans son palais céleste, en lui disant : « Mon ami, montez plus haut. Il est temps que vous veniez vous asseoir à ma table, avec vos frères, mes apôtres et mes disciples. »

« Le troisième jour donc on l'amène devant les consuls ; on l'exhorte de nouveau à adorer Mars et à lui sacrifier. Mais le bienheureux Lazare confessa de nouveau sa foi en Jésus-Christ. La peine de mort fut prononcée ; il tendit la tête au bourreau, et s'endormit doucement dans le Seigneur, selon cette parole de Jésus-Christ : Lazare, notre ami repose. » (L. D.)

Tel fut le sort des trois amis de Jésus. Fils de la France, ne sommes-nous pas heureux de retrouver à Béthanie comme un souvenir de famille ? N'avons-nous pas à remercier le Sauveur de nous avoir légué ceux qu'il parut aimer davantage, après sa divine mère et ses apôtres ?

Hélas ! il est tard ; le jour baisse ; il faut partir ; rejoignons nos chevaux, et revenons enfin à Jérusalem. Tous les enfants du village sont attroupés. Comment nous défaire de leurs importunités ? C'est pire qu'un essaim d'abeilles. Tous prétendent être récompensés. L'un a tenu un côté de la bride, un autre l'autre côté. Un troisième s'est pendu à la queue. Un quatrième pèse sur l'étrier pour faciliter le mouvement du cavalier. Chacun plaide en son jargon. A peine à cheval, je lance au loin quelques demi-piastres sur lesquels se rue la gent avide. Mes compagnons en font autant ; et nous partons au galop.

Notre route est précisément celle du Sauveur lorsqu'il entra à Jérusalem avec une pompe triomphale. Il venait de ressusciter Lazare. Le fait avait été public. Le retentissement était immense. La foule se précipitait pour voir l'envoyé de Dieu qui commandait à la mort. On jetait ses habits sous ses pas pour former tapis, on jonchait la route de verdure et de fleurs, on lui présentait des palmes, on chantait hosanna au fils de David. Le peuple, livré à lui-même, est toujours reconnaissant et généreux. Mais la haine des hommes jaloux allait bientôt l'influencer ; et dans moins de huit jours, ce même peuple, surpris dans sa bonne foi, criera de toutes ses forces sous les fenêtres de Pilate : *Crucifigatur! Qu'il soit crucifié!*

Autrefois, les Franciscains se rendaient à Bethphagé, petit village que nous rencontrâmes sur notre gauche, et reproduisaient les scènes de la marche de Jesus. Le révérendissime disait, empruntant les paroles de l'Évangile : *Allez au village qui est devant vous, vous y trouverez une ânesse attachée et son ânon avec; détachez-les et amenez-les moi. Si quelqu'un vous dit quelque chose, dites que le Seigneur en a besoin, et aussitôt on les laissera aller.* Les religieux exécutaient l'ordre, une fois revenus, étendaient leur manteau sur le dos de l'animal. Le révérendissime y montait et deux frères le conduisaient jusqu'à Jérusalem, au milieu d'une foule recueillie qui faisait retentir les échos de cantiques appropriés à la circonstance. L'Hosannah allait frapper le ciel, et les fidèles jonchaient la route de fleurs et de feuilles de palmier ou d'olivier. Souvenirs touchants auxquels il a fallu renoncer parce que la Terre-Sainte ne fournit plus assez pour satisfaire l'avidité des pachas turcs ; ces hommes si tolérants, au dire de quelques-uns, ont taxé le droit de cérémonie à un prix si raisonnable que les Pères, à bout de ressources, ont dû y renoncer.

Nous regardâmes avec effroi le lieu où fut maudit le figuier stérile ; et chacun fit involontairement et spontanément l'examen de sa conscience pour y chercher des fruits de salut. Bientôt la route s'inclina vers la vallée de Josaphat, nous descendîmes jusqu'au torrent de Cédron, et nous gravimes les pentes opposées jusqu'à la porte de Saint-Etienne. Le soleil se couchait ; la trompette turque sonnait ; on ramenait le pavillon ottoman : les portes de la ville se refermèrent sur nous.

Notre course en Judée est donc finie ! Cependant le saint pèlerinage est à peine commencé pour nous. Le Calvaire, le Saint-Sépulcre, les immenses souvenirs de la cité des rois de Juda, le mont Sion, Gethsémani, les hauteurs de l'Ascension, vont nous captiver. Empressons-nous, et visitons Jérusalem !

TABLE DES MATIERES.

   I. La Terre Sainte...

  II. Jaffa, l'ancienne Joppé............................. 11

 III. La plaine de Saron et le couvent de Ramleh.... 25

 IV. Les chemins et les habitants de la Judée....... 37

  V. Ma première journée à Jérusalem 59

 VI. Aïn-Karim ou saint Jean au désert............ 73

 VII. La Visitation.................................. 85

VIII. La fontaine de Saint-Philippe et Betsour....... 105

 IX. Hébron et la vallée de Mambré 115

  X. D'Hébron à Bethléem....................... 133

 XI. Bethléem.................................... 145

 XII. La grotte sacrée............................. 155

XIII. Les environs de Bethléem 189

XIV. Le tombeau de Rachel et le puits des Mages ... 195

 XV. Saint-Saba et la mer Morte 217

XVI. La Fontaine d'Élisée et le Jourdain 239

XVII. Jéricho....................................... 249

XVIII. Le ballet des Arabes et leurs usages de société.. 267

XIX. Le Mont de la Quarantaine................... 279

 XX. Le chemin de Jéricho....................... 297

XXI. Béthanie 305

XXII. La résurrection de Lazare. — Retour à Jérusalem. 321

DELHOMME ET BRIGUET, ÉDITEURS

PARIS	LYON
13, rue de l'Abbaye, 13	3, avenue de l'Archevêché, 3

BIBLIOTHÈQUE SAINT-GERMAIN

OUVRAGES DE MME BOURDON

L'éloge de Mme Bourdon n'est plus à faire. Douée d'une instruction profonde et solide, d'une imagination brillante et facile, Mme Bourdon n'a jusqu'ici rencontré que des succès. C'est que l'auteur excelle à rendre dans un style ému, délicat et pur les scènes de la vie domestique. L'ensemble de son œuvre, éminemment moralisatrice, forme toute une bibliothèque de famille, la meilleure que nous connaissions.

(Courrier de la Gironde.)

Volumes à 3 francs.

Rivalité. 1 vol. — **Le lait de Chèvre.** 1 vol.
Henriette de Bréhault. 1 vol. — **Un Rêve accompli.** 1 vol.
Seule dans Paris. 1 vol.

Volumes à 2 fr. 50.

Ruth et Suzanne. 1 v. — **Histoire d'un Agent de change** 1 v.
Les Premiers et les Derniers. 1 v.
Agathe ou la 1re Communion. 1 vol.

Volumes à 2 francs.

Abnégation.
Adoption (L').
Andrée d'Effauges.
Antoinette Lemirre.
Catherine Hervey.
Denise.
Euphrasie.
Fabienne et son Père.
Famille Reydel (La).
Faute d'orthographe (Une).
Ferme aux Ifs (La).
Héritage de Françoise(L').
Heures et solitude.
Histoire de Marie Stuart.

Marie Tudor et Elisabeth d'Angleterre.
Marcia.
Marthe Blondel.
Nouvelles historiques.
Orpheline.
Pain quotidien (Le).
Pulchérie.
Servantes de Dieu (Les)
Souvenirs d'une famille du peuple.
Trois sœurs (Les).
Types féminins.
Veillées du Patronage.

LE SECRET DU BONHEUR

Par E. MEUNIER

1 vol. in-12 (*Bibliothèque Saint-Germain*). Prix......... 3 fr.

Voilà un titre séduisant ; combien cherchent le bonheur, combien peu le trouvent ! Mme E. Meunier se propose de montrer que « le secret du bonheur » est dans la fidélité au devoir, et la démonstration se fait tout naturellement, sans prédication d'aucune sorte. *Le Secret du Bonheur*, et c'est là un premier mérite, n'a rien du roman de thèse ; la leçon ressort des événements, et le lecteur la dégage lui-même.

Le thème est ingénieusement trouvé et habilement développé. Quatre jeunes filles quittent le couvent pour entrer dans le monde ; elles sont de positions et de caractères différents ; c'est en les suivant dans les péripéties de leur existence qu'on voit que *le Secret du Bonheur* est dans l'acceptation du devoir, quelle que soit la situation où la Providence nous a placés.

Deux des héroïnes, le mot est peut-être un peu gros, surtout pour celles-là, comprennent d'avance cette vérité ; et pour elles la vie se déroule calme et heureuse. Pour les deux autres, de caractère difficile, il faut des épreuves pour les éclairer et les corriger, l'une de son orgueil, l'autre de sa méfiance. Toutes les deux, du reste, elles se corrigent, grâce surtout aux conseils de la religieuse à laquelle leur enfance a été confiée, et pour laquelle elles ont une vénération méritée.

Ce petit récit, dont l'inspiration est franchement chrétienne et qui est d'un vif intérêt, a encore le mérite de pouvoir être mis dans toutes les mains. En voilà plus qu'il n'en faut pour le recommander.

(*Revue littéraire de l'Univers.*)

OUVRAGES DU MÊME AUTEUR :

La Branche maudite. 1 vol. in-12............. 3 »
Le Mariage de Josiane. 1 vol. in-12........... 2 50
Tante Michette. 1 vol. in-12................. 3 »

POUSSIÈRE D'OR

Par Mme HENRIETTE LARGE

1 vol. in-12. Prix............................... 3 fr.

Cet ouvrage est d'une inspiration profondément chrétienne. C'est une histoire simple et triste à la fois qui se termine sur ce mot : *Excelsior*. On n'a pas à la fin le mariage habituel ; les héros ont visé plus haut, *Excelsior*. Le titre, un peu énigmatique, vient de ce que, par opposition, Mme Henriette Large nous montre, en face des chrétiens dont la devise est *Excelsior*, des personnages qu'aveugle la *Poussière d'or*. Ceux-là, hélas ! sont trop nombreux. (*Revue littéraire de l'Univers.*)

OUVRAGES DU MÊME AUTEUR :

Jean Moineau, in-12........	3	»	La famille Fique, in-12......	2	»
Petite Marie, in-12..........	3	»	Tante Salomé, in-12........	2	»
Mon cousin Rustique, in-12..	8	»	Tronquette, in-12..........	2	»

LA PUPILLE DE GLADIE

Par F. TRAVEL

1 vol. in-12 (Bibliothèque Saint-Germain). Prix . . . . 3 fr.

Ce nouveau roman fait partie de la Bibliothèque Saint-Germain que justifie si bien son sous-titre : *Lectures morales et littéraires*; il y tiendra parfaitement sa place.

Elle est fort mouvementée et même fort émouvante, l'histoire de la « Pupille de Gladie », la petite Rita. Durement traitée par sa tutrice qui la garde par devoir, mais en lui faisant cruellement sentir sa dépendance, elle n'a de consolation que dans l'affection, hélas ! impuissante, d'un enfant, Léo ; puis, un jour elle disparaît brusquement, et Gladie n'est pas fâchée d'être débarrassée d'une pupille qui lui pesait ; seule, Léo conserve son souvenir.

Qu'est devenue la pauvre petite fille? Elle est tombée dans une troupe d'acrobates; et quelques années plus tard, quand on la retrouve, c'est l'étoile de la troupe, la « petite perle; » dans ce triste milieu elle a grandi en dehors de toute idée religieuse, et c'est ce qui fait qu'un de ces chrétiens qui pratiquent l'apostolat dans le monde s'intéresse à elle. Comment, par ce chrétien Rita, échappant aux bohémiens, arrive à la vie chrétienne, retrouve le compagnon de son enfance et finit par recueillir l'enfant de Gladie, mourante, dont elle fait réellement sa pupille, c'est ce que nous n'essayerons pas de raconter. Il nous suffit d'avoir signalé ce volume, qui offre un réel intérêt et qui procède d'une inspiration nettement chrétienne.

(Revue littéraire de l'Univers.)

LE TALISMAN DE MARCELLE

Par Mlle GABRIELLE D'ÉTHAMPES

Un volume in-12 (Bibliothèque Saint-Germain). Prix . . . . 3 fr.

Dans cet ouvrage, Mlle G. d'Ethampes nous montre une vie toute de souffrances et de dévouement. Marcelle est en butte à tous les mauvais traitements, mais elle n'en est que plus résignée, plus douce et plus charitable. C'est une chrétienne accomplie, faisant le bien sans en rien espérer en ce monde; l'ingratitude ne l'abat point, elle se réjouit même de ce qui advient d'heureux à ceux qui l'ont maltraitée. Toutes les âmes généreuses puiseront de puissants encouragements dans ce livre où Mlle d'Ethampes a versé toutes les délicatesses et tous les charmes qu'elle répand dans ses œuvres, si goûtées du public honnête auquel elle les destine.

(Le Pays. H. PELLERIN.)

Autres ouvrages de Mlle Gabrielle d'ÉTHAMPES :

Bretons et Vendéens........	2	»	Juliette Le Bhénic..........	8 »
Château de Coëtlec (le).....	8	»	Lion de Coëtavel (le)........	8 »
Deux Alix (les).............	8	»	Mélite Belligny.............	8 »
Fille de l'Organiste (la).....	8	»	Muette d'Orvault (la).......	3 »
Germaine de Kerglas.......	8	»	La Promesse de Jeanne.....	8 »
Hermine des Kergaël (l')....	8	»	Villa aux Roses (la)........	8 »

Bibliothèque Saint-Germain (*Suite*).

COLLECTION CHOISIE de Livres d'Histoire, Romans chrétiens, Nouvelles, Récits, Études, Voyages, Légendes, etc. (Format in-12).

Alcan (E.).
Les Cannibales............ 3 »
La Flore du Calvaire........ 3 »
Alonzo (don).
Une Instit. à Constantinople. 2 »
Arvor (Mme G. d').
Eglantine....,............ 2 50
Berlioz d'Auriac.
La guerre noire........... 2 50
Boulangé (l'abbé).
Stéphano................. 2 50
Brasseur de Bourbourg.
Le Kalife de Bagdad........ 2 »
La dernière Vestale........ 2 »
Chantrel.
Les trois Eléonore (trad.)... 2 »
Damas (le R. P. de).
Voyage au Sinaï.......... 2 »
Voyage en Judée.......... 2 »
Voyage en Galilée......... 2 »
Voyage à Jérusalem, 2 vol... 4 »
Dugas (R. P.).
Kabylie et le peuple Kabyle. 1 50
Florinda D*** (Mme).
Récit d'une jeune femme.... 3 »
Guerrier de Haupt.
Un drame au village........ 3 »
L'institution Leroux........ 3 »
Houet (E.).
La Fleur des Gaules, 2 vol... 5 »
Karr (Mlle Th. Alphonse).
Noms effacés (les)......... 2 50
Peintre à la violette (le)..... 2 50
La Statue grecque de Tibur.. 3 »
Symphonie du Travail (la)... 3 »
Kavanack (Julia).
Madeleine. Récit d'Auvergne. 2 50
Le Coustour (P.).
Ballades et légendes bretonnes 2 50
Locmaria (Cte de).
Souvenirs des voyages du comte de Chambord.............. 3 »
La Chapelle Bertrand....... 2 50
Les Guerrillas, 2 vol........ 4 »
Mac-Cabe.
Adélaïde, ou la Couronne de fer.................... 2 50
Florine, princ. de Bourgogne 2 »
Berthe, ou le Pape et l'Empereur.................. 2 »

Marcel (Etienne).
La Vengeance de Giovanni.. 3 »
Chef-d'œuvre d'un condamné. 3 »
Iermola, histoire polonaise.,. 2 »
Comment viennent les rides.. 2 »
Marie-Angélique (Mme).
Soirées du père Laurent.... 2 »
La Marguerite de San Miniato 2 »
Une maison de correction.... 2 »
Serviteurs d'autrefois....... 2 »
Mesnil (Vicomte Henri du).
Jeanne Herbelin........... 3 »
Neyrat (l'abbé).
L'Athos, ill............... 4 »
Norvège et Suède, ill....... 4 »
Plancy (C. de).
La Reine Berthe........... 2 »
Rochère (Comtesse de la)
Les Maurénal............. 2 50
Aline de Chanterive....,... 2 50
Les Nièces de la baronne... 3 »
Mignonnette.............. 2 50
L'orphelin d'Evenos........ 2 »
Séraphine................ 2 »
Rondelet (A.).
Mémoires d'Antoine........ 2 »
Stolz (Mme).
Trois Filles à marier........ 3 »
Lis et Roseau............. 3 »
Suzanne et Baptistine....... 3 »
Mes Tiroirs, 1 vol. in-12.... 2 50
Travel (F.).
La Pupille de Gladie........ 3 »
Vallon (Georges du).
Un Roman en Alsace........ 3 »
Autour d'une héritière....... 3 »
Valori (Prince de).
Les Vivants et les Morts, 1ʳᵉ série.................. 3 »
— — — 2ᵉ série..... 3 »
Petites pages d'histoire..... 3 »
Vigneron (l'abbé).
A travers l'Espagne et le Portugal.................. 3 »
Entre les Alpes et les Carpathes.................. 3 »
Wiseman (le Cardinal).
La Lampe du sanctuaire..... 2 »
La Perle cachée........... 2 »

DELHOMME ET BRIGUET, ÉDITEURS

PARIS	LYON
13, rue de l'Abbaye	Librairie Briday

OUVRAGES DU PRINCE HENRY DE VALORI

LES VIVANTS ET LES MORTS

PREMIÈRE SÉRIE

Pie IX. — Le Czar. — Le prince de Galles. — L'empereur François-Joseph. Lord Byron. — Le maréchal de Mac-Mahon. — Maximilien. — Le comte de Chambord. Ignace de Loyola. — M. de Bismarck. — Charette second.

1 volume in-12 .... **3 fr.**

DEUXIÈME SÉRIE

Le comte de Chambord. — S. S. Léon XIII. — Le R. P. Beckx. — Le duc de Berry. Laurentie. — Le duc Albert de Broglie. — L. Veuillot. Mgr Freppel et Lamoricière. — Le R. P. Félix. — Verdi. — Lord Palmerston. Le cardinal Antonelli.

1 volume in-12 .... **3 fr.**

PETITES PAGES D'HISTOIRE

Le Congrès de Vienne. — Le Mariage du duc de Bordeaux. — Le duc de Richelieu. — Le Dix Décembre. — Lucie de Lamermoor. — Donizetti. — Le Baptême de Mademoiselle. — Réception de M. Thiers à l'Académie française. — Mgr de Quélen. — Molière. — Mlle Rachel. — Victoire de Lacar. — Don Carlos. — Gaëte. — François II. — Alexandre Dumas. — Xavier de Ravignan. — Frédéric Mistral. — Le P. Loriquet. — Le grand duc de Toscane. — Abd-el-Kader. — Le duc d'Aumale. — Mme Récamier. — Le Vœu de Louis XIII.

1 volume in-12 .... **3 fr.**

Ce que j'estime principalement dans la manière de M. de Valori, c'est l'art avec lequel il condense dans un seul tableau un nombre infini de sujets. Autour du personnage principal, il groupe habilement les personnages secondaires. S'il peint par exemple M. Thiers, c'est au milieu de tous les immortels de l'époque. S'il parle de Donizetti, on entend dans le lointain les cantilènes de Mozart, de Rossini, de Bellini. S'il devise de Frédéric Mistral, il ressuscite les trouvères et les troubadours.

S'il nous montre Xavier de Ravignan dans la chaire de Notre-Dame, on aperçoit autour de lui Lacordaire, Ventura, Félix, et, plus loin encore dans le sanctuaire, saint Augustin, saint Jean Chrysostome. Si, enfin, la gracieuse figure de Mme Récamier est mise en lumière, Mmes de Staël, de Krudener, Swetchine apparaissent formant comme un décaméron de beautés et d'esprits autour de la figure centrale.

Il m'est advenu de signaler ici, cet hiver, au courant de mes lectures, plusieurs passages de ces œuvres qui ont la vigueur et la concision de Tacite; notamment lorsque l'écrivain dit que Xavier de Ravignan « fit un coup d'Etat dans l'âme du maréchal Saint-Arnaud. » Impossible de dire plus en moins de mots. Mais le prince-écrivain est surtout l'élève de Châteaubriand; il en a les émotions et aussi les fidélités.

Les belles comparaisons abondent sous sa plume inspirée qui garde le vol de l'oiseau. Savignac plante son poignard sur la porte d'Alger trois siècles avant l'événement de 1830. « Dans les grandes forêts, dit M. de Valori, le bûcheron marque avec sa cognée le chêne qui doit tomber à l'automne; le 3 juillet 1830, Bourmont viendra l'abattre. » C'est de la grande école et du grand art.

J'ai fini. Je serai prophète à bon marché en prédisant à M. de Valori l'applaudissement des connaisseurs.

Quand un écrivain épuise se sus recherches savantes et par son travail consciencieux la matière à traiter, et qu'il fait de l'érudition la complice de son inspiration, il arrive au vrai succès, celui qui ne dépend ni des fantaisies du jour, ni des caprices de l'actualité   (Paris-Journal.)   H. DE PÈNE.

VOYAGES EN ORIENT

PAR

LE R. P. DE DAMAS

Jamais on n'avait écrit sur l'Orient avec autant de charme et de vérité, ni réuni tant de précieux souvenirs de ces pays extraordinaires, de ces lieux vénérables et si profondément intéressants. Il semble qu'on les parcoure soi-même avec l'auteur jusqu'à la fin de l'ouvrage.

Le nom du P. de Damas a retenti saintement parmi nous, à l'époque de la guerre de Crimée. C'est là sans doute que cet esprit, à la fois si délicat et si ferme, s'est pris d'amour pour ces contrées de l'Orient vers lesquelles se tournent volontiers aujourd'hui les intelligences de l'Europe civilisée, et où l'on sent comme des frémissements, présage de choses grandes, inconnues, décisives peut-être, pour le sort du monde. Le P. de Damas embrasse la matière sous son aspect le plus complet. A chacune des stations de son voyage, il s'arrête à peindre et à décrire et, quand il a mis clairement les choses sous les yeux, il s'élève à des considérations supérieures, à des rapprochements instructifs, à de chrétiennes méditations. Plusieurs de ces pages sont remplies de feu, de doctrines, de réflexions profondes et élevées, de vues remarquables sur le passé et sur l'avenir. On y sent battre le cœur du prêtre, du religieux, d'un homme éminent par l'esprit, et on ne les ferme point sans en emporter quelque solide et profitable instruction.

Chaque voyage forme un tout complet, chaque volume se vend séparément ainsi que nous l'indiquons ci-après; mais tous forment un ensemble coordonné de manière à composer un seul et même ouvrage.

Voyage au Sinaï. 1 vol. in 8. . . . . 4 »
  Le même ouvrage, 1 vol. in 12 . . . . 2 »

Voyage en Judée. 1 vol. in-8. . . . . 4 »
  Le même ouvrage, 1 vol. in-12 . . . . 2 »

Voyage à Jérusalem. 1 vol. in-8. . . . . 4 »
  Le même ouvrage, 2 vol. in-12. . . . . 4 »

Voyage en Galilée. 1 vol. in-8. . . . . 4 »
  Le même ouvrage, 1 vol. in-12. . . . . 2 »

OUVRAGES DU COMTE DE LOCMARIA

HISTOIRE DU RÈGNE DE LOUIS XIV

2 vol. in-12, ensemble 830 pages . . . . 4 fr.

Également éloigné du panégyrique et de la satire, l'auteur s'est attaché, dans la marche rapide de cette histoire, à éviter ce double écueil : il a signalé les fautes du monarque, il en a recherché les causes, il en a accusé les résultats, mais non pas, comme l'esprit de parti pour attaquer le principe monarchique ; non pas, comme la haine (ou l'envie, pour amoindrir un prince dont la renommée honore la France, mais pour être juste, vrai, fidèle à la mission de l'histoire, et pour montrer avec Massillon que l'homme le plus puissant est faible et que Dieu seul est grand.

MARIE-THÉRÈSE EN HONGRIE

1 beau vol. in-8, papier glacé . . . . 4 fr.

Le livre de M. de Locmaria n'est pas de ceux qui s'analysent, il faut le lire ; sa place est au foyer domestique, dans les sanctuaires où se perpétuent les nobles traditions. Il instruira sous la forme du plus agréable entretien. (*Union.* H. DE RIANCEY.)

LA CHAPELLE BERTRAND
ÉTUDES DE MŒURS

1 fort vol. in-12, 2ᵉ édition. (*Bibl. S.-G.*) . . . . . . 2 fr. 50

Tout l'intérêt de ce petit drame, historique par le fond et romanesque seulement par les broderies qui le recouvrent, se concentre dans la *Chapelle Bertrand*. Qu'est-ce donc que cette chapelle ? Si le lecteur veut bien lire le volume qui se déroule en quatre cents pages, il en trouvera l'explication dans le dialogue où pétillent l'esprit et la grâce, et dans les peintures variées qui tiennent successivement du tableau de genre et du tableau d'histoire, où tout est raison, vertus, courtoisie et délicatesse. (*Bibliographie catholique*, tome XXX, nᵒ 5.)

LES GUERRILLAS

2 vol. in-12, 2ᵉ édition . . . . 4 fr.

Le titre de cet ouvrage indique qu'il s'agit d'un épisode de la guerre p'Espagne. M. le comte de Locmaria peint avec un naturel remarquable les camps bigarrés des guerrillas, les embuscades réciproques des deux partis, leurs réunions pleines d'inquiétudes, leurs représailles brutales, l'audace de certaines femmes qui ont quitté le fuseau pour l'épée, de certains moines qui ont changé le froc contre une cuirasse, enfin, ce mélange de grandes et de petites choses, d'héroïsme et de cruauté, qui forme le caractère saillant de cette guerre étrange ; puis au fond de tout cela, pour soutenir et réveiller l'intérêt, se déroule une touchante histoire, un petit roman de cœur simple, délicat, émouvant. Voilà un bon livre, de plus parfaitement écrit et qui peut être mis entre les mains de tout le monde. (*Bibliographie catholique.*)

SOUVENIRS DES VOYAGES DU COMTE DE CHAMBORD
en Italie, en Allemagne et dans les États d'Autriche, de 1839 à 1843.

1 fort volume in-12 . . . . 4 fr.

OUVRAGES DU CARDINAL WISEMAN

LA LAMPE DU SANCTUAIRE

4e édit. formant un joli vol. in-12 de 340 p. (*Bibl. S.-G.*). 2 fr

La Lampe du sanctuaire est une idylle chrétienne, une légende, une pierre précieuse resplendissant de doux feux. C'est l'histoire d'une lampe qui luit dans une chapelle ruinée: à la conservation de sa flamme est attachée celle d'une famille. Il faut lire ce simple récit où respirent le poétique mystère, l'amour et l'exquise bonté.   (*Univers.*)

LA PERLE CACHÉE

précédé d'une notice biographique sur l'illustrissime auteur. Seule traduction française autorisée. 1 joli vol. in-12. 4e édition .   2 fr.

« Annoncer aux lecteurs chrétiens la traduction d'un nouvel écrit du cardinal Wiseman, c'est leur promettre un plaisir assuré et les convier à une fête. Cette fois encore l'éminent écrivain a puisé aux vives et abondantes sources de l'antiquité et consulté l'histoire des héros du dévouement chrétien. La vie si merveilleusement touchante de saint Alexis l'a heureusement inspiré, et lui a fourni le sujet d'un petit écrit dramatique, bien fait pour plaire et pour instruire. » (La scène se passe à Rome sur le mont Aventin, partie à l'intérieur et partie à l'extérieur de la maison d'Euphémianus, pendant le règne d'Honorius et sous le pontificat d'Innocent Ier.)

LA GUERRE NOIRE

SOUVENIRS DE SAINT-DOMINGUE

ROMAN HISTORIQUE
Par J. BERLIOZ D'AURIAC

1 vol. in-12. (*Bibl. S.-G.*) 2e édition . . .   2 fr. 50

Livre étrange et charmant qui fait rire et pleurer, ayant l'attrait et le pathétique des romans les plus en vogue, sans pourtant présenter le moindre danger pour les jeunes imaginations.

Voici l'appréciation de la *Bibliographie catholique:*

« Poussés à bout par l'oppression des Européens, en 1792, cent mille nègres révoltés se levèrent à la fois en armes; à Saint-Domingue surtout, cette guerre fut terrible.

« Ce sont les tableaux les plus saillants de ces terribles représailles que retrace M. Berlioz d'Auriac avec un intérêt soutenu jusqu'à la fin. Ces épisodes, si vivement peints, ne sont pas toute l'histoire de cette grande tempête; ils suffisent néanmoins pour en donner au lecteur une connaissance assez complète.

« Le livre de M. Berlioz est écrit avec chaleur, avec pureté, et il a un qui entraîne. »

LA MISSION DE JEANNE D'ARC

Par Frédéric GODEFROY

Lauréat de l'Académie franç. et de l'Académie des Inscript. et Belles-Lettres

Ouvrage illustré d'un portrait inédit de la Pucelle en chromolithographie, tiré d'un manuscrit du xv° siècle, de 14 encadrements sur teinte, de frises, ornements et culs-de-lampe de la même époque, et de 14 compositions originales imprimées en camaïeu de *Claudius Ciappori-Puche.*

Un splendide volume in-4. Prix broché : **30 fr.**

Reliure spéciale, dos en chagrin, riches ornements dorés : **40 fr.**

L'Académie française a décerné à cet ouvrage le prix Monthyon.

Laissez-moi vous féliciter, comme d'une bonne fortune, du choix de votre titre, et aussi de la façon dont ce titre, chose rare! donne tout ce qu'il promet. On suit la pensée principale de votre livre dans toute la trame du récit; on ne la perd pas de vue à travers les dissertations littéraires et bibliographiques auxquelles vous vous livrez; on la retrouve surtout dans les derniers chapitres qui la condensent et la résument.

Vous souvenez-vous, mon cher ami, des fêtes du 8 mai 1869, à Orléans? Oui, sans doute, puisque vous en parlez dans votre livre. Il me semble même que vous y étiez. J'y étais aussi avec ceux des Evêques de France dont le diocèse avait été illustré par quelqu'un des actes de la vie de Jeanne d'Arc. Ce fut l'évêque d'Orléans qui fit le panégyrique, avec quelle éloquence, je n'ai pas à vous le rappeler; mais, à la distance de neuf années, ce qui me frappe en ce moment, c'est que votre livre me paraît être le commentaire de ce mémorable discours.

C'était l'héroïsme de la vertu chrétienne que le grand orateur saluait dans Jeanne d'Arc, après avoir raconté quelques années auparavant, dans la même circonstance et à la même place, l'héroïsme de son courage. A la suite de l'histoire de ses hauts faits, il fallait l'histoire de son âme.

Ai-je bien compris votre dessein, mon cher ami, et n'est-ce pas aussi l'histoire de l'âme de Jeanne d'Arc que vous nous avez donnée, en y ajoutant les développements que ne pouvait comporter un discours? « *Il n'est pas ici-bas*, dirai-je à la suite de votre illustre guide, *il n'est pas ici-bas de plus grande étude que celle des âmes.* » C'est par ce côté surtout que vaudra votre beau livre.

Toute autre louange pâlirait auprès de celle-ci; pourtant la justice m'oblige à en ajouter encore une. J'ai le devoir de ne pas oublier que votre livre, si hautement recommandable par la pensée élevée et fortifiante qui s'en dégage, a de plus un genre de mérite dont l'éloge est presque un lieu commun quand il s'agit de vous, tant vous nous avez habitués, dans vos précédents ouvrages, à une excellente tenue de style. Par là, vous avez ajouté à votre réputation d'érudit celle de littérateur, et de littérateur dont la place est marquée à la suite de la nomenclature que vous faites dans vos livres des écrivains de ce temps. Après le livre de la Mission de Jeanne d'Arc, ne peut-on pas dire que les travaux qui se sont occupés de notre héroïne sont définitivement terminés? Quant à moi, je doute que les recherches de la science puissent ajouter de nouvelles pages à des livres comme celui de M. Wallon et comme le vôtre. (*Extrait d'une lettre adressée à l'auteur par Mgr Foulon, archevêque de Lyon.*)

HISTOIRE CONTEMPORAINE (1789-1887)
Rédigée selon les programmes officiels
Par M. l'abbé GIRARD

1 fort vol. in-12 de plus de 1000 pages, avec récits, cartes et gravures.
Prix cartonné : 6 fr.

Nous avons déjà signalé et recommandé, comme elles le méritent, les premières parties du *Nouveau Cours d'histoire*, de M. l'abbé Girard, pour les différents degrés d'enseignement.

Le volume que nous annonçons aujourd'hui n'est pas, tant s'en faut, pour amoindrir la bonne impression causée par les précédents, et il nous suffira, pour établir la justesse de notre affirmation, de citer en partie le jugement que porte de cet ouvrage le doyen de la Faculté des lettres de Nancy, M. Benoît :

« Aucun ouvrage de ce genre, dit-il, ne me paraît mieux approprié à l'esprit des enfants; sans compter que ceux-là mêmes qui savent déjà l'histoire prendront grand plaisir à la voir repasser ainsi sous leurs yeux avec tant de précision et de clarté. »

Un autre universitaire, parlant de ce livre, dit aussi qu'il « peut être un utile manuel pour ceux qui ne savent pas, et une lecture attrayante pour ceux qui savent déjà. » Mais, après avoir fait cet éloge, il déclare que l'ouvrage a aussi des « défauts, » et il les énumère en ces termes:

« Le principal, c'est la *partialité*. L'auteur est, en effet, un partisan convaincu du trône et de l'autel, et spécialement l'adversaire irréconciliable du jansénisme et du gallicanisme; la preuve s'en trouve à chaque page.

« Bien qu'il reconnaisse franchement certains abus de l'ancien régime, il a des tendresses pour plusieurs de ces institutions heureusement disparues; ainsi pour les corporations, à propos desquelles il cite longuement M. Léon Gautier.

« M. Girard se montre dur et injuste pour Turgot... Ennemi systématique de la Révolution, il aurait préféré l'ancien régime corrigé. Soit; mais le moyen en 1789 et même en 1760 de le corriger? Il ne veut pas voir les bienfaits de la République; il ne sait pas mettre en relief toutes ces belles réformes inspirées par des motifs généreux et exécutées avec grandeur. »

Il nous paraît, à nous, que ces « défauts » sont plutôt des mérites, et volontiers nous faisons nôtre l'appréciation d'un éminent professeur d'histoire et de philosophie, M. l'abbé Pochat-Baron, qui écrit à l'auteur à propos de ce cours d'histoire :

« Quant à l'esprit avec lequel il a été rédigé, vous avez été déjà applaudi et félicité de haut lieu. A mon humble sentiment, je trouve votre dernier volume encore plus chrétien et plus français que les précédents, J'admire comment, dans un récit qui suit les événements de si près—puisqu'il nous conduit jusqu'au ministère Rouvier—vous vous êtes élevé au-dessus de *toutes les compétitions politiques*, ne sacrifiant rien de *la vérité*, mais jugeant toutes choses en catholique qui n'aime et ne veut que la gloire et la grandeur de sa patrie. »

Le nouveau volume de M. Girard nous semble donc appelé à un vrai succès, et nous en avons pour garant Mgr Turinaz, qui dit dans son approbation : « Nous espérons que cet ouvrage deviendra populaire et classique. » *(Le Monde.*—F. de L.).

OUVRAGES DE M. GIRARD

ENSEIGNEMENT PRIMAIRE

NOUVEAU COURS d'HISTOIRE de FRANCE

Petit Cours ou **Année préparatoire**, avec récits. 1 vol. in-12 avec cartes et figures.. **0 fr. 70**

Cours élémentaire, 1 vol. in-12, avec cartes et gravures, (9ᵉ édit.) **0 fr. 90**

Cours moyen, 1 vol. in-12, avec cartes et gravures (9ᵉ édition)..... **1 fr. 75**

Cours complet (ancien cours supérieur), 1 vol. in-12, de 750 pages, avec cartes et figures.. **3 fr. »**

Cours supérieur, *nouvelle édition* augmentée d'un résumé d'histoire ancienne, d'histoire grecque, d'histoire romaine et des notions sommaires d'histoire générale, à l'usage des candidats au brevet de capacité, 2 vol. in-12, avec cartes et gravures... . **5 fr. »**

ENSEIGNEMENT SECONDAIRE SPÉCIAL

PROGRAMME DU 10 AOUT 1886

Première année. — **Histoire de France et Notions sommaires d'Histoire générale**, *moyen-âge* (395 à 1453). 1 fort vol. in-12, avec cartes, récits et gravures, cartonné.. **4 fr. 50**

Deuxième année. — **Histoire de France et Notions sommaires d'Histoire générale**, *temps modernes* (1453 à 1789). 1 fort vol. in-12 avec récits, cartes et figures, cartonné... **5 fr. »**

Troisième année. — **Histoire contemporaine** (1789 à 1887). 1 fort vol. in-12, cartonné.. **6 fr. »**

ENSEIGNEMENT SECONDAIRE CLASSIQUE

Classes de huitième et de septième. — **Histoire sommaire de la France** jusqu'à Louis XI, depuis Louis XI jusqu'à 1815. 2ᵉ édit. 1 vol. in-12, avec figures et cartes. Prix, cartonné........ .... **1 fr. 75**

Classe de sixième. — **Histoire ancienne des peuples de l'Orient.** 1 vol. in-12, avec figures et cartes. 2ᵉ édit. Prix, cartonné................... **1 fr. 75**

Classe de cinquième. — **Histoire de la Grèce ancienne.** 1 vol. in-12, avec figures et cartes. 2ᵉ édit. Prix, cartonné .... **2 fr. 25**

Classe de quatrième. — **Histoire romaine.** 1 vol. in-12, avec figures et cartes. Prix, cartonné...... .... **3 fr. 50**

Classe de troisième. — **Histoire de l'Europe et particulièrement de la France** du vᵉ à la fin du xiiiᵉ siècle (395-1270). Nouvelle édition. 1 vol. in-12 avec récits, figures et cartes. Prix, cartonné........................... **4 fr. »**

Classe de seconde. — **Histoire de l'Europe et particulièrement de la France** du xiiiᵉ au xviiᵉ siècle (1270-1610). 1 vol. in-12, avec récits, figures et cartes. Prix, cartonné.. **4 fr. 50**

Classe de rhétorique. — **Histoire de l'Europe et plus particulièrement de la France** de 1610 à 1789. 1 vol. in-12, avec récits, figures et cartes. Prix, cartonné.. **4 fr. 50**

Classe de philosophie. — **Nouveau cours d'Histoire contemporaine** et spécialement de la France, de 1789 jusqu'à nos jours. 1 très fort vol. in-12, avec récits, nombreuses cartes, plans et figures Prix, cartonné... **6 fr. »**

www.ingramcontent.com/pod-product-compliance
Lightning Source LLC
Chambersburg PA
CBHW070322030726
47505CB00004B/1061